石文
GRAVITARE

关 怀 现 实 ， 沟 通 学 术 与 大 众

发明中国诗

谭夏阳——著

中国古诗在西方的
翻译与传播

Inventing Chinese Poetry

SPM
南方传媒

广东人民出版社
·广州·

图书在版编目（CIP）数据

发明中国诗：中国古诗在西方的翻译与传播 / 谭夏阳著. -- 广州：广东人民出版社，2025. 8. -- (万有引力书系). -- ISBN 978-7-218-18375-6

Ⅰ. I207.22

中国国家版本馆CIP数据核字第2025LY7054号

FAMING ZHONGGUOSHI: ZHONGGUO GUSHI ZAI XIFANG DE FANYI YU CHUANBO

发明中国诗：中国古诗在西方的翻译与传播

谭夏阳　著

出 版 人：肖风华

书系主编：施　勇　钱　丰
责任编辑：陈　晔
策划编辑：李恩杰
营销编辑：常同同
责任技编：吴彦斌

出版发行：广东人民出版社
地　　址：广州市越秀区大沙头四马路10号（邮政编码：510199）
电　　话：（020）85716809（总编室）
传　　真：（020）83289585
网　　址：https://www.gdpph.com
印　　刷：广州市岭美文化科技有限公司
开　　本：889毫米×1194毫米　1/32
印　　张：10.125　　字　数：192千
版　　次：2025年8月第1版
印　　次：2025年8月第1次印刷
定　　价：78.00元

如发现印装质量问题，影响阅读，请与出版社（020-85716849）联系调换。
售书热线：（020）87716172

庞德是我们时代中国诗的发明者。

——T.S. 艾略特

目录

CONTENTS

前言　到底谁"发明"了中国诗？

中国诗

〔波兰〕亚当·扎加耶夫斯基

我读一首中国诗，
写于一千年前。
作者谈到整夜
下雨，雨点敲击
他的船的竹篷，
以及他内心终于
获得的平静。
现在又是十一月，一个
有浓雾的铅灰色黄昏，
这仅仅是巧合吗？
另一个人正活着，
这仅仅是偶然吗？
诗人们都十分重视
获奖和成功，
但是一个秋天接着一个秋天
把叶子从那些骄傲的树上撕走，

如果有什么剩下来

也只是他们诗中的雨声的

低语，

不悲不喜。

唯有纯粹是看不见的，

而黄昏趁着光和影

把我们遗忘一会儿的时候

赶忙把神秘的事物移来移去。

（黄灿然　译）

亚当·扎加耶夫斯基这首《中国诗》不仅在中国，在世界范围内也流传甚广，这无疑是中国诗歌在西方传播多年的一个回应。诗人叙述他十一月在"一个有浓雾的铅灰色黄昏"读一首中国诗，让他的内心获得了平静。这种平静来自诗中"雨声的低语"——既不快乐也不悲伤，那是一种看不见的纯粹。此诗最后三句，通过神秘事物的自我意识（遗忘了我们），再一次加强了诗歌的纯粹性——它们自己玩自己的。而李以亮译本那三句是这样的——"当夜，光和影／匆匆曳着神秘／暂时忘却了我们"，侧重点落在"忘却我们"，表明在这个神秘的、纯粹的世界里，"我们"彻底成了局外人。李以亮的翻译同样精彩。

有趣的是这首诗来到中国，读者的关注点不在于中国诗如何给诗人带来平静，而在于诗人读到的究竟是哪一首中国诗。

于是中国读者饶有兴趣地展开了探寻，可到底是哪首诗却众说纷纭。有说是白居易的《舟中雨夜》："夜雨滴船背，风浪打船头。船中有病客，左降向江州。"也有说是陆游的《东关二首·其二》："烟水苍茫西复东，扁舟又系柳阴中。三更酒醒残灯在，卧听萧萧雨打篷。"而更多人指出，这首诗最贴近蒋捷的《虞美人·听雨》："壮年听雨客舟中，江阔云低、断雁叫西风。"据扎加耶夫斯基后来回忆说，他也不记得具体是哪首中国诗了——这个问题遂成了一个谜，让人欲罢不能。

中国诗在西方早期的传播中，也有一个令人着迷的公案，就是本书第一章《寻找中国诗》中所记载的故事：1998 年，一支德国交响乐团来京演出，演奏的曲目是 1908 年马勒创作的《大地之歌》，乐曲当中的歌词则来自一千多年前的中国唐诗，但有些原诗找不到了。一百多年前，唐诗是如何传播到国外，并让国外艺术家产生共鸣，进而影响其创作的？为了搞清楚这些问题，各方人士基于自己的专业从各个角度提出了种种可能，甚至在报纸上展开热烈的讨论。最终，有些问题水落石出，有些问题依然无法找到答案。

这个故事反映出在古诗早期的译介流播中，由于资料缺乏、交流不足，以及译者的专业性不够，导致种种困惑和误会。

本书第二章《复原中国诗》叙述国外翻译家参与一首失传唐诗的发掘与考证中，最后使这首唐诗在千年之后重见天日，再次回到中国文学史的序列当中。这也是一个很有意思的故事。

在 19 世纪与 20 世纪之交，中国古典诗歌在英语世界的译介进入蓬勃发展期，其间出版了一系列广受英文读者欢迎的翻译作品，如翟理思的《古今诗选》、朗斯洛特·克莱默－宾的《玉琵琶》《花灯盛宴》、W. J. B. 弗莱彻的《英译唐诗精选》《英译唐诗精选续》等。这些译本在当时产生了巨大的影响力，甫经推出，就引来大批读者争相传诵，成为一时之热门话题，为推动中国诗在英语世界的传播起到了不可替代的作用。这个时期的中国诗译作皆以格律诗体来翻译，讲究节奏，力求押韵，因而也不免堆砌辞藻，带有明显的英国维多利亚时代的审美情趣。

到了 1920 年代，以翟理思为代表的传统汉学家和以阿瑟·韦利为代表的现代汉学家进行了一场持续多年的大辩论。在这场关于翻译方法的辩论中，表面上看，传统汉学家挟他们早前建立的权威稍稍占了上风，但随着时间的推移，人们开始逐渐认同现代汉学家的观点：摒弃韵体格律，采用自由诗体来翻译中国诗才是正途。从另一种角度来看，这也是英语诗歌的一次现代性革命。有关这次辩论的过程，笔者也在第三章第二节《阿瑟·韦利：鼓瑟与争鸣》中作了详细呈现。

在这次论战之后，原先大行其道的老派译本慢慢被时代潮流所淘汰，随之在时间的淘洗中慢慢站稳脚跟，并最终成为经典的是这些译本：埃兹拉·庞德的《神州集》、韦利的《白居易诗选》、威特·宾纳的《群玉山头》（《唐诗三百首》的首部完整英译本）以及埃米·洛厄尔与艾思柯合著的《松花笺》。此外，在那个年代，国外中文专业的高校学生几乎人手一部

《葵晔集：中国诗歌三千年》。这是一部由美籍华裔学者柳无忌与印第安纳大学教授罗郁正共同主编的中国古典诗歌英译选集，翻译质量经受住了时间检验。而在许多外国诗人的案头或文字当中，常常出现《白驹集》的身影，这本汉诗译集让诗人们爱不释手，常读常新，并成为他们创作的源泉。

中国古典诗歌的译本引起西方读者的广泛关注，也激起众多学者的极大兴趣。一些学者对其进行了不同层面的研究，发表和出版了大量的学术论文与相关书籍，进一步促进了中国诗在西方社会的传播。这些经典汉诗译集的故事，是本书第三章《翻译中国诗》的内容。

中国诗在西方译介与传播的过程中，也以其独特的魅力影响着西方诗歌的发展。两次美国现代主义诗歌运动，都与中国诗有着莫大关系。两次运动促使美国诗歌走向现代化和民族化，最终摆脱"英国附庸"，创造出独具美国本土化的全新诗歌，在诗歌史上具有深远意义。

第一次美国现代主义诗歌运动发生在 20 世纪一二十年代，以意象派为主。意象派强调使用鲜明的意象来表现诗意，主张把诗人的感触和情绪全部隐藏到具体的意象背后，即只描写具体的对象，而不去探寻事物之间的本质联系与阐发的社会意义。事实上，意象派探索的是形象思维在创作中的运用问题，而中国古典诗歌，正好是这一形象思维的实践成果，与意象派的主张不谋而合。因此，中国诗在这一时期被大力推崇和大量仿写，影响力到了无以复加的地步。

第二次美国现代诗运动发生在 20 世纪五六十年代，被称为"旧金山文艺复兴运动"，先后产生了垮掉派和深度意象派等诗歌流派，和中国诗同样有着很深的渊源。与第一次关注中国诗句法和意象不同，本次"中国式"诗人更加倾心中国诗所蕴含的"禅"与"道"，也即是说，他们更希望深入到中国美学的核心中去，以期找到治愈精神创伤的良药。这次中国诗的作用持续时间更长，也更为广泛，还有许多不是上述几个流派的诗人亦深受中国诗的影响。因此，本书最后一章《效法中国诗》除了对第一次诗歌运动的意象派、第二次诗歌运动的垮掉派和深度意象派分别进行梳理和介绍之外，同时对受过中国诗影响的其他诗人也进行了分类和分析，最后形成一个蔚为大观的文学体系。这当然是一代又一代翻译家努力的结果，也是中国诗对世界文学所做出的深远贡献。

以上便是本书第四章的内容：学习与继承中国古诗的美国诗人群像。

至此我们发现，当汉语诗歌通过翻译进入到译入语系中时，自然而然地与之发生了反应，最终成为其文学传统里不可或缺的一部分。正如艾略特评价庞德的那句名言所说："庞德是我们时代中国诗的发明者。"它道出了这样一个事实：中国诗是中国的，也是全人类共同的财富；中国诗被翻译的过程，也是被重新"发明"的过程。

第一章

寻找中国诗

《大地之歌》

灯光亮起，天鹅绒的大幕徐徐拉开，演奏正式开始。交响乐曲将人们带到千年前的杨柳堤岸、皓月江汀、玉笛高楼之中，意境优美而忧伤，令人浮想联翩。

这是 1998 年在北京上演的一场特别的交响音乐会，交响乐团来自德国，演奏曲目来自九十年前的《大地之歌》，而乐曲当中的歌词，却是来自一千多年前的中国唐诗。

这注定是一场备受关注的音乐会，在申请之初就自带流量。1998 年 5 月，一支由德国艺术家组成的交响乐团向中国的文化部门提出申请，要求来北京进行访华演出。他们报备的演奏乐曲叫《大地之歌》，注明由著名的奥地利作曲家古斯塔夫·马勒创作，并在乐曲来源中标注"根据中国唐诗创作"。本土文化元素成了宣传噱头，如同多年以后进入中国的迪士尼动画片《花木兰》或梦工厂动画片《功夫熊猫》那样，一下子点燃人们的观看热情，门票瞬间被抢购一空。

人们的关注点似乎超越了音乐本身，落到东西方文化的碰撞上来：唐诗是如何传播到国外，并让九十年前的国外艺术家产生共鸣，进而影响他的创作的？交响乐中到底是哪几首唐诗，诗的作者又是谁？这些唐诗在国外听众的心目中有怎样的地位，他们喜欢这些诗吗？由这些诗歌创作出来的乐曲，这次要回到它们的故乡演出了，我们会喜欢这种演绎吗？我们又将如何面对来到自家门前献艺的外国艺术家？

当晚音乐厅中除了普通观众之外，还悄悄进来了一批文化学者和古典诗歌研究专家。令人惊讶的是，当时的国务院副总理李岚清也来到现场。他也是一位资深的古典音乐爱好者，退休后曾出版《李岚清音乐笔谈》一书，介绍50位西方音乐大师及其经典作品。

对于德国交响乐团来说，此次中国行其实是一次"寻根之旅"，他们也想搞清楚这些唐诗歌词的出处，于是在演出之前做了功课，将歌词的德文版整理出来，请人翻译成中文，给每章都配上了相关说明，以期到场的中国学者能在短时间内将原作辨认出来。

把一场纯粹的音乐会硬生生变成学术研讨会，这在音乐史上想来还是头一回。

《大地之歌》是一首"一个男高音及一个女低音（或男中音）声部与管弦乐的交响曲"，从严格意义上看，这不是一部"交响曲"，而是把歌曲以交响乐形式交织于器乐之中，形成一部管弦乐伴奏的声乐曲。

全曲一共6个乐章，每个乐章都设有标题。第一乐章《尘世苦难的饮酒歌》，歌词作者写的是李白。尽管译文很晦涩，但学者们一致认定，歌词取自李白的歌行体诗《悲歌行》。歌词分成三节，每节末尾都有一句"生和死一样黑暗，一片黑暗"，取代了原诗的"悲来乎，悲来乎"。乐曲以激昂的号角声开始，既有对生命的热情颂扬，也有对生命短暂的哀叹，但总的情绪没有脱离孤独和悲哀。

第四乐章《咏美人》的德译歌词十分明白，"年轻的姑娘在采摘花朵……阳光在她们身上编织金网……一群俊美的少年，骑着高头骏马从岸边过来"，这不正是李白在《采莲曲》中所写的"若耶溪旁采莲女……日照新妆水底明……岸上谁家游冶郎"吗？这一乐章比较短小，描写青春生活的快乐，表现马勒对青春生命力的赞美和怀恋。

第五乐章《春天里的醉汉》歌词来自李白的《春日醉起言志》，也是短小乐章。

第六乐章《告别》则更快被学者破译——歌词来自孟浩然的《宿业师山房期丁大不至》和王维的《送别》。这一乐章时长三十余分钟，几乎占了整部交响曲的一半，抒发大地之永恒，以及生命终将逝去的悲哀。这个乐章极尽铺张，作曲家试图在生命的暮年，用音乐语言表达内心复杂而微妙的情感——赞美大地与生命，却又怀着不得不离去的无可奈何，感情波动强烈，节奏变化也明显。

然而，所有在场的学者都卡在了第二乐章和第三乐章上。

第二乐章《秋天里的孤独者》，歌词描写大地上万木凋零的萧瑟景色，气氛晦暗。德文歌词作者署名是"Tschang-Tsi"，根据译音猜测，可能是张籍或张继，又或者是钱起，但一时之间，无法从这三个人的作品里找到内容相近的诗。

第三乐章《青春颂》，德文歌词作者署名"Li-Tai-Po"（李太白），当然就是李白了，但由于歌词内容过于冷僻和玄奥，以致在场学者无一能说出它所对应的到底是李白的哪首诗。

一场精彩的音乐会，给中国学者们留下了两道未解的世纪难题。据说，李岚清副总理曾嘱咐当时担任中央电视台音乐艺术委员会秘书长的郭忱，一定要尽快把德国艺术家演奏的两首唐诗搞清楚。

世纪末的愁绪

1907 年夏天，生活上的一系列变化让马勒变得郁郁寡欢，完全不似曾经的春风得意。

古斯塔夫·马勒出生于奥地利帝国波希米亚的卡里什特（今属捷克）一个犹太人家庭，从小就显露出了超凡的音乐天赋。他 15 岁进入维也纳音乐学院，师从尤利乌斯·爱波斯坦、罗伯特·福克斯等著名音乐家。毕业后，他又到维也纳大学修读作曲家布鲁克纳讲授的课程，并旁听了两年历史、哲学等课程，深厚的学识基础为他日后的音乐事业提供了较大的帮助。

马勒的处女作名为《悲叹之歌》，但这次尝试并不成功，于是他把注意力转向了指挥。1880 年，他在巴特哈尔市的一家小剧院开始了自己的指挥生涯。他后来辗转在德国、奥地利等国的歌剧院担任指挥，同时比较深入地研究莫扎特和瓦格纳等音乐家的作品。

1888 年，经著名大提琴家大卫·波佩尔推荐，马勒担任布达佩斯匈牙利皇家歌剧院音乐总监，在其努力下，剧院不到两年扭亏为盈。1891 年，马勒开始执掌德国汉堡国家歌剧院，任首席指挥。1897 年，他担任了维也纳歌剧院总监，此后的十年中，马勒一共排演了 33 部新歌剧，50 多部经过大幅修改的歌剧，指挥了 648 场演出，将维也纳歌剧院带入"黄金时代"。在此期间，他的多部交响曲和歌曲作品也相继首演。

1907 年是马勒事业生涯的一个转折点。当年 7 月，他心爱的长女玛丽亚不幸夭折，这令他悲痛万分。

也是在这一年，有人针对他的犹太身份，在维也纳的反犹报纸上攻击他，指责他独断专行，舞弊徇私，反复上演自己的作品。他的乐队成员也随声附和，一时间责难声四起，而他任职的维也纳歌剧院却态度暧昧，没有站出来为他做任何辩护。心灰意冷的马勒主动提出辞呈，转而远渡重洋，出任纽约大都会歌剧院首席指挥。

更大的打击还在后面，并且几乎是毁灭性的。马勒被医生诊断出患有严重的心脏病，医生严厉地警告他："如果您要多活几年，请最好自此之后严格限制户外活动，严格遵照医嘱并悉心地进行调养……"

这一系列突如其来的事件，使马勒的身心受到严重打击，思想和生活方式发生了很大变化，尤其情绪笼罩在悲观和忧郁之中。马勒之妻阿尔玛在自己的回忆录中，记录了马勒给著名指挥家布鲁诺·瓦尔特写的一封信，信中他如此写道：

　　我整个生活方式不得不改变，你无法想象这对我是何等的折磨和痛苦。多少年来我习惯于作剧烈的锻炼和运动，在林间山区健行，从大自然中愉快地构思我的作品，并像一个农民收割他的庄稼一样写出我的作品，甚至在长距离的行走和登山后，精神上的烦恼也消失了。但现在我必须回避所有这些，经常要照顾自己，散步也几乎是不可能的。我生活在我自己的孤独之中。我正强烈地感到身体越来越坏，也许我正面临着深渊。……至于不得不尽弃昔日作息方式，实在叫人生气。我过去从来没有办法一直孤坐在书桌前，我心灵的运作需要外在的运动来配合。……（然而现在）只要我缓步走上一小段路，我的脉搏就跳得飞快，叫我沮丧极了，想要放松一下身体却只是适得其反……这真是我受过的最大磨难。

阿尔玛也描述了双重打击之下，马勒的糟糕状态，她说孩子的死亡让他们原本快乐的纽约生活变得黯淡无光。孩子的名字成了生活中的禁忌，马勒的病情更是增加两人的丧女之痛。马勒有一半的时间躺在床上，变得容易紧张、激动、烦躁。

在纽约的街头，夜晚常常会响起断断续续的手摇风琴的声音，马勒每次听到，都会沉浸其间，不由得回忆起童年生活的那种梦幻和美好。有一次，他指着窗外喃喃地对阿尔玛说："多可爱的手摇风琴啊——一直把我带回到童年时代。"

这期间，马勒重拾创作，《大地之歌》和《第九交响曲》由此诞生。

此前，马勒已经写了八部交响曲。《大地之歌》其实也是一部交响曲，但为什么没有定名为"第九交响曲"呢？因为贝多芬、舒伯特、布鲁克纳和德沃夏克都在写出各自的"第九交响曲"后就与世长辞了。为了免遭同样的厄运，马勒就没有将它纳入交响曲的编号当中。

当他创作编号为第九的交响曲时，他曾经这样对阿尔玛说："这实际上是第十交响曲，真正的第九交响曲是《大地之歌》，现在看来那个危险已过去。"这说明马勒是留恋生命的，尽管他因生活中找不到快乐，经常在创作的乐曲中出现死亡主题并对它进行歌颂，《大地之歌》也不例外。不过，它还需要一个爆发点。

这个爆发点就是中国唐诗。

马勒从朋友那里得到了一部由德国诗人汉斯·贝特格翻译成德文的唐诗集《中国之笛》，他对这部诗集爱不释手，并逐渐萌生了选用里面的诗歌进行谱曲的念头。

对于马勒来说，这些唐诗犹如一剂治愈心灵的药物，在经历巨大的生活变故之后，这些诗又回到他的心中，唤起了内心忧郁的共鸣，终于促使他写出了《大地之歌》。

马勒对中国文化和中国音乐的关注，要追溯到学生时期，维也纳大学开设的音乐史课程中涉及部分中国音乐。对他影响更大的，则是1904年首演的歌剧《蝴蝶夫人》。富于东方色彩的音乐元素让他相当着迷，并让他开始思考如何在音乐中结合异域文化来表达自己的思想。

《中国之笛》的出现，说明那时的欧洲已广泛地关注中国文化。马勒也对中国文化充满向往，他在写《大地之歌》时，常常感到自己"飞出了现实生存的世界",并在《大地之歌》第三乐章《青春颂》里,描绘出了一个的理想世界——那正是唐诗在他心中的投影。

仅仅局限于个人不愉快的遭遇来理解《大地之歌》是失之偏颇的,从马勒的整体创作上看,更多的是在表达一种"世纪末情绪",这种情绪在《大地之歌》中表现得尤为突出。

那么,什么是"世纪末情绪"呢?

它特指19世纪末的欧洲,流行在知识分子中间的悲观失望的思想情感——工业革命为社会注入的新力量,人们的生活被快速改变,但也感受到了未来的不确定性,精神焦虑日益增加。马勒的音乐就流露着强烈的"世纪末情绪"。

阿尔玛的回忆录中提到,在创作《大地之歌》这部作品时,马勒被一种强烈的不得不说再见的情感所占有:"由于那位医生严厉的词句所带来的恐惧,他想到他自己已走到了死亡的边缘。在这种气氛下,关于生活的方方面面对他来说像是被打上了痛苦和紧张的色调。这种气氛使得他带着对自然和这个世界宗教般的情感,也屈服于那些几乎不可忍受的词句,并且在这部被称为《大地之歌》的作品中去歌唱他不得不说再见的这个尘世。"

《大地之歌》更确切的译法应该叫作《尘世之歌》。可以这样说,马勒把《中国之笛》的七首唐诗作为"衬底",谱写了这部有人声的交响曲。马勒对唐诗显然存在误读,但作者有他自己想要表达的思想——他在音乐里所表达的不单是他个人的情感,更多的是他所处时代西方知识分子巨大的思想苦闷和精神失落，他们无路可逃，只能去迎接末日，此谓"世纪末情绪"。

罗曼·罗兰在1908年对马勒作了这样的评价："研究了他的作品，你会相信，他是当今德国极为难得的人才：一个转向内心世界的人，一个有真诚感受的人。然而，这种思想感情并没有找到真正忠实的、个人的表达方式。它们是通过一层怀旧面纱，一种古典气氛传给我们的。"

由于工作过度劳累，马勒于1911年5月18日病逝在维也纳。半年之后，《大地之歌》在慕尼黑首演，大获成功，领衔指挥的是他生前的好友布鲁诺·瓦尔特。

歌词汉译与原诗比较

要寻找与歌词对应的原诗，第一步工作就是要拿到可靠的汉译版本，之前德国乐团组织翻译的版本错漏太多，必须找高手来对歌词进行重新翻译。当时的第一人选是梅兆荣，曾任中国驻德国大使，精通德语。但遗憾的是，梅兆荣当时公务繁忙，推荐了他的同学严宝瑜来完成这项工作。

严宝瑜是北京大学外国语学院教授，对日耳曼语文学有着深入的研究，并且他本人与《大地之歌》也颇有渊源。他很早就知道马勒，但很晚才听到《大地之歌》。1983年在魏玛德国古典文学研究所工作期间，他在一家唱片店里买到了一张《大地之歌》的密纹唱片，听了音乐之后，便对贝特格的诗集《中国之笛》产生了兴趣。

机缘巧合之下，严宝瑜在当地一家图书馆借到了这本诗集。巧的是，他借到的《中国之笛》出版于1907年，正是当年马勒所看到的那个版本。由于出版年代久远，该书被当地图书馆列为收藏善本，非常珍贵，因此严宝瑜看完之后就拷贝了一份带回北京。在翻译《大地之歌》的歌词时，他参考了这个版本，尽可能按照贝特格的笔调和风格进行翻译，以便让读者看到贝特格所译的中国唐诗的真实面目。

　　于是，我们就见到了这一版相对严谨的汉语歌词翻译（本章如无特别注明，所引用的歌词皆出自此版本，同时根据上海音乐学院钱仁康教授对词曲的分析调整了分节位置）。下面，我们将《大地之歌》各章的汉译歌词呈现出来，并附上已确定的唐诗原作做一个对比，看看它们和原诗之间发生了怎样的变化（为节奏紧凑起见，略去了德文歌词）。

第一乐章：尘世苦难的饮酒歌

美酒在金樽里招手，

且慢饮！待我为你们唱支歌。

一支震撼灵魂的忧愁歌。

忧愁走近，灵魂的花园一片凋零，

欢乐，枯萎了！

歌声，沉寂了！

生和死一样黑暗，一片黑暗！

这家的主人啊！
你地窖里满藏着金色的酒浆。
在这里我怀抱着我的琉特琴，
弹拨琴弦，痛饮美酒，
这两件事是相配相成的！
酒杯斟满及时痛饮，
其价值超过拥有世上所有的王国。
生和死一样黑暗，一片黑暗！

穹苍永呈蔚蓝，大地将会
长久存在，春来漫开鲜花。
可是，人啊，你能活到多久？
你享受世间浮华与虚荣
连一百年的时间都没有！
请向那边看！在月下的坟地
蹲着一个面目狰狞的鬼影。

那是一只啼猿！你们听它的哀鸣！
它冲破生活甜蜜的氛围，刺耳锥心。
现在举起你们的杯子吧！同志们！
时候到了，把金杯里的酒一饮而尽！
生和死一样黑暗，一片黑暗！

悲歌行

〔唐〕李白

悲来乎，悲来乎！
主人有酒且莫斟，听我一曲悲来吟。
悲来不吟还不笑，天下无人知我心。
君有数斗酒，我有三尺琴，
鸣琴酒乐两相得，一杯不啻千钧金。

悲来乎，悲来乎！
天虽长，地虽久，金玉满堂应不守。
富贵百年能几何？死生一度人皆有。
孤猿坐啼坟上月，且须一尽杯中酒。

悲来乎，悲来乎！
凤鸟不至河无图，微子去之箕子奴。
汉帝不忆李将军，楚王放却屈大夫。

悲来乎，悲来乎！
秦家李斯早追悔，虚名拨向身之外。
范子何曾爱五湖？功成名遂身自退。
剑是一夫用，书能知姓名。
惠施不肯千万乘，卜式未必穷一经。
还须黑头取方伯，莫谩白首为儒生。

乐章标题取自《中国之笛》。这是一首借酒浇愁的饮酒歌，歌词来自李白的《悲歌行》，但贝特格只译了原诗的前半部分，可能因为后半段全是古代名人典故，无法译出，只好作罢。贝特格的译诗原本有四节，马勒做了一些调整，删除第三节译诗的最后三行，然后把第四节并入第三节，如此一来，第三节的音乐与第一、二节刚好一致。

第一乐章抛弃了传统的"奏鸣曲式"，以主、副歌部的倒装来突显副歌的叠句，即把李白原诗"悲来乎，悲来乎"的感叹，改为"生和死一样黑暗，一片黑暗"这行诗句，表达的情感更加绝望和黑暗。为调动听众的情绪，马勒让这个叠句每次出现时，都比前一句升高一个半音，所起到的艺术效果是不言而喻的。

第二乐章：秋天里的孤独者

秋天的湖上翻腾着灰雾，
远近的绿草披上了白霜。
疑是一位艺术家把玉粉
洒满了美丽的花瓣。

甜蜜的花香已经消失，
阵阵寒风把花枝压倒，
枯萎了的荷花金色的
花瓣将随流水漂走。

我的心啊，已经疲倦，

我的灯啊，噗地一声熄灭，

一切都在催我去安睡。

我来到你这里，温馨的安息地。

是啊，请给我安宁！

我需要清净！

我孤独寂寞常独自哭泣。

秋天在我心中逗留太久啦！

为了擦干我痛苦的眼泪，

爱情的太阳，难道你不再照耀？

　　第二乐章表现的是一个孤身只影、漂泊天涯的游子，在秋天里身心疲惫的精神状态，故乐章名称又译为《寒秋孤影》，整个乐章始终处在这样一种悲凉、凄惨的情绪之中。这是一段变奏旋律，歌词由女低音独唱，而小提琴（加弱音器）上蠕蠕而动的"爬行"旋律与双簧管上冷漠慵倦的五声音调交织于一起，再和女低音进行复调结合，三者之间形成了一种奇妙的变奏关系。

　　第二乐章主要采用了复调手法。为了表现一种寂寞而凄清的气氛，马勒使各个旋律声部相对独立又相互交融，比如以加上弱音器的小提琴演奏作为背景音乐，再配以循环反复、单调的声部行进，从而获得和谐悦耳的多声部效果，将一幅晚秋湖面上薄雾弥漫的凄清景象描绘了出来。

《秋天里的孤独者》德文歌词作者署名是"Tschang-Tsi"，照音译，可能是唐代诗人张继，也可能是张籍，还有可能是钱起……那就要看谁的诗里曾描写过类似的景象了。但是，当时专家们把《全唐诗》以及各种相关诗集和诗歌找了个遍，注意力并不限于张继、张籍、钱起，还有十多个译音与之相近的诗人，仍然没找到一首与《秋天里的孤独者》类似的诗。

第三乐章：青春颂

在小小的池塘中央，
有一座用白绿相间的
瓷砖建造的亭子。

有一项白玉砌成的桥
像高高拱起的虎背
通向那瓷做的亭子。

在亭子里满坐朋友，
穿戴漂亮，喝酒，聊天，
有的在赋诗写字。

他们的绸袖高卷
他们的丝织小帽
风流地推向后脑。

小小池塘宁静的水面，
像镜子般映照着
这一切美好的景象。

白、绿色瓷砌的
亭子中一切的景物，
都倒立在静静的水面。

拱桥像一轮新月，朋友们
在倒悬的弧形下面，
穿戴漂亮，喝酒，聊天。

《青春颂》是马勒改称的标题，贝特格《中国笛子》诗集中原题为《瓷亭》。这一乐章的主题是对青春欢乐的回忆。音乐生动流畅，描绘了欢快而美好的生活图景。

这首歌词里所描绘的景象相当中国，也相当优美：朋友们经过一条白玉砌成的小桥，坐在白绿相间的瓷亭里，大家喝酒、聊天，多么惬意而美好的时光……马勒在《青春颂》乐章中，渲染的就是这样一种悠闲自得、无拘无束的自我生活，堪称承载了他心中的理想世界，因此有的音乐家认为，《青春颂》是《大地之歌》这部交响曲中最为优美的乐章。

《青春颂》德文歌词作者署名和第一乐章一样，是"Li-Tai-Po"，当然就是咱们的"诗仙"李白了，作者已经相当明确，但专家们查遍了李白的诗文集，在传世的千余首诗作中，包括补遗、续补、续拾，外加一切现存的文献，还是找不到可供比照的文本，至今仍没有定论，成为难解之谜。

第四乐章：咏美人（李太白）

年轻的姑娘在采摘花朵，
她们在岸边采摘着荷花。
她们在树丛和荷叶中间坐着，
她们把采集的荷花放在兜里。
她们互相呼喊互相嬉笑。

阳光在她们身上编织金网，
阳光映照在平滑的水面，
她们苗条的身影，甜蜜的眼睛
都栩栩如生地倒映在水中。
微风爱抚的手打开了她们的衣袖，
它把她们迷人的香味
传到周围的空气中。

看！那边一群俊美的少年
骑着高头骏马从岸边过来。
他们像灿烂的阳光光彩照人，
那些年轻活泼的少年
穿过绿色的柳枝骑马奔来。

有一少年的骏马快乐长嘶，
像一阵旋风奔驰惊走而去，
马蹄在花朵和绿草上呼啸，
他们把你采的花朵踩得粉碎。

嘿，马的鬃毛在飘扬，
马鼻孔里喷着热气，
阳光在她们身上编织金网
映照在平滑的水面，
采莲中最美的少女，
对这位少年送去长长的秋波，
她们凛若冰霜并非真是冰霜，
她们大大的眼睛放出火花，
她们热切的深黑的眼神里，
依然看出她们激动的内心的哀怨。

|原诗|
采莲曲
〔唐〕李白

若耶溪旁采莲女，笑隔荷花共人语。
日照新妆水底明，风飘香袂空中举。
岸上谁家游冶郎，三三五五映垂杨。
紫骝嘶入落花去，见此踟蹰空断肠。

这一乐章，李白原诗为《采莲曲》，贝特格译诗题为《在岸边》，马勒谱曲时改成《咏美人》。马勒在用词上对贝特格的译诗进行了多处添加改动，但基本保持了译诗的本来面目。读译诗和歌词时我们会发现，当中描写的情形不是采莲蓬，而是采荷花，这可能是由于译者和马勒缺乏相关生活经验所致。

本章音乐轻盈曼妙，女低音以大调式的抒情旋律进行独唱，木管乐器以婉转流利的五声调式进行协奏，从容不迫，充满闲适的情趣。

在第三乐章中，"李白的诗"被用来表现了一种悠然自在的理想生活，那么在第四乐章中，李白的诗则表现了理想中的浪漫爱情。为了突显这一主题，他把四节译诗扩展为五节，并在第四节歌词中重复了第二节当中的某些词句，为的是强调美丽少女倒映在水中的倩影和采莲时的韵味。

第五乐章：春天里的醉汉

既然人生不过是一场梦，
那又何必为它辛苦操心？
我整日价喝我的酒，
直到喝不下去为止。

假如我喝不下去了，
因为我的喉咙、灵魂都装满，

我摇摇晃晃走到我的大门口，
我倒头便睡，睡得香又沉！

待我醒过来，我听到什么？
听！一只小鸟在枝头叫。
我问它，是否春天已来到？
我好像在梦里。

小鸟说：是啊！春天已来到。
它在一夜之间就来临！
我打了个寒噤仔细听，
小鸟在唱，在笑。

我重新斟满一杯酒，
一口气把它喝干，
我唱歌，直到月亮
升到乌黑的天顶。

当我不能再唱时，
我倒头睡着了，
春天与我又何干？
还是让我醉着吧！

| 原诗 |　　　　　　**春日醉起言志**

〔唐〕李白

处世若大梦，胡为劳其生。

所以终日醉，颓然卧前楹。

觉来眄庭前，一鸟花间鸣。

借问此何时？春风语流莺。

感之欲叹息，对酒还自倾。

浩歌待明月，曲尽已忘情。

　　第五乐章是一曲放荡不羁、恣情陶醉的饮酒歌，与第一乐章遥遥呼应。贝特格的德译标题为《春天里的饮酒人》，马勒改成了《春天里的醉汉》，与前一乐章相类似，马勒对贝特格译文进行了多处改动，但也无关大体。马勒的歌词与李白原诗《春日醉起言志》相比较，意思有很大的出入。李白的饮酒是对庸常的一种超脱，但译诗表达的是一种消极的人生态度，醉生梦死，不问世事——在认识到"人生不过是一场梦"，以及"一切努力都是徒劳"这一事实面前，喝酒是忘掉这些烦恼的最好方式。

　　在这一乐章里，马勒为了描写醉汉醉酒的状态，故意用半音阶来扭曲主旋律，音乐变得没有了调性，形成一幅音乐漫画，这是马勒音乐中的苦涩幽默。

　　《大地之歌》的第三、四、五乐章都比较短小、明快，作为全曲的过渡与渲染铺排，主要表现作者对失去的快乐梦想的一种追寻，在艺术上有不俗的感染力。

第六乐章：告别

夕阳在山背后渐渐下沉。
暮色在山谷里悄悄降临
阴影里满是逼人的凉气。
看，月亮像一只银色的小舟，
在蓝色天池的水面上漂浮。
我感到一阵凉爽的微风
从幽暗的杉树林后吹来！

小溪唱着歌儿穿过黑暗。
花朵在朦胧中显得苍白。
大地深深呼吸着安详和睡意。

一切渴望和思念都成为梦幻。
疲倦的人们踏上回家的路途，
想望着能在睡梦中去重温
遗忘的幸福和失去的青春。

鸟儿在树间安静地休息。
世界入睡了！
杉树荫影中吹来阵阵凉风，

我伫立在此等候我的朋友。
我等着和他作最后的告别。

朋友，我多么想站在你身边
和你共享这份晚色的美丽。
你在哪里？你让我独自久等！

我带着我的琉特琴来回徘徊，
我在长满了柔草的路上徘徊。
美啊！喔，在永恒的爱情——
不朽的生命中陶醉的世界！

他下马，献他一杯浊酒
饮别。他问他将去何方，
并问他为何一定要走。
他用喑哑的声音说，你，我的朋友！
在这个世界，快乐与我无缘。

我去何方？我去深山。
我为寂寞的心谋取安宁。
这次我再不远走他乡
这次我回我的家园——寻找归宿。

我心已枯槁，只等它的时刻来到。

春天降临，亲爱的大地

仍将是处处鲜花，处处绿茵。

遥远的天国无处不闪耀永远明亮的蓝色！

永远……永远……

| 原诗 | **宿业师山房待丁大不至**

〔唐〕孟浩然

夕阳度西岭，群壑倏已暝。

松月生夜凉，风泉满清听。

樵人归欲尽，烟鸟栖初定。

之子期宿来，孤琴候萝径。

| 原诗 | **送别**

〔唐〕王维

下马饮君酒，问君何所之。

君言不得意，归卧南山陲。

但去莫复问，白云无尽时。

　　第六乐章的演奏长度占了全曲的一半篇幅，是一个相当长的终曲，也是《大地之歌》主题思想的落脚点。本章的歌词由两首译诗合成而来，分别来自《中国之笛》中的《迎候友人》和《告别友人》，其中《迎候友人》译自孟浩然的《宿业师山房待丁大不至》，而《告别友人》则译自王维的《送别》。

有人认为，马勒所谓的"告别"，是向这个世界进行的一次诀别，表现了一种悲观厌世的情绪，而第六章中间长长的间奏，就是一首与世诀别的"送葬进行曲"。钱仁康教授认为，马勒的人生观是"愁世"而非"厌世"，并举例说，马勒生前曾就《大地之歌》第六乐章问过布鲁诺·瓦尔特："这是听众可以忍受得了的吗？它会驱使他们厌世轻生吗？"如果他有这种顾虑，还能在《大地之歌》中表现出悲观厌世的思想吗？马勒修改《告别友人》译诗的结尾，正是为了避免给听众留下负面的影响。而马勒自己作为一个"无家可归的人"，一个异国他乡的游子，心中怀有强烈的回归故土的愿望，并将这个愿望表现在音乐里。第六乐章兼具叙事性、抒情性，还有比较明显的戏剧性，情感起伏自然，情绪变化激烈。

诗词学中的"哥德巴赫猜想"

1998 年的某天傍晚，郭忱拿着一套印有《大地之歌》6 首汉译歌词的资料，来到周笃文教授家，向他转达了李岚清副总理的嘱托。周笃文是中华诗词学会的副会长，早年师从夏承焘，是一位学识渊博的诗词大家，是破译《大地之歌》唐诗密码的合适人选。

但事情并没有那么简单。

一年后的某天，《深圳商报》记者陈秉安打电话采访周笃文教授，询问研究结果，答案是否定的："没有，至今还未破译！我同时邀请了一些朋友和同好一起来破解，但也没有结果。"

陈秉安追问："破译这两首唐诗的困难究竟在哪里？"

周教授认为，这几首唐诗是由中文译成法文，又从法文译成德文，再从德文谱成乐曲的。中间经过了多个人多次不同文学版本的翻译，只要其中一个人的中国诗歌或中国文学的功力不够，对原诗的理解有误差，翻译就会走样。作曲家马勒拿到手的，就可能是一首不是原作的"唐诗"。所以要弄清这两首"唐诗"，就必须返回去，重新研究贝特格、戈谢、海尔曼等人的译本。这就不仅要精通中文、法文、德文，而且要对中国古典文学、法国文学、德国文学以及欧洲古典音乐有极深的造诣。而对于德文和法文，周教授深感力不从心。

"《大地之歌》涉及的问题极广、极深，可以算得上是诗词学中的'哥德巴赫猜想'！"周教授总结道。

虽然周笃文教授没能解开《大地之歌》中的唐诗难题，却为后来的研究者指出了一个破解方向——"返回去"，从各种译本入手，将七首唐诗的流传轨迹逐一梳理清楚，将查对范围尽量缩小，再评估发生流变的各种可能性，最后进行分析查证。

贝特格在《中国之笛》的后记中透露了一条线索：他是根据汉学家德理文侯爵的《唐诗》、朱迪斯·戈谢的《玉书》和汉斯·海尔曼的《中国抒情诗》来翻译《中国之笛》的，由于他的译笔非常自由，故而自称为"仿诗"。

这是一条重要的线索，任一平、陆震纶两位诗词专家根据这个提示，经过大量查考和仔细研究，终于把七首诗的流传轨迹搞清楚——

最早的版本是德理文侯爵的《唐诗》，出版于1862年，是首个法文唐诗译本。该书选诗97首，作者35人，其中李白24首，杜甫23首，其他50首除了1首来源不明外，都能查到原诗。这本《唐诗》，注明是直接根据以下四个中文版本选译的：（1）《古唐诗合解》12卷，钦定本，雍正年间版本；（2）《唐诗合选详解》12卷，乾隆年间版本；（3）《李太白文集》10卷；（4）《杜甫全集详注》10卷。这些书当时都可以在法国巴黎黎塞留街的图书馆里找到。

戈谢的《玉书》（法语）出版于1867年，选诗71首，分爱情、明月、秋日、出游、美酒、宫廷、战争、诗人八个主题，收录李白、杜甫、王维、苏轼、丁敦龄等18位诗人的诗作以及《诗经》中的部分作品，但该书没有提到这些诗是从哪些中文书籍里选出的。

海尔曼的《中国抒情诗》（德语），序言写于1905年，根据《唐诗》《玉书》等转译。

贝特格的《中国之笛》又是根据《中国抒情诗》《玉书》和《唐诗》转译的，出版于1907年，收诗83首，包括孔子1首，诗经3首，李白15首。

经对照比较，在两个德语译本中，海尔曼《中国抒情诗》的译文比较严谨；而在两个法文译本中，德理文侯爵《唐诗》的译文则要可靠得多。虽然戈谢从未说明《玉书》译诗所根据的中文版本，但有证据表明其参照了德理文侯爵的《唐诗》译本。

《大地之歌》6个乐章共7首唐诗，除第三乐章1首之外，其余6首都能在德理文侯爵的《唐诗》中找到；在戈谢《玉书》中可以找到第二、第三和第四乐章的3首，而第四乐章的唐诗也源于德理文侯爵的《唐诗》。事实证明，凡是根据德理文侯爵《唐诗》转译或改写的，即使译文有一定程度变异，仍能根据马勒的歌词和贝特格的《中国之笛》来识别唐诗来源，如第一、四、五、六乐章的5首唐诗；凡是根据戈谢《玉书》转译或改写的，就成了难解之谜，如第二、三乐章。

这是任一平、陆震纶的研究结果，最后他们得到这样的一个结论：德理文侯爵《唐诗》是《大地之歌》唐诗的译本源头，而戈谢《玉书》才是解开《大地之歌》唐诗之谜的关键密码。

戈谢与《玉书》

1999年10月，李岚清致函中国驻法国大使馆，要求对《大地之歌》相关问题进行查证。使馆方面派专人到法国一些著名学府和文学研究机构，向有关专家学者查询，并多次到法国国家图书馆和其他资料中心查找资料。经仔细核对，确认第二乐章和第三乐章的歌词的确来自《玉书》。第二乐章《秋天里的孤独者》的法文原题为《秋夜》；第三乐章《青春》（《青春颂》）的法文原题为《瓷亭》。第四乐章《美女》（《咏美人》）中的小部分歌词与《玉书》中的《河岸》相似。但其他三个乐章的歌词并非出自该书。

使馆方面还提到一点：《玉书》首页注明题赠给丁敦龄。

朱迪斯·戈谢（又译朱迪斯·戈蒂埃）1845 年出生于法国巴黎，其父泰奥菲勒·戈谢是法国 19 世纪著名诗人、文艺评论家，母亲是一位意大利歌唱家。

在家庭的艺术氛围熏陶之下，戈谢自小就表现出极高的文学天赋，十九岁时开始发表文艺评论文章。戈谢对东方文化的兴趣源自她的父亲。泰奥菲勒热爱中国，曾在他的诗作《中国花瓶》中如此吟唱道："我之所爱，远在中国。"泰奥菲勒想让朱迪斯专攻中国文化，为此专门为她请来了一位中文教师，就是《玉书》首页题赠的丁敦龄。

据说丁敦龄是被当时一位澳门主教带到巴黎，参与编撰《法汉词典》的。但不幸的是，由于主教突然病故，丁敦龄被迫失业，流落巴黎街头。后在机缘巧合之下来到戈谢家中，担任戈谢的中文私教。

自此以后，戈谢彻底迷上了中国诗歌。

在丁敦龄的帮助下，戈谢很快便能说一口流利的中文，并且开始编译中国古诗词。中国古诗词一向被认为是不可译的，即使学识渊博的汉学家也大都望而却步。戈谢在父亲的鼓励下知难而上，并将其视为一项高尚的事业。

1867 年，在学习中文五年之后，戈谢以笔名朱迪斯·沃尔特出版了中国译诗集《玉书》，书名的"玉"字取自她的名字 Judith，很有中国味道，又与个人气息结合在一起。为了醒目起见，她还在初版书的封面上专门用中文标上了"白玉书诗"四个字。

《玉书》推出之后，大受欢迎，赞誉纷至沓来，很快就被翻译成英文、德文、意文，传遍了欧洲。戈谢把《玉书》送给雨果，使热爱中国文化的雨果欣喜若狂，对她大加赞赏，并称她为自己的"缪斯"。

　　戈谢出版《玉书》时才22岁，对汉语特别是古诗词的理解难免稚嫩，初版时她没有采用原名发表，除了避免受到父亲的影响之外，更多的原因是想着后面继续完善和修订译作。在她有生之年，《玉书》一共出过三个版本（1867年、1902年、1908年），她死后又出了两个版本（1928年、1933年），后来的版本均用回了她的本名。她回忆说："《玉书》是崇高努力的产物，虽然尽力而为，忠实原文，但不能保证译诗的准确性……后来重新把它拿起来，加以扩充、修正，到这时才能保证它是从中文翻译过来的。"1902年增订《玉书》时，中国驻法特使裕庚专门写了封热情洋溢的贺词向她祝贺，这封贺词后来被放在新版《玉书》正文之前，成为中法文化交流的见证。

　　戈谢一生都没到过中国，但对中国十分神往，阅读过不少关于中国的书籍，她的头脑中充满了对中国的各种神奇而美妙的想象。在《玉书》出版次年，她又发表了以中国为题材的小说《御龙传》，介绍当时中国的风土人情，作品中关于中国的描写全是根据别人的口述和她自己看到的一些资料想象加工而来。从这一点看，她的确大胆而充满冒险精神。因《玉书》和《御龙传》的文学成就，戈谢成为第一位龚古尔文学院的女院士。

　　任一平、陆震纶两人将1867年的初版《玉书》与1933年的新版做了一个比较，发现新版由初版的 71 首诗增加到了 110 首诗，并对初版中的两首（李白《玉阶怨》和杜甫《饮中八仙歌》）作了重译，翻译质量明显有了提升。其他诗词除了标点和个别用词变动外，与初版没有太大变化。

总体来说，新版中所增加的 39 首诗词的翻译水准，明显要高于 1867 年 71 首诗的整体水平，说明戈谢这些年来的研究水准一直在提升。

下面通过书中几首古诗的翻译，一起来看看戈谢的翻译特点吧。

玉阶

玉阶闪烁着露水的光芒。
在这漫漫长夜中，
任袜子的薄纱和宫袍的拖裙被露水打湿，
挂满晶莹的露珠，
皇后拾阶缓缓而上。
她在亭阶上停下步，然后垂下水晶帘。
水晶帘如瀑布般落下，瀑布下人们看到了太阳。
当清脆的叮咚声平息时，
忧郁而长时间沉思的她，
透过珠帘，注视着秋月在闪闪发光。

（孟华　回译）

|原诗|

玉阶怨

〔唐〕李白

玉阶生白露，夜久侵罗袜。

却下水精帘，玲珑望秋月。

这首译诗遵从了原诗的意思，并且准确地把握了幽怨的意境，翻译出来的文字可以说非常优美。比较原诗我们会发现，译诗增加了一些细节，比如拾阶而上、亭阶驻足、忧郁而长时间沉思，这些细节处理得十分合理而细腻，使整首诗的情景变得更加丰满；再比如水晶帘瀑布的比喻，形象相当生动；还有水晶帘"清脆的叮咚声"，秋月的光等等，声音、色彩都有了，也更加具象化。可以说这首诗的翻译是相当成功的，几乎还原了原作的神韵，尽管添加了一些枝叶。

再看下一首：

周年纪念日

去年，就在今天，

在这扇门框里，向我呈现出

一个动人的女人的面容和桃树的朵朵花儿，

在一道阳光下反射出

它们柔和的照影，

并把它们粉红色的妩媚融合在一起，

那么现在这个令人爱慕的面容在哪里呢？

只有桃花在那里，并在春风中微笑。

（任一平、陆震纶　回译）

|原诗|
题都城南庄
〔唐〕崔护

去年今日此门中，人面桃花相映红。

人面不知何处去，桃花依旧笑春风。

　　这首译诗同样忠实于原诗，译文完整准确，除了题目改动之外，几乎是逐字逐句翻译的。"粉红色的妩媚"这个意象译得巧妙，既写出了女人的神态，也写出了花的娇俏，对于原作来说，是一种额外的提升。

　　此译诗最大的特色在于标题的改动，意思拿捏得很到位，既巧妙地概括了诗的内容，又照顾到西方读者的习惯，因而更具吸引力。这类诗题的改动在《玉书》中比比皆是，俯拾即得，相当有意思。例如将李白的《清平调三首》改成《即兴曲：在明皇及美丽的宠妃太真面前作》；将王昌龄的《闺怨》改成《西窗》；将苏轼的《慈湖夹阻风》改成《躲避逆风的船》；将李清照的《卖花声》改成《野天鹅》；将《诗经·齐风》里的《南山》改成《有罪的爱情》……形象生动，趣味横生，令人莞尔。不过也有"翻车"的情况出现，比如初版中将杜甫的《寄李十二白二十韵》改成《寄李白十二月二十日》，这就闹出一个很大的笑话。

以上是《玉书》做得不错的方面，而缺陷更多，归纳起来大致有三类：

第一类是错漏谬误，张冠李戴。如把《湖上对酒行》的作者张谓弄成了张籍，把汉朝班婕妤《怨歌行》作者的帽子，莫名其妙地戴到了唐朝诗人张若虚的头上；一些本已失去作者的诗篇，却把诗篇的类属标题当成了作者，如将《诗经》上的多篇《国风·召南》诗文标为"Sao Nan"所作；相反，一些诗篇明明是有作者的，却被标作"佚名"，如白居易的作品《宫词》，戈谢译作《失宠》，作者居然也是"佚名"。

更令人啼笑皆非的是，《玉书》中有一首题为《爱情的誓言》的短诗，作者为杨太真，当然就是杨贵妃了，后来一经查证，发现也是乌龙——这首诗的原文出自白居易《长恨歌》最后六句："七月七日长生殿，夜半无人私语时。在天愿作比翼鸟，在地愿为连理枝。天长地久有时尽，此恨绵绵无绝期。"

第二类，是意译或改写。戈谢会根据某一首诗或某些语句所描写的意境，通过自己的理解、想象，进行"二次加工"，保留自己需要的，裁剪掉不理解的，添加自己感兴趣的内容，形成了一首"新"诗。例如王昌龄的诗《闺怨》："闺中少妇不知愁，春日凝妆上翠楼。忽见陌头杨柳色，悔教夫婿觅封侯。"戈谢将原诗译成了《西窗》："率领成千狂怒的战士，在铜锣的怒吼声中，我的丈夫出发奔向光荣 / 我开始为获得少女的自由而高兴 / 现在我隔窗望着柳树那发黄的叶子，他出发时，它们

还是嫩绿的 / 他是不是也一样为离开我而高兴呢？"意思来个180 度的大转弯，愁怨哪里去了？——我正偷着乐呢！该不是外国人太过耿直，没读懂原诗的正话反说吧？

这类诗在《玉书》中占了大多数，虽有蓝本参照，翻译时却信马由缰，任由自己的思绪自由驰骋，距离原作十万八千里远。从另一个角度来看，这类诗由于译者的自由发挥，更易赢得读者青睐，这大概就是德理文侯爵的《唐诗》虽然比戈谢的《玉书》译得准确，却远没有它流传广泛的原因。

第三类是伪作，自己杜撰，然后假托于他人。杜撰诗是戈谢凭自己头脑中的想象制造出来的，没有具体的参照物，大概是作者译诗译得太累了，调皮一下。比如假托唐朝诗人崔宗之的一首诗《在杜甫家里饮酒》："我把一种酿得很好的酒斟满我的杯子，直到与杯口对齐 / 但是当我想要喝时，我的杯子却是空的，因为从窗户进来的微风把它吹倒了 / 下雨时，风又吹倒了不朽贤人们斟满酒的杯子，因为他们正在山上的云层中自我陶醉 / 但是太阳吸进的田野的露水和江河的潮湿重新装满了天才们巨大的杯子 / 杜甫家里还有足够的酒，我还可以喝 / 同时作些诗赞美诗人和唐明皇。"

根据任一平、陆震纶两人的考证，这应当是一首假托的杜撰诗，很可能是以杜甫的《饮中八仙歌》为背景而作的。杜甫在这首诗中戏写了八位"酒仙"饮酒的故事，其中之一就有崔宗之，这就为假托崔宗之提供了可能。杜甫的诗充满诙谐和浪漫，戈谢在翻译此诗时受到了感染而突发奇想，然后杜撰了一首诗，与杜甫的饮酒诗放在一起。

"Tschang-Tsi"到底是谁？

热身了那么久，终于到了解谜环节。

先来解决第二乐章《秋天里的孤独者》。德文歌词作者署名是"Tschang-Tsi"，这是一个关键信息，根据译音猜测，可能是张籍或张继，又或者是钱起……那么，我们把上述几个译本对应的诗找出来比较一下，看看能否有所发现。

（1）马勒第二乐章的歌词，由严宝瑜所译，因为歌词与汉斯·贝特格、汉斯·海尔曼两人的德译版大同小异，为节省篇幅，故不录这两人的版本。

秋天里的孤独者

秋天的湖上翻腾着灰雾
远近的绿草披上了白霜。
疑是一位艺术家把玉粉
洒满了美丽的花瓣。

甜蜜的花香已经消失，
阵阵寒风把花枝压倒，
枯萎了的荷花金色的
花瓣将随流水漂走。

我的心啊，已经疲倦，

我的灯啊，噗的一声熄灭，

一切都在催我去安睡。

我来到你这里，温馨的安息地！

是啊，请给我安宁！

我需要清净！

我孤独寂寞常独自哭泣。

秋天在我心中逗留太久啦！

为了擦干我痛苦的眼泪，

爱情的太阳，难道你不再照耀？

（2）朱迪斯·戈谢的译文，由任一平、陆震纶回译自 1933年版《玉书》。

秋天的晚上

秋天的蓝雾弥漫在河上；

小草上覆盖着霜，

好像雕塑家把玉粉撒在草上。

花儿已经不再芬芳；

北风把她们吹倒，

这些荷花即将随波漂荡。

我的灯已经自行熄灭，

黄昏已尽，我要入睡。

我心中的秋日过于漫长，

我脸上擦干的泪水，

又重新流出来了。

婚姻的太阳，什么时候来

晒干我的泪水？

（3）德理文侯爵的译文，由任一平、陆震纶回译自1862年版《唐诗》。

忆古：秋天的长夜有感

银河在秋空中闪光，

玉屑般的霜在飞扬；

北风带走了荷花的芳香。

一位少妇在沉思凝想。

她在孤灯的弱光下织锦，

擦干眼泪，感到漏刻标志的

夜间，特冷、特长。

蓝天的净云在屋前飘荡。

月儿是亭中的唯一来客，

在那里只听到乌啼雁鸣。

是谁家的少妇在机前绣鸳鸯？

是谁在镶嵌螺钿的屏风后面，

锦幕之中，隐藏着巨大痛苦，

是谁看到窗外的落叶，忧愁悲伤？

是谁家的少妇在受苦，可怜，

而且孤独无援？

　　第二乐章歌词在贝特格的《中国之笛》中题为《秋天里的孤独者》，在海尔曼的《中国抒情诗》中题为《孤独者的秋夜》，在戈谢的《玉书》中题为《秋天的晚上》，内容虽有变异，但从诗名可以看出，几个译本是一脉相承的，作者署名都是张籍（德文 Tschang-Tsi，法文 Tchang-Tsi），但是在德理文侯爵《唐诗》中的署名却是钱起（Tsien-Ki），哪里出了问题？

　　许多研究者往张籍的方向探寻，翻查张籍的全部诗作，结果一无所获。再翻看《玉书》1867 年的版本，发现这首诗的作者赫然写着"Tsien-Ki"，原来戈谢初版是正确的，但在修订时却把作者改错了！因为戈谢的《秋天的晚上》是另外几个译本的源头，所以导致歌词的作者也跟着写错。

　　对比戈谢的《秋天的晚上》和德理文侯爵的《忆古：秋天的长夜有感》两首诗，我们会发现，前半部分的内容几乎是一致的，《忆古：秋天的长夜有感》后半部分织布的内容在戈谢的译本中没有具体展开，最后换成了"婚姻的太阳"（贝特格改为"爱情的太阳"），这是戈谢为了加强主题而增加的。这里存在着一种可能性，就是戈谢只译了原诗的前半部分。

　　按照作者"钱起"这个方向，再对照德理文侯爵的《忆古：秋天的长夜有感》译文，我们很容易从德理文侯爵《唐诗》的源头《古唐诗合解》里找到钱起的《效古秋夜长》

这首诗：

效古秋夜长

〔唐〕钱起

秋汉飞玉霜，北风扫荷香。

含情纺织孤灯尽，拭泪相思寒漏长。

檐前碧云净如水，月吊栖乌啼雁起。

谁家少妇事鸳机，锦幕云屏深掩扉。

白玉窗中闻落叶，应怜寒女独无依。

　　《效古秋夜长》全诗共 10 句，戈谢只译了前 4 句，还把第一句"秋汉飞玉霜"中的"秋汉"弄错了。《古唐诗合解》的注解是："秋汉，秋宵河也。唯秋宵河汉最清。霜飞殆五更矣。"戈谢大概看了注解，只知道"秋汉"是"秋河"，而不知道"河汉"是指"银河"。这一错误反而证明戈谢《秋天的晚上》前面三句就是费尽心机翻译"秋汉飞玉霜"的产物，而且是根据《古唐诗合解》翻译的，从而肯定了"张籍"是"钱起"之误。

　　德理文侯爵的译本倒是忠实于原作，全文句句吻合，准确无错，连戈谢"秋汉"的错误在他这里也没发生，的确译作"银河"。还能证明德理文侯爵是按《古唐诗合解》翻译的还有：诗中"净如水""啼雁起"，《全唐诗》作"静如水""啼鸟起"，特别是最后一句"应怜寒女独无依"，《全唐诗》中作"独无衣"。

戈谢译文与德理文侯爵译文有较多相同的关键词，如"秋""玉""北风""荷""香""灯""泪"，都是对原诗的正确翻译，并且出现的顺序也符合原诗，这证明了他俩翻译的是同一首诗。

由此可以断定，《大地之歌》第二乐章《秋天里的孤独者》歌词的原诗，就是钱起的《效古秋夜长》。

第一个唐诗之谜终于解开了。

1999年10月31日，王军华在《北京晚报》刊发的专稿《德国艺术家留给中国学者一道世纪难题》中，详细披露了任一平和陆震纶如何从德理文侯爵的法文本《唐诗》中找到《秋天里的孤独者》准确完整的译本，从而推知其原诗为钱起《效古秋夜长》。同年12月23日，任一平和陆震纶在《光明日报》联名发表题为《揭开马勒〈大地之歌〉第二乐章唐诗之谜》的文章，叙述了他们查找歌词出处的经过。

这一发现是突破性的，一经披露就得到众多专家和学者的认同，周笃文教授还特地发文支持这一观点。2000年12月14日，由中央音乐学院、北京大学和中国音乐家协会理论委员会联合举办的"马勒《大地之歌》唐诗歌词解译及作品评价"研讨会，确认了这个研究成果，遂成为一个定论。

这期间，还发生了一个小插曲。

1999年10月，《音乐爱好者》杂志（1999年第五期）刊载了钱仁康教授的文章，一方面指出《寒秋孤影》（《秋天里的孤独者》）确是钱起的《效古秋夜长》，另一方面又指出这个观点"我早在 1983 年已经提出来了，只是不被太多的人知道而已"。

钱仁康教授说："1983 年英国研究马勒的著名学者唐纳德·米切尔来华访问，文化部请我接待了他。当时，米切尔在研究马勒《大地之歌》时，也碰到同样问题，弄不清《寒秋孤影》是哪位唐人的作品。于席间问我，此事开始引起我的注意，米切尔回国后，我便着手研究这个问题。我将张继、张籍等人的诗都查了，全对不上号，经过长时间考证，我终于在钱起一首诗《效古秋夜长》中找到了答案。1983 年 8 月 5 日，我将研究结果写信告诉了米切尔，他给我回了信，表示十分同意我的考证成果。后来在他的专著《古斯塔夫·马勒》一书的第三卷《生与死的歌曲和交响曲》中肯定了我提出的观点：《寒秋孤影》即钱起的《效古秋夜长》。"

可惜钱教授当时并没有留下信件的底稿，由此留下了遗憾，他无法证明他在同米切尔的交往中已解决了这一难题的事。

后来，钱教授找到了一个佐证，他向记者提供了《生与死的歌曲和交响曲》的片段，书中确有如下一段话："《大地之歌》中来历不明的歌词不仅使西方学者感到困惑，中国学者也在探索解疑。我十分感谢杰出音乐家、上海音乐学院钱仁康教授，他提供给我唐诗人钱起的古诗《效古秋夜长》，提出这可能就是戈谢弄错了作者的《秋天的晚上》一诗的原作……"

米切尔在书中进一步展开阐释："《效古秋夜长》与《寒秋孤影》在形象上处处相互契合——秋天、玉霜、荷花、孤独的人，思念远人、热泪盈眶等，这些至少可以使我乐于把钱教授提供的诗，作为《寒秋孤影》可能的来源。"虽然不尽肯定，但到底承认了这个观点有最大的可能性，也间接证明它来源于钱仁康教授的研究结果。

事后，钱仁康教授又去信给记者，提供了他最先破译《寒秋孤影》一诗的实证：一篇发表在《解放军歌曲》中的小文章《马勒的〈大地之歌〉与唐诗》。文章分析后指出："可以初步肯定，《秋天的孤独者》是钱起的诗（《效古秋夜长》），不是张籍的诗……"

仿诗，还是无解？

只剩下第三乐章了，这是最难破解的谜题。

《大地之歌》第三乐章标题为《青春颂》，在贝特格、海尔曼，以及戈谢的版本中，都可译为《瓷亭》或《琉璃亭》。德理文侯爵没有翻译这首诗。经查证，贝特格和海尔曼的译文都转译自《玉书》，所以可以断定，《青春颂》歌词的源头是戈谢《玉书》的《琉璃亭》。

下面抄录戈谢《琉璃亭》的译文，由任一平、陆震纶译自《玉书》。

琉璃亭

在小小的人工湖中央，

有一座绿白两色的琉璃亭；

通过一条虎背似的拱形玉桥，

就可以到那里。

亭中有几个朋友，

穿着亮丽的长袍，

在一起饮微温的酒。

他们兴高采烈地聊天、赋诗，

因而把帽子往后推，

把袖子稍稍撩起。

在湖中倒映出小桥，

像玉色的新月，

几个朋友，穿着亮丽的长袍，

头脚倒置地在琉璃亭中饮酒。

　　"小小的人工湖"一句海尔曼直接照搬了戈谢，而贝特格
改译为"小小水池"，马勒后来采用了贝特格的译文。对于这
一歌词的解译，学者们形成了三种不同的意见，具体如下：

　　其一，《青春颂》源于《宴陶家亭子》。持这一观点的学
者是钱仁康教授，在《试解〈大地之歌〉中两首唐诗的疑案》
一文中，他提出了自己对第三乐章《青春颂》的看法：

　　（第三乐章）在《中国之笛》中，此诗题作《陶

亭》……我翻遍了《全唐诗》中李白的诗，找不到一首内容与此相近的诗。后来从《陶亭》的诗题得到启发，发现李白有一首《宴陶家亭子》……诗题和诗的内容都和《陶亭》有关："曲巷幽人宅，高门大士家。池开照胆镜，林吐破颜花。绿水藏春日，青轩秘晚霞。若闻弦管妙，金谷不能夸。"

我想贝特（贝特格）改写此诗时根据的《玉书》的作者戈蒂埃（戈谢）女士，一定是把"陶家亭子"误解为"陶制的亭子"，所以才把诗题译为《陶亭》或《瓷亭》的。她的译诗并不拘泥于李白的原诗，而是根据诗题自由发挥，描写"曲巷幽人宅，高门大士家"的觞咏盛会。诗中形容用绿白陶瓷建成的凉亭，似乎是意译"青轩秘晚霞"一句。诗的后半部分（最后三节）描写水中倒影，则是从"池开照胆镜"一句生发出来的。因此我初步肯定，《大地之歌》第三乐章《青春颂》的原诗，是李白的《宴陶家亭子》。

其二，《青春颂》源自《夏日陪司马武公与群贤宴姑熟亭序》，作者也是李白：

通驿公馆南有水亭焉，四檐翚飞，巉绝浦屿。盖有前摄令河东薛公栋而宇之，今宰陇西李公明化，开物成务，又横其梁而阁之。昼鸣闲琴，夕酌清月，盖为接枢轩、祖远客之佳境也。制置既久，莫知何名。司马武公，长材博古，独映方外。因据胡床，岸帻啸咏，而谓前长史李公及诸公曰："此亭跨姑熟之水，可称为'姑熟亭'焉"。嘉名胜概，自我作也。且夫曹官绂冕者，大贤处之，若游青山、卧白雪，逍遥偃傲，何适不可。小才居之，窘而自拘，悄若桎梏，则清风朗月，河英岳秀，皆为弃物，安得称焉。所以司马南邻，当文章之旗鼓；翰林客卿，挥辞锋以战胜。名教乐地，无非得俊之场也。千载一时，言诗纪志。

1999年10月21日，《光明日报》刊载《马勒〈大地之歌〉第二第三乐章试解》一文，文章提出，《青春颂》与李白的《夏日陪司马武公与群贤宴姑熟亭序》有共通之处：均有水中亭子；都提到亭子的建筑形态；皆涉及横跨的桥；都讲到朋友在亭中聚会；聚会者衣着都很华贵；两者在"饮酒畅叙，赋诗作乐"的主题方面一致。中央音乐学院教授、著名音乐理论家廖辅叔先生也提出过类似的观点。

其三，《青春颂》源于《清平调三首》题注。

在《古唐诗合解》中，李白《清平调三首》正文前有一段简短的题注，抄录如下：

天宝中，明皇在兴庆池东沉香亭，与贵妃赏木芍药。命李龟年持金花笺，宣赐李白，立进三章，龟年歌之。上调玉笛以倚曲，太真笑领歌意。

有学者提出《青春颂》源于《清平调三首》题注一说。考虑到戈谢也从《古唐诗合解》和《李太白文集》选诗，而且根据她在《清平调三首》第三首诗的"沉香亭北倚栏杆"译文中添加了"在牡丹花丛之上"这一情节，说明她很有可能看过李白诗的题注，也很有可能将《清平调三首》题注改写成了一首署名李白的诗，也就是《琉璃亭》。

以上三种观点形成了争鸣的态势，三方多次发文对别家观点提出了回应与反驳，一时间在媒体上你来我往，"百家争鸣"，好不热闹。因为大家都无法像第二乐章那样，拿出充分的证据证明自己的观点，始终无法说服对方。

不过，大家都有一个共识——这首译诗戈谢自由发挥的可能性比较大，就算找到，也与原诗相距甚远。

后来，周笃文教授发文谈到对上述几个观点的看法："有人以李白的《夏日陪司马武公与群贤宴姑熟亭序》为其原型，尽管这里提到水亭、飞梁、逍遥、啸咏，但散文体的序与韵文体在诗、在文章学上有明显区别，不能相混。而且姑孰亭为当涂胜景，横跨姑水，亭大水阔，见载于历代方志，与诗中所写小巧池亭相去太远，无法类比。还有人以为即李白的《宴陶家亭子》。不错，在法、德译本中，诗题为'瓷亭'，或许这同'陶''琉璃'有些关系，至于诗中的意象，什么'幽人''大士''照胆''青轩'皆于译诗毫无着落。有的朋友则认为可能源于李白的'清平调'题下的注文，是在兴庆池东沉香亭上赏牡丹，并奉唐明皇之命写诗赞美杨贵妃的。但是这段题记并非李白所写，也不见于李太白集，而是后人根据《松窗杂录》

编入题下的，而且其主要意象、主题与译本相距太远，沉香亭也无法与瓷亭、琉璃亭相合。因此，它不可能是题记的衍生作品……"

周教授的学养与学识都令人折服。他和他的团队查遍了与李白相关的诗文集，包括补遗、续补、续拾、外编等各种存世的文献，在现存的千余首李白诗中找不到可供比照的文本；通过电脑检索，在《全唐诗》中也排除了应有的可能。

在做了大量的研究之后，周教授最后提出这首译诗是戈谢的仿作。他认为，在当时喜爱汉学的欧洲艺术家中，模仿中国诗歌几乎成了一种时尚。席勒就写过两首《孔夫子箴言》，托孔子以言志，还改编过普契尼的歌剧《图兰朵》。这些行为同《马可·波罗游记》以及香格里拉传说相似，不过是艺术家的一种浪漫与"狡狯"罢了。周教授认为这首诗从文献的传承、写作的风格，以及意象的表达上，都能看出它同李白的飘逸、深秀相差太远。联系到当时的风气，以及《玉书》存在其他赝品的事实，周教授有充分理由认为，该诗的作者极可能就是那位年轻浪漫的女诗人——戈谢。

也许再也找不出新的证据，周教授的观点抛出来之后，逐渐得到大家的默认，这场争论也就渐渐平息了下来。

因为无解，所以它是一个仿作——这是最终的答案吗？

探寻丁敦龄

1862 年，经父亲介绍，戈谢第一次见到丁敦龄。在回忆录里，她写下了对这个中国人的最初印象：一个地道的中国人，发黄的脸上留着一小撮胡须，细长的眼睛上戴着一副又大又圆的眼镜。头上一条又细又长的辫子，不断打着双肩，一直下垂到织贡呢蓝色马褂的下摆。一顶瓜皮帽，从未见他摘下来，帽子上镶着一颗红色小球。脚穿一双便鞋，腋下夹着一把从老家带来的大纸伞。他显得很机智、优雅，像个神父。见面时他握拳举手，高过额头，表示了最大的敬意……

当时的丁敦龄大约30岁，前途的无望让他忧心忡忡，显得老成世故。戈谢在回忆录中记下了他与父亲街头相识的情形：在巴黎火车站，戈谢父亲遇到了彷徨无助的丁敦龄。出于对中国人的友善和同情，戈谢父亲慷慨提出买船票送他回国，但丁敦龄表示有家难回，因为家乡正发生战乱。戈谢父亲便将他带回家中，邀请他做女儿的中文老师。

在走投无路的情况下，家庭教师算是一份不错的差事，起码避免了流落街头的窘况发生。就这样，丁敦龄住进戈谢家，当起了"清客"。除了指导戈谢学习中文之外，也别无他事，每天习惯于在圈椅上懒洋洋地午睡。在戈谢决定翻译中国诗后，他突然来了兴致，变得勤奋起来，整天查找中国韵书和字典，忙得不亦乐乎。

丁敦龄教给戈谢的，除了汉语、唐诗，还有尽可能多的中国文化，包括历史故事、风俗民情，以及名胜古迹，还给她取了一个中文名字，叫"俞第德"，即"高尚美德"之意。戈谢把这些见闻写进了小说《御龙传》里，还计划把丁敦龄讲的故事写成一本《女皇传》，可惜后来没有实现。直到晚年，戈谢还说："他用远方祖国的种种珍闻来滋润我的内心，我们一同诵读中国诗人的作品。他向我描绘那边的风土人情，奇幻般地讲述异国流传的神话，让我的想象里充满东方光洁的梦境。多少年流逝了，但我不改初衷，依然是一位中国女性。"甚至在某些公开场合，戈谢声称自己是"一个中国公主的化身"，可见丁敦龄对她影响之深。

丁敦龄有一定文化素养，也能创作诗和小说。他的诗作《中国之魂》，经戈谢翻译后，刊登在法国最知名的文艺刊物《文艺评论》上。他还经常出入于巴黎名流的集会，可见其在法国文化界颇受欢迎。

1872年，两人发生矛盾，丁敦龄被辞退，搬出住了近十年的戈谢家，此后过着贫穷潦倒的生活。戈谢仍不时地予以接济，直到1886年他去世。去世的时候，丁敦龄身边没有一个亲友，戈谢为他安排了一场体面的葬礼，也算安抚了这个流落异乡的孤魂。

这是记述于《戈谢传》中的丁敦龄，给我们留下一个模糊的侧面。在中文的记载中，"丁敦龄"似乎成了一个被淹没的名字，几无可寻，只找到零星的三两则记录。外交官张德彝在他的《航海再述奇》中曾提到过丁敦龄："同治八年（1869）正月初五：志刚、孙家榖两钦宪约法人欧建及山西人丁敦龄者在寓晚馔。"欧建即戈谢的父亲泰奥菲勒·戈谢。书中还提到丁自称"曾中举人……现为欧建之记室"，记室即秘书。又说丁本卖药为生，居戈家以汉文授其两女，时时不告而取财物。

上述文字记叙了丁敦龄在海外的情形，本土并无记录。百年之后，钱锺书在《谈艺录》补记中谈过此人："其人实文理不通，观译诗汉文命名，用'书'字而不用'集'或'选'字，足见一斑。"又说"（丁）取己恶诗多篇，俾戈女译而虱其间……欺远人之无知也"。为此，周笃文教授说了句公道话，对于一个对中法文化交流作出过有益贡献的人，如此责难是否过于严厉和有欠公允？用"书"字而没用"集"或"选"，也许是根据国外的习惯，不一定非要遵从中文的拟名法；把丁诗掺进诗选当中，更多的是戈谢的行为，对自己老师的作品推崇本也无可厚非。在诗选中，我们看到其中一首署名为丁敦龄的诗，其实写得并不差，从某个角度来看，它恰恰代表了戈谢的审美口味，或者说，此诗间接道出了戈谢恋爱时的那种少女情怀——

橘树影
〔清〕丁敦龄

在孤独的闺房里
整日劳作的少女
会为突然间传到耳中的
一声玉笛
而感动。
她想象着自己听到了
一个少男的声音。

透过窗纸

橘树叶的阴影

透了进来，压上了

她的膝盖。

她想象着有什么人

撕开了她丝绸的衣裙。

　　西方对丁敦龄的评价则稍为正面。《玉书》出版次年，戈谢出版了《御龙传》，当时一位评论家说："多亏有了丁敦龄，文学界才有《御龙传》这样的好书。"

　　1902 年《玉书》推出第二版，初版中"题献丁敦龄"的字样在这一版中被删除，那时丁敦龄已去世 16 年。

复原中国诗

神秘唐诗浮出水面

1919 年春天，翟林奈埋头于大英博物馆，整理斯坦因所收集的敦煌遗书。翟林奈出生于中国，是翟理思之子，被世人称作"小翟理思"。他于 1900 年进入大英博物馆工作，负责中文图书的管理。翟林奈继承了父亲对汉学的热忱，毕生潜心研究汉学典籍，著述颇丰，为海外汉学的发展做出过重要贡献。

在众多古写本中，翟林奈发现了一本只有九页的小册，编号为 S.5476，长 145 毫米，宽 105 毫米，斯坦因所雇的中国助手在清单上标注为"《戏耍书》一本"。翟林奈稍加观察，就知道小册内容与标注的判断不符。在誊抄过程中，他发现那是一首长诗——共 153 行，却不完整，连题目也遗失了。在诗中，作者自称"妾"，因此翟林奈推断叙述者为"一妇人"，也大概知道该诗内容是描述黄巢攻陷长安的情形。

这个发现，让翟林奈来了兴致。

几个月后，翟林奈又得到这首诗的另一个写本，编号 S.692。这个写本除了开头被扯去之外，余下都完好无缺，共 198 行。此写本题曰"《秦妇吟》一卷"，印证了翟林奈前面对叙述者身份的猜测。诗末题曰："贞明五年己卯岁四月十一日敦煌郡金光明寺学仕郎安友盛写讫。"抄写的时间、地点和抄写人的姓名等记录得一清二楚。此外，上面还有四句不完整的打油诗：

> 今日写书了，合有五升麦。
> 高代不可得，还是自身灾。

诗中的"高代"即为"高贷"，抄写者安友盛对现状的不满跃然于纸上，其牢骚之气也表现在其字迹之上——相比上一写本更为潦草，谬误也颇多，可见五升麦的酬劳难以平复他心中的抱怨。

不久，翟林奈又找到第三个写本，编号 S.5477，这运气可真是太好了！此写本与第一本相似，也是一个小册，稍为大一些，也较前两个版本更完整，只是前面有残缺，字迹"似幼僧初学涂鸦"，仅仅可以辨读。

有了上述三个写本作为对照，翟林奈就可以展开分析和研究了。

他将三个写本依次编号为甲、乙、丙。就纸张与字法来看，翟林奈认为甲、乙二本约为同时期的产物，大约在 10 世纪初。丙本的纸张是较粗的草纸，流行时间稍晚一些，大约为 10 世纪中叶。当然，这些都是粗略估计。如果从写录的正确程度来考察，则它们的序列正是翟林奈发现它们的排序：甲本大体可称为佳本，乙本稍逊，而丙最劣，且有很多别字。综合三个写本来看，虽然篇幅不大，呈现出来的异文现象却令人惊讶。

翟林奈将《秦妇吟》一诗的发现过程和研究的相关成果写成了论文。1923年，在英国皇家亚洲学会百年庆典上，他宣读了此篇论文，引起与会者的高度关注。与此同时，法国汉学家保罗·伯希和也参加了本次会议。伯希和告诉翟林奈，《秦妇吟》写本还有另外两种，是他在敦煌发现的，现藏于巴黎的法国国家图书馆。

伯希和介绍的两个写本大体完整，少有亏损，尤其卷末更为完好。其中编号为P.2700的写本，翟林奈称之为丁本。丁本诗题下标有"右补阙韦庄撰"一行字，直接表明了作者和他的身份，是一个相当重要的信息，也是前面三个写本所缺失的。而编号为P.3381的写本，翟林奈称之为戊本，最为完整，基本包含了《秦妇吟》全诗238行诗，卷末题有"天复五年十二月十五日敦煌郡金光明寺学仕张龟写"字样，也是很重要的信息，与安友盛的抄经地点相同，皆在金光明寺，暗示两者之间有关联。

由此，翟林奈就上述五种写本重新进行研究，将《秦妇吟》全诗校勘补全，并译成英文，研究成果以《〈秦妇吟〉之考证与校释》为题发表。该文共分四部分，文末附《秦妇吟》英译本。其中第二、三部分，分别考证了"黄巢乱事"和"韦庄事迹"，此前尚无人做这方面的工作，此文对了解《秦妇吟》所反映的史事以及韦庄的生平事迹都有较大帮助。

1927年张荫麟将此文译为中文，发表于《燕京学报》。在《秦妇吟》的研究史上，翟林奈的考证有着举足轻重的地位，学者刘修业认为该文"是为我国人得读《秦妇吟》与韦庄事实合证之始"。

话分两头，敦煌《秦妇吟》写本在我国国内的研究也取得了重大进展。

最早关注到这首诗的是学者罗振玉。1908 年，伯希和在敦煌莫高窟掠取了一批敦煌文献，当时他做了分类，将保存完好、精美的经书直接寄往法国，剩下一些残破的则带到北京，设法找文物工匠进行修补和装裱。罗振玉得知消息，就和友人前往观看，并询问了伯希和相关的经历，回来写了《敦煌石室书目及发见之原始》《莫高窟石室秘录》两篇文章，发表在《东方杂志》。罗振玉没有看到原书，只听了伯希和的转述，便将《秦妇吟》误写成《秦人吟》收入文章当中，后来的各种讹传，便始于此。

这两篇文章发表之后，引起举国上下关注，民众纷纷要求政府相关部门行动起来保护国宝，以免造成更多的流失。此后，《敦煌石室书目及发见之原始》由广州广雅书局再版，改名为《敦煌石室记》；《莫高窟石室秘录》则由国粹学报社印成单行本，改名为《鸣沙山石室秘录》。再版时，二书均载有《秦人吟》一目。

在伯希和获得敦煌文献的前一年（1907 年），斯坦因就已通过非正当手段在莫高窟石室掠劫了大批写本经卷，运回英国。当时，这批写本尚未移到大英博物馆保管。1912 年，日本的狩野直喜游历欧洲，在斯坦因处录得古经若干种，其中就有《秦妇吟》残本，也就是翟林奈后来见到的甲种写本。其后，王国维见到狩野直喜的录本，经过一番研究，作文《敦煌发见唐朝之通俗诗及通俗小说》，于 1920 年发表于《东方杂志》。

在文章的前半部分，王国维就依靠自己深厚的国学功底推断出此诗为《秦妇吟》。由于残卷前后不全，也无篇题和作者姓名，在不完整的诗中王国维看到了如下两句："内库烧为锦绣灰，天街踏尽公卿骨。"他想起孙光宪在《北梦琐言》中谈道："蜀相韦庄应举时，遇黄寇犯阙，著《秦妇吟》一篇，内一联云：'内库烧为锦绣灰，天街踏尽公卿骨。'"恰巧残诗中也有这两句，那么是韦庄的《秦妇吟》无疑了。

孙光宪在《北梦琐言》中，他提到《秦妇吟》这首诗非常有名，韦庄被时人称为"秦妇吟秀才"，可见这首诗在当时流传甚广。另外他还提到，韦庄做官后，对这首诗的广泛流传颇为忌惮，不承认是自己写的。其弟韦蔼在编纂韦庄诗集《浣花集》时也没收录此诗，以致此诗最终失传。

王国维的推断意义重大，首次揭示了《秦妇吟》原诗的真相，使这首失传千年的唐诗终于重见天日，重新回到中国文学史的序列当中。虽然翟林奈在 1919 年的乙种本中也获悉此诗为《秦妇吟》，但他那时尚未形成文字公布。

后来，王国维得知巴黎法国国家图书馆藏有更完整的写本，于是便去函请伯希和录寄两种写本归国研究。1923 年，伯希和将两种《秦妇吟》写本抄录出来，分别寄给了王国维和罗振玉。1924 年，罗振玉根据这两种写本互校形成全诗，收入《敦煌零拾》中，才让我们在千年以后首次见到《秦妇吟》全诗。与此同时，王国维据伯希和寄来的两种，以及先前在狩野直喜录得的残本，综合校勘，也形成了《秦妇吟》全诗，以

《韦庄的〈秦妇吟〉》为题，发表于北大的《国学季刊》，并有题跋，述及韦庄生平。

当然，由于王国维对另外的版本无所知晓，所以全诗讹误颇多，罗振玉的整理也不完整。翟林奈参考的版本有五种之多，加上他校勘严谨，因此他断言自己整理的全诗应该是最接近原诗的一种。1947 年，刘修业根据当时所见的各种写本和校勘本综合点校而成了一个版本，成为《秦妇吟》全诗的权威校勘本。

随着研究的深入，人们又在法国国家图书馆发现了三种写本，编号分别为 P.3780、P.3953 和 P.3910，另斯坦因还收藏有一种，编号 S.5834，《秦妇吟》的写本达到了九份之多。另四本补记如下：

P.3780 首尾均题"秦妇吟一卷"，卷首书题下有"右补阙韦庄撰"一行。卷末有朱笺或墨笔题记数行，大都不容易辨认，有一行写着"显德二年丁巳岁二月十七日就家学士郎马富德书记"，又有一行写着"大周显德四年丁巳岁二月十九日学士童儿马富德书记"，两者无论是时间和抄写者的称谓都似有矛盾。这份写本书法工整，但前三分之一受到很大程度的损伤，很多内容难以辨认。

P.3953 首尾残缺，仅存二十行半，书法草率，与其说是一份写本不如说是一个残片。因为头尾都缺失，无法确定抄写的日期和抄写者的身份。

P.3910，前半卷所抄系《茶酒论》和《皇帝感》，卷末题"癸未年二月六日净土寺弥赵员住左手书"。根据跋文提示，这个写本应该和 S.5477 是在同一间抄写室里完成的。

S.5834 是从 P.2700 上撕下来的，其上面有一个不完整的跋文："贞明陆年岁在庚辰拾贰月"，标明了文本的抄写日期，但没有指出抄写者的身份。

这九份写本皆流出海外，又以抄写或影印形式传入故土。而留在国内的经卷（包括李盛铎原藏本），或被毁，或隐匿，难觅踪影。

韦庄作《秦妇吟》

《秦妇吟》全诗 238 句，1666 字，几乎是白居易《长恨歌》的两倍。后人将这首诗与汉乐府《孔雀东南飞》、北朝乐府《木兰辞》并称为"乐府三绝"。

那么，韦庄是在怎样的情形下写出《秦妇吟》的呢？这还得回到韦庄本人的经历。

836 年，韦庄出生于京兆韦氏东眷逍遥公房。相传北周时的名士韦夐，被周明帝赐号逍遥公，其子孙因而号称"逍遥公房"。韦夐后人韦待价，唐高宗时官至文昌右相；韦待价的曾孙，为诗人韦应物，官至苏州刺史；韦庄为韦应物的四世孙，到韦庄这一代时，已家道中落。韦庄父亲早亡，家贫力学，才敏过人，然而仕途坎坷，屡试不第，直到 894 年，才以近六十岁高龄应试及第。

880 年，韦庄在长安应举，恰逢黄巢带领起义军攻入长安，韦庄陷于战乱之中，两年之后才逃离长安，在洛阳城郊躲避战乱。虽然是统治阶层的边缘人物，但韦庄始终怀揣忠君理想，因而他一直站在统治集团的立场，反对起义军的行径。然而身处底层，又让他与百姓的苦难和挣扎感同身受。在这次变乱中，由于他非官非富，没有引起黄巢军的注意，得以冷静观察京城的事态变化和世相的惨状，并将之记录下来。

在韦庄笔下，造反的义军当然粗俗暴烈，但官军又何尝不是如此。比如他的《睹军回戈》，就有官军不堪的记录："关中群盗已心离，关外犹闻羽檄飞。御苑绿莎嘶战马，禁城寒月捣征衣。漫教韩信兵涂地，不及刘琨啸解围。昨日屯军还夜遁，满车空载洛神归。"此时黄巢军已呈颓败之势，官军却依然涣散屯兵，所谓回戈、夜遁，说的正是官军崩溃逃离，而在溃逃之际他们还沿途劫掠妇女，这和强盗又有什么区别呢？

由此，诗人的情感变得复杂起来，既对黄巢起义嗤之以鼻，也不认同各路官军。在韦庄看来，黄巢的造反使得唐朝国力大衰，而关东诸侯行动迟缓，见死不救，更致使唐军土崩瓦解，大势已去。

这看法当然有诗人的阶级局限性。

然而，那几年来的所见所闻皆真真切切，有血有泪，有刀光剑影、城池沦丧，有家破人亡、市井陈尸，让诗人不得不借助秦妇之口叙述，向世人徐徐展开一幅人间地狱之长卷——

家家流血如泉沸，处处冤声声动地。
舞伎歌姬尽暗捐，婴儿稚女皆生弃。

东邻有女眉新画，倾国倾城不知价；
长戈拥得上戎车，回首香闺泪盈杷。
旋抽金线学缝旗，才上雕鞍教走马。
有时马上见良人，不敢回眸空泪下。

西邻有女真仙子，一寸横波剪秋水。
妆成只对镜中春，年幼不知门外事。
一夫跳跃上金阶，斜袒半肩欲相耻。
牵衣不肯出朱门，红粉香脂刀下死！

南邻有女不记姓，昨日良媒新纳聘；
琉璃阶上不闻行，翡翠帘间空见影。
忽看庭际刀刃鸣，身首支离在俄顷！
仰天掩面哭一声，女弟女兄同入井。

北邻少妇行相促，旋拆云鬟拭眉绿。
已闻击托坏高门，不觉攀缘上重屋。
须臾四面火光来，欲下回梯梯又摧；
烟中大叫犹求救，梁上悬尸已作灰。

妾身幸得全刀锯，不敢踟蹰久回顾。
旋梳蝉鬓逐军行，强展蛾眉出门去。
旧里从兹不得归，六亲自此无寻处。

无论个人还是众生，在战乱中皆为蝼蚁。一旦城破，首先遭殃的就是城中百姓，四邻仓皇失措，"家家流血如泉沸，处处冤声声动地"。接着东、南、西、北四邻女子的悲惨命运轮番上演，几乎逃无可逃。而这样的惨剧只是一个缩影，每天都在发生着。待到官军合围京城，城中供应断绝，首当其冲的依然是老百姓：

四面从兹多厄束，一斗黄金一升粟。
尚让厨中食木皮，黄巢机上刲人肉。
东南断绝无粮道，沟壑渐平人渐少；
六军门外倚僵尸，七架营中填饿殍。
长安寂寂今何有？废市荒街麦苗秀。
采樵斫尽杏园花，修寨诛残御沟柳；
华轩绣毂皆销散，甲第朱门无一半；
含元殿上狐兔行，花萼楼前荆棘满；
昔时繁盛皆埋没，举目凄凉无故物。
内库烧为锦绣灰，天街踏尽公卿骨。

被围叛军要吃饭，粮从何处来？只能压榨穷苦平民。"内库烧为锦绣灰，天街踏尽公卿骨"这两句可谓是全诗的诗眼，起到的效果堪比杜甫的"朱门酒肉臭，路有冻死骨"，从某个层面来看似乎更加触目惊心。怪不得整首诗失传，唯独留下这两句传世，的确起到统领全诗的作用。

以上是诗人对黄巢军在京城所犯罪行的控诉，但韦庄的用意并不止于此，他通过一老翁对官军也进行了指控，并指出官军的恶行比黄巢军更甚：

> 千间仓兮万斯箱，黄巢过后犹残半。
> 自从洛下屯师旅，日夜巡兵入村坞。
> 匣中秋水拔青蛇，旗上高风吹白虎；
> 入门下马若旋风，罄室倾囊如卷土。
> 家财既尽骨肉离，今日垂年一身苦。
> 一身苦兮何足嗟，山中更有千万家！
> 朝饥山草寻蓬子，夜宿霜中卧荻花。

官军打着讨叛的旗号，不断搜刮民间，丝毫不在意人们的死活，不管穷户富户都被抢掠殆尽，"入门下马若旋风，罄室倾囊如卷土"。更可恨的是，"一身苦兮何足嗟，山中更有千万家"，从一人的苦难，推及整个中原乃至众生，可见诗人认识到叛乱的根源并非出于叛乱的本身，自有它深层次的社会矛盾。

在长诗最后一节，韦庄透露了他写作此诗的真正动机：

> 适闻有客金陵至，见说江南风景异；
> 自从大寇陷中原，戎马不曾生四鄙；
> 诛锄窃盗若神功，惠爱生灵如赤子；
> 城壕固护教金汤，赋税如云送军垒。
> 奈何四海尽滔滔，湛然一境平如砥；

避难徒为阙下人，怀安却羡江南鬼。

愿君举棹东复东，咏此长歌献相公。

　　现在回过头来看，前面铺陈的所有悲惨状况，可能是为了映衬诗人对江南了无动荡、民生安静如故的向往。客人带来金陵的消息，说金陵、润州一带在镇海军节度使周宝的治下，难得地维持了地方治安，百姓安居乐业，一派祥和景象。这和北方的战火频仍无疑形成了强烈的对比。无论是在历经苦难之后出于对和平的真心向往，还是为了某种目的而歌颂贤者，这首诗都不能回避一个功利性的事实——它是作为献给周宝的见面礼而存在的。

　　大约在完成此诗之后，韦庄就进入了周宝的幕府任职。

　　可以说，《秦妇吟》是一部具有强烈现实主义倾向的巨作，时间跨度长达三年，空间范围兼及两京，描述的又是历史巨变之下挣扎求存的芸芸众生，既有大时代环境的宏构，又有小场景细节的刻画，冲突激烈且不可调和，思想驳杂而不失丰富，由此产生震撼人心的艺术感染力，影响深远。

　　作者采用人物回忆的倒叙手法，将不同时间、地点、人物、景物汇集于同一时空之中，情节紧凑、题旨集中。艺术上亦有所开创，不少学者认为其笔力当在写安史之乱的《长恨歌》和《连昌宫词》之上，这首诗不仅是韦庄的代表作，在中国古代叙事诗中也堪称丰碑式的杰作。

被遗忘的《秦妇吟》

依然要从韦庄的经历谈起。

韦庄创作完成《秦妇吟》不久，黄巢起义失败自杀。《秦妇吟》对战乱真切的描绘和批判，反映了老百姓的心声，所以大家争相传抄这首诗，有些还写在家里的屏风、幛子上，可见这首诗受欢迎的程度。

我们再来推敲《北梦琐言》中的记录：

> 蜀相韦庄应举时，遇黄寇犯阙，著《秦妇吟》一篇，内一联云："内库烧为锦绣灰，天街踏尽公卿骨。"尔后公卿亦多垂讶，庄乃讳之。时人号"秦妇吟秀才"。他日撰家戒，内不许垂《秦妇吟》障子。以此止谤，亦无及也。

885 年，唐僖宗还京，重整朝纲，朝野上下处于重建状态，当然一定会审查公卿们在京都陷落期间的表现。比如唐僖宗曾有诏令："如逢寇不追，临阵不战，贪渎逗挠，败失师徒，宜令本州道勘寻，准军法处分。"不胫而走的《秦妇吟》一诗，从某个角度来看，正是一份极度真实的考察报告，既记录了叛军的罪行，又反映了官军差劲的表现，譬如诗中言及潼关官兵土崩瓦解之状就是一例：

> 是时西面官军入，拟向潼关为警急；
> 皆言博野自相持，尽道贼军来未及。

须臾主父乘奔至，下马入门痴似醉。

适逢紫盖去蒙尘，已见白旗来迎地。

类似的，还有前文述及的抢掠行为。这样的叙述无疑触及了某些公卿的利益，"公卿亦多垂讶"理所当然，安能不"谤"？此时的韦庄虽然不在朝中，但如果不想办法"止谤"，他进入仕途的路将被堵死，且有性命之忧，所以采取手段将这首诗"屏蔽"了之，不再示人。

韦庄为仕途、为自身安全而选择避讳，隐匿《秦妇吟》，此为其中的一个推断。史学家还有另外一个推断，我们接着往下讲——

894 年，韦庄始中第，被任命为校书郎，开始了他的仕途生涯，此时他已年近六十。897 年，韦庄随谏议大夫李洵使蜀宣谕，认识了当时还是西川节度使的王建，受到王建。899 年，韦庄任左补阙。在此期间，他与弟韦蔼合作编著唐代诗人选——《又玄集》，集中收录"才子一百五十人，名诗三百首"。此时韦庄做了一件颇能彰显其性情之事：在选编诗集之余，他上一奏章，请求为唐代最著名的一批诗人追赐进士及第或赠官，这些诗人包括李贺、温庭筠、陆龟蒙、贾岛等。虽然最终没有奏效，却也体现了韦庄对未及第诗人的同情。

时局的变化，发生在 900 年。那年十一月，宫廷中的宦官发动了政变，将昭宗囚禁起来，并假拟圣旨，立太子李裕为帝。得知消息的韦庄深感绝望，写下了"已闻陈胜心降汉，谁为田横国号齐"的诗句，此时恰逢王建招揽，韦庄便再次入蜀，成为王建的"掌书记"。907年，唐朝灭亡，韦庄力劝王建称帝立国，史称"前蜀"。韦庄因功被委任为宰相，后终生仕蜀，直至910年逝世。

韦庄的新主王建，其实也与《秦妇吟》有些干系。

王建乱世从军，以其英勇善战，成为忠武军监军杨复光手下都将。882年随杨复光驻屯洛郊。陈寅恪先生曾通过考证正史指出，中和二年韦庄向洛阳奔逃，这时候官军杨复光部驻扎之处正在其逃亡路线上，所以韦庄所耳闻目睹的官军种种烧杀抢掠的罪恶行径，显然是杨复光军所为。

当然，这些恶行未必需要由王建负责，但如今韦庄在王建手下出任高官，诗中的叙述显然不合时宜，为避讳，他采取一些措施也不为过。作为其中的一个推断，这里的"他日"指韦庄复贵之后的时间点。

当然也有史学家提出反对意见，认为王建是一位难得尊重文人的君主，不会因为韦庄写了讽喻诗就加害于他。从韦庄在王建朝中的表现足以说明问题，比如他在文学方面相当活跃，编诗集，主持文学雅集，致力扩大自己在文坛的影响力。韦庄还在成都郊外浣花溪畔重建了杜甫旧居，他的诗集也以"浣花"来命名。

此外，韦庄还由于慷慨关照下层寒士而闻名，甚至赠授某些诗人官职。这种行为符合韦庄一贯的性格，在唐朝为官时他就这么干过。但是，如果没有王建在背后支持的话，恐怕他也不便如此大张旗鼓，由此可推断《秦妇吟》隐匿的原因不在王建身上，或者说主要原因不在他身上。

隐匿《秦妇吟》的自主因素强烈，据说韦庄煞费苦心，不断派人去往各处，回收各种版本《秦妇吟》的诗抄。然而我们可以分析，当时《秦妇吟》已在社会上广泛流传，并不会因为韦庄出面禁止就能断绝所有传播，它被人们遗忘应该是诸多因素综合于一起所致。例如它的题材就相当敏感，加上同时讽喻起义军和官军，可谓官方和民间两边不讨好，很难适应不同时代的审美情趣和政治宣传需要，再经过长时间的掩埋和淡忘，最终如韦庄所愿，近乎戏剧性地消失在人们的视野之中——直至千年之后重现于敦煌。

翟林奈译《秦妇吟》

翟林奈是西方第一个将《秦妇吟》全诗整理出来并翻译成英文的。他尽量采用直译，让译诗通畅可读，所以他不要求格律严整，也不要求音韵和谐，尽管译文节奏看上去有些松散，细读起来依然富有韵味。由于翟林奈对原文的理解相当准确，英文表达也十分到位，故他译文最大的特点就是达意，而铺陈达意的笔法相对于原文以叙事抒情见长的特点，正好相辅相成，相得益彰。

翟林奈对《秦妇吟》的用心程度可以通过注释看出来。译本总共才76页，而它的注释竟占了30页，诗中相关的词汇、人名、地名以及历史背景等，翟林奈都作了详尽的解释，脚注里还列出原文不同版本文字的考证，足见译者无论在原作上还是在译文上，都下了不少功夫。

秦女士的哀歌

[英] 翟林奈　译

中和癸卯年，春天三月，

洛阳的城墙之外，花开如雪。

东西，南北，行路人都在休息；

绿柳静悄悄，香消玉殒了。

突然，我在路边看见一位如花的女士

孤独地斜倚在绿柳荫下。

她的凤凰头饰歪了，一绺头发横在太阳穴上。

她脸上露出关心的神色，眼眉之间有一道皱褶。

我大胆地问她："姑娘，你从哪里来？"

她看起来很悲伤，刚要说话，突然哽咽说不出来。

她转过头来，挽起袖子，向我道歉：

在变乱的浪潮中，我怎能找到合适的语言？

三年前，我落入叛军之手，被扣留在秦国。

而在秦国发生的一切，似乎刻在我的记忆里。

先生，如果你能解开你的金马鞍来听我的故事，

就我而言，我会在你的陪伴下停留我的玉步。

|原诗|　　　　　《秦妇吟》（节选）

〔唐〕韦庄

中和癸卯春三月，洛阳城外花如雪；

东西南北行人绝，绿杨悄悄香尘灭。

路旁忽见如花人，独向绿杨阴下歇；

凤侧鸾欹鬓脚斜，红攒黛敛眉心折。

借问女郎何处来？含嚬欲语声先咽。

回头敛袂谢行人：丧乱漂沦何堪说！

三年陷贼留秦地，依稀记得秦中事。

君能为妾解金鞍，妾亦与君停玉趾。

　　首先，翟林奈将《秦妇吟》处理成了一首哀歌，放在西方的语境里就显得相当贴切。哀歌是西方文学的一种诗歌题材，源于古希腊的挽歌，通常以悲伤的格调叙述主人公际遇、抒发感情，节奏沉缓而优雅，托马斯·格雷的《墓畔哀歌》、里尔克的《杜伊诺哀歌》在世界范围内都享有盛誉。《秦妇吟》无论是从题材还是从体量上考察，都具有史诗的质地，所以它也当得起"哀歌"的冠名。

　　从上面的译文中，我们可以看出翟林奈的翻译特点：敢于直译，保留原诗中的意象，但为了让读者明白，又善于将事物的解释融进译文当中。这样的处理当然考验翻译家对原文的理解与对译入语语境的消化，翟林奈可以说做得相当自如和出色。比如"花如雪"，他就直接译为"the blossom was like snow"。

　　对于东西方文化内涵差异较大的意象，一般的汉学家会选择忽略掉省事，要不就选择与西方相近的事物来代替，翟林奈是这样处理的："妾亦与君停玉趾"一句，这个"玉趾"指女孩像玉一样洁白的脚趾，有比喻的成分，尤其"玉"不好译，但它具有浓郁的中国味，于是译者将它译为"jade footsteps"，即玉的脚步（玉步），很好地传达了意思，又保留了中国特色。同样例子，"凤侧鸾欹"也不好翻译，因为"凤鸾"也具有很深的文化内涵，他将其处理为"her phoenix head-dress"，意为"凤凰头饰"，凤凰的意象得以保留，西方读者又能理解，的确是一举两得的办法。

当然，也有根据实际改写的情况。比如"丧乱漂沦何堪说"，原诗指在动荡中的遭遇不堪回首，一言难尽，翟林奈将它译为"在变乱的浪潮中，我怎能找到合适的语言？"，直观地表现了叙述者难以整理情绪和组织语言，将自己的遭遇表述出来。同样用反问句式，也突出了她的困难与无助。原诗中还有一句"依稀记得秦中事"，诗人指的是妇人在慌乱中难以记清楚发生的往事，译者却觉得，实际上印象应该更深刻，以至于难以磨灭，因为发生的事情实在太匪夷所思了，"而在秦国发生的一切，似乎刻在我的记忆里"。这样的改写具有积极作用，它促进了全诗主题的突出。

也有一句译得欠准确："东西南北行人绝"。无论东西南北，路上一个人影都没有，几乎绝迹，这是对当时实际情形的最大还原。那时正处于兵荒马乱之中，人们避祸不及，谁没事还在外面溜达？所以，翟林奈将它译成"行路人都在休息"是不准确的。

《秦妇吟》英译本出版于1926年，为英汉对照版本，书中原诗的汉字采用刻版繁体字印刷，显得漂亮而又端庄。在那个没有电子印刷术的年代，好多著作在涉及汉字时，要么采用手写字体，要么采用拼音字母代替，此书吸收汉籍原版的设计方式，排版原汁原味，印制典雅精美，实属难得。

翻译中国诗

庞德与《神州集》

　　1913—1915 年的三个冬季，埃兹拉·庞德与叶芝同住在
"石屋"——位于萨塞克斯的一座乡间别墅，到伦敦需乘坐一个
半小时的火车，周围环境幽静，适合读书写作。当时，叶芝得
到一笔皇家补助金，他邀请庞德来做他的秘书，帮他处理一些
信件与公文，关键是有时间在一起讨论诗歌。

　　庞德此时正在阅读法文版的"四书"，儒家思想开始浸淫
着他，使他感到"东方似乎正从四面八方向他涌来"。

　　他的预感得到了应验，接下来发生的事情让他直接走进了
"中国"。

　　那时庞德与妻子多萝西新婚不久，由于处于战争期间，
"石屋"周边的荒地成了士兵的训练场，庞德是外国人，多萝西
被警察限制前往"石屋"居住，故大多数时间她居住在伦敦，
而庞德不时会到伦敦去与妻子团聚，兼且访友。正是在伦敦他
认识了著名东方学家恩内斯特·费诺罗萨的遗孀玛丽。

　　费诺罗萨毕业于哈佛大学哲学系，后受邀到日本东京帝国
大学（现东京大学）任教，从此改攻东方学，主要研究领域是
日本美术，对中国文化也相当关注。"长久以来，英国和美国

都忽视或误解了东方文化中深层的问题，这是十分不幸的。"费诺罗萨在笔记中如此写道，"中国人一向是理想主义者，是塑造伟大原则的实验家；他们的历史向世人展示了一个有崇高目标与辉煌成就的世界，与古代地中海民族遥相辉映。我们需要他们的理想来弥补我们自身——珍藏在他们的艺术与文学中的那些理想。"

为此，费诺罗萨曾让朋友为他在华盛顿特区的画廊搜集中国早期的绘画作品。"我们业已见到足够的证据，证明东方绘画的活力与实际价值是理解东方之魂的关键所在，接触他们的文学，尤其是其中最浓墨重彩的部分，即诗歌，可能会大有收获。"1890年费诺罗萨应聘返美，出任波士顿美术博物馆日本美术部主任。1894年，他在波士顿美术博物馆成功地举办了美国第一次中国画展。费诺罗萨的活跃，推进了中国美术在文化异域的审美接受，让西方开始将审美目光转向中国绘画。

1896—1900年，费诺罗萨重返日本，开启第二次游学。这一次，他向有贺长雄、森槐南等著名学者学习，内容仍然是中国古典诗歌、日本诗歌和诗剧，这期间做了大量的笔记。几年后，费诺罗萨在美国做巡回演讲，主要探讨中国绘画与诗歌的关系。在讲稿笔记中，他引用了很多郭熙的画论，可以看出他对郭熙有特别的兴趣。1908年费诺罗萨携妻子玛丽访问伦敦，不料其心脏病突发，于当年9月在伦敦去世。1912年，玛丽整理出版了费诺罗萨的遗作《中日艺术史》，但他的笔记作为原始手稿没法出版，比如里面的中国诗笔记，每首诗都标有汉语、日语读音，以及写上每个字的译义和全句串解，由于内容过于庞杂和潦草，如果不经过细心整理，外人根本无法读懂。

于是，玛丽希望找到一位合适的诗人来翻译整理丈夫的笔记。

庞德与玛丽初次见面就谈得十分投机。庞德对东方文化所流露出来的浓厚兴趣给玛丽留下了良好印象，后来她读到了庞德的一些诗歌作品，在大加赞赏之余，她认为庞德"关注的是诗歌，而不是语言学本身"，因此认定他是唯一能按丈夫遗愿完成"一部日本戏剧专著和一本中国诗人选集"的人，最终将笔记托付给他。

1913年底，回到美国的玛丽给庞德分批寄去了费诺罗萨的遗稿。收到笔记的庞德，如获至宝，用激动的心情给老友威廉·卡洛斯·威廉姆斯写信说："我从费诺罗萨遗孀那里得到了费诺罗萨的宝贵'财富'。"在给家人的信中，他这样写道："这是一个非常好的机会……该有的好东西好像全部从天上一下子掉了下来，我什么力气都不用出。"翻看这些笔记中的中国诗，庞德认为他发现了一种比希腊文更具客观性，比普罗旺斯语更富暗示性，比现代法语更有准确性，比古日文更为才气逼人且充满智慧的艺术。1914年整整一年，他几乎足不出户，埋头整理笔记，展开翻译中国诗的工作。

首先的工作是淘选。费诺罗萨笔记太过于庞杂，在耶鲁大学的珍本馆里，就藏有费诺罗萨笔记总共21本，包括汉语、中国思想、中国诗、日本诗、能剧等多个主题。

庞德的翻译主要使用了笔记中有关中国诗的部分。在笔记中，屈原的楚辞内容相当完整，包括《离骚》《九歌》《渔父》的全文，都有中文（其他很多诗没有标出中文原文）、日本读音、单字释义和全句串解。刚开始读到屈原这批作品时，庞德就曾激动地声称屈原是一位意象派诗人，而在翻译《神州集》之前，庞德还曾仿作过屈原的《九歌·山鬼》。不过有意思的是，屈原这批作品最后没有一首被他采用，此后也不再提起屈原。与屈原命运相似的，还有宋玉的《风赋》、班婕妤的《怨歌行》、曹操的《短歌行》、蔡琰的《胡笳十八拍》、白居易的《琵琶行》等，笔记中的注解和释义都相当完整，同样也没有被选用。

那么最终，庞德选用了哪些诗呢？他从150多首诗中选取了19首编入《神州集》，几乎仅占十分之一。这十九首诗分别为——《诗经·小雅》中的《采薇》、汉乐府诗《陌上桑》、《古诗十九首》中的《青青河畔草》、郭璞的《游仙诗·翡翠戏兰苕》、陶渊明的《停云》、王维的《送元二使安西》、卢照邻的《长安古意》，以及李白的12首诗：《长干行·其一》《江上吟》《侍从宜春苑奉诏赋龙池柳色初青听新莺百啭歌》《古风其六》《古风其十八》《玉阶怨》《古风其十四》《忆旧游寄谯郡元参军》《黄鹤楼送孟浩然之广陵》《送友人》《送友人入蜀》《登金陵凤凰台》。其中，庞德把《江上吟》与《侍从宜春苑奉诏赋龙池柳色初青听新莺百啭歌》两首诗连在一起，当成一首翻译了。

为什么庞德会如此选择呢？

尽管当时庞德对中国古典诗歌知之甚少，但他却有自己的取舍标准。赵毅衡在《诗神远游》一书中指出，《神州集》

的选材除了"反战"因素之外，主要突出一个"愁"字，不过他并没有对庞德的选题动机做深入分析。在选取的十九首诗当中，抒写忧苦哀愁的作品占了绝大多数，比如《采薇》和《古风其十八》写的是战乱之苦愁，《长干行·其一》和《玉阶怨》写的是闺妇之怨愁，《送元二使安西》《黄鹤楼送孟浩然之广陵》《送友人》写的是离别之思愁。经过改译加工之后，整个集子的主题向"悲愁"做了一次靠拢和强化——这也是这批中国诗最具"现代性"的地方。

康拉德·艾肯评论道："愁是中国诗最始终如一的调子——愁苦，或者说无可奈何的哀愁：好友终得一别之愁，离乡背井思家之愁，荣华富贵如过眼云烟之愁，人生不平之愁，暮年孤独之愁。"当然，这些愁苦并不是中国古典诗所独有的，英国浪漫主义时期的诗人也写愁，但这种愁更多的是倾向于一种压抑的变相宣泄。庞德在《神州集》中有意将"悲愁"的主题放大，其实与当时意象派运动的诗学需求有关。

19世纪末20世纪初，维多利亚浪漫主义诗歌渐趋式微，空泛、抽象、藻饰而矫揉造作的抒情诗充斥着英国诗坛。在美国，拙劣地模仿英国诗的所谓高雅派诗人，创作出来的诗作大多是一些无病呻吟、过度宣泄的作品，只能算是浪漫主义的末流仿制品。庞德对此深恶痛绝——其实当时，他的意象主义诗学理想已初具雏形，对英美诗坛所面临的危机也了然于心，并且一直在寻找解决之道。为此，庞德试图以中国古典诗的言愁方式来纠正美国诗歌的积习流弊，来一次彻底的"拨乱反正"，进而为正在成长中的意象派诗人树立一种"悲愁"主题的诗歌典范。

这与意象派萌芽期主将 T.E. 休姆的主张不谋而合。休姆是意象派诗歌最早的实践者，他认为现代语言到了浪漫主义诗人手中，已衰败到无可救药的境地，因此提出："现代诗应当'在细小而枯燥的事物中寻找美'，诗歌必须是'视觉上具体的……使你持续地看到有形的东西，阻止你滑进抽象的过程中去'……最重要的目的在于正确的、精细的、明确的描写。"

中国式"悲愁"诗有着自身的特点。在中国古典诗歌中，往往将普通人的真挚情感与日常生活的细节相融合，从而达到最大的形象化。比如离别后的睹物思人、征戍时的食不果腹、闺阁里的明月相思等，都写得朴素而真实，具有情景交融的现场体验感。显然，这与浪漫主义局限于歌唱自然与心灵，表现抽象无主的情绪，与唯美主义仅停留在诗意空间内空洞地赞颂美与永恒，有着天渊之别。

诗歌在表达情感的时候，应注重具体、真实、朴素的细节，而不是浮泛于表面。再有一点就是含蓄：以比兴为美学特征的中国古典诗，将客观意象的塑造作为言志抒情的自觉手段，通过外部物象的呈现，含蓄地指向内心感受，这正是有别于浪漫主义诗歌直接倾吐咏叹之处，也是与庞德的意象派理念共鸣最深的一点。

在庞德看来，中国古典诗更具现代性和启示性，他在那些诗篇里发现了合乎他需要的东西——以上就是他深层次的选题动机所在。

在《神州集》1915 年版的后记里，庞德承认，费诺罗萨笔记里还有不少好诗，不选用的原因是为了保险起见——为了支持一些青年诗人，他已经招致不少攻击，为免中国诗受不必要的牵连，殃及全书，所以他只选入那些"无可争议的诗篇"。这当然也是其中的考量之一。

接下来，庞德开始了"翻译"。

这种"翻译"是带有再创作性质的，艾略特称庞德是"我们时代中国诗的发明者"，这里的"发明"有着双重含义：第一，创造性的改译；第二，为英诗带来一种迥异于以往的新鲜句法结构。

王红公曾指出，美国语言正在远离其印欧语源，它离开拉丁语那种曲折细腻已经很远，更靠近汉语那种句法逻辑了。这个过程就是从新诗运动开始的，如果再深究一点，正是从庞德那里开始的。

通过仔细研究中国古典诗歌，庞德发现了一系列与英语迥异的语言现象：中国诗人不重复诗韵，而重复一个语法结构，通常是主语、谓语和宾语；中国诗中常用对偶句，把抽象和具体描写、不同时间和空间的意象巧妙地连接在一起，西方虽早已使用对偶句，但使用范围却极小；中国诗中意象一个连着一个，给人一种活动画面的感觉；中国诗简洁、含蓄，意象之间不需要媒介，起连接作用的虚词往往可以省略；中国诗节奏新颖、优美。

在中国古典诗歌中，许多句子都存在着意象并置的现象，例如，"鸡声茅店月，人迹板桥霜""大漠孤烟直，长河落日圆"，最典型的要数"枯藤老树昏鸦，小桥流水人家，古道西风瘦马"。这些诗句里，意象词或词组之间只是并列地排列出来，也无需动词或介词将它们串联起来，形成一个完整的句式，简洁、直接，让人一目了然。

庞德敏锐地觉察到了这一点，在翻译时，为了尽可能还原汉诗的结构，刻意省略了谓语动词等部分英文的语法成分，以隐去译诗中意象的逻辑关系。这样的译文超越了传统英诗中的节奏限制，有着与中文诗相似的"短语节奏"，在传统的英语诗歌世界堪称异类。

可以说，庞德通过翻译间接改造了传统的英语句法，使这些译诗在英语语境中焕发出全新的生命力——这样的翻译当然是独具创造性的。美国诗歌评论家唐纳德·戴维在他的《埃兹拉·庞德：作为雕刻家的诗人》一书中这样认为："庞德的《神州集》给英语诗的节奏带来革新与活力，它打破英语诗自斯宾塞和莎士比亚以降的格律传统，意象似刀锋切入句中，前后两行语法关系平行，意象并置。"下面，我们来看看意象并置（意象叠加）是如何在庞德的译诗中发挥效用的。

刘彻

［美］埃兹拉·庞德　译

丝绸的窸窣声断了，

灰尘飘落在庭院，

这儿不再有足音，而落叶

飞旋着，静静地堆积，

她，我心中的欢乐，睡在下面：

一片潮湿的叶子粘在门槛上。

这首《刘彻》是美国诗歌史上的名篇，原诗为《落叶哀蝉曲》，相传为汉武帝刘彻所作，《拾遗记》中说汉武帝"思李夫人，因赋落叶哀蝉之曲"。

|原诗|　　　　　　**落叶哀蝉曲**
　　　　　　　　　〔汉〕刘彻

罗袂兮无声，玉墀兮尘生。
虚房冷而寂寞，落叶依于重扃。
望彼美之女兮，安得感余心之未宁？

在翻译《神州集》之前，庞德已改译了好几首中国诗来"热身"，包括《仿屈原》《刘彻》《扇》和《曹植》。这首《落叶哀蝉曲》，是庞德根据英国汉学家翟理思的译文进行的改译，并把题目改为《刘彻》。在庞德的认知里，刘彻是以大诗人的面目出现的——这种认知当然与实际存在着偏差。原诗其实抒情性较强，并不是一首标准的"意象"诗，特别是结尾的两行"望彼美之女兮，安得感余心之未宁"，直抒胸臆地表露汉武帝对亡姬的怀念之情。庞德删去了最后两行，这样处理的好处是滤掉了情感色彩，使全诗专注地转向意象的呈现。

译文前面四行，每一行都是一个自足的意象或情景：隐逝的衣裙、浮尘堆满的台阶、飞旋的落叶，以及空空的庭院，在庞德的笔下，它们构成了一幅完整而凄美的画面。尤其落叶"飞旋着，静静地堆积"这一句，补足了原诗中缺失的一种动态感，使整个氛围生动起来的同时，又显得落寞不已。第五行"她，我心中的欢乐，睡在下面"，来自庞德的发挥，原诗中并没有这样的描述。诗人想象刘彻（"我"）怀念的"她"，被落叶覆盖，于是有了一种双关的作用：落叶掩埋的岂只是美人，还有"我"的记忆和过往——那些已消失不见的欢乐。回过头来我们会发现，原诗抒情性的结尾虽然被舍弃了，但内心情感的表露却没有因此而删减多少。

译诗的第二节，原诗也没有"一片潮湿的叶子粘在门槛上"一句，这完全出自庞德创造性的添加，它与上面五行分隔开来，独自构成了一节诗。虽然第一节末句有一个冒号引出第二节，但从语句和意象的连贯性来看，最后一句还是显得有些突兀，与上一节缺乏必要的过渡。然而最后一行诗可视作全诗的一个脚注，就像一片"潮湿的叶子"直接粘了上面。突然出现的叶子意象，形成了一种特写效果，凸显了"我"的孤单和痛苦，从而获得一种现代的语言张力。

在庞德的创作中，大量运用到了意象叠加，其中最著名的例子要数《巴黎地铁站》一诗：

> 人群中这些面孔幽灵般显现；
> 湿漉漉的黑枝条上朵朵花瓣。

（杜运燮　译）

庞德说，他在巴黎某地铁站看到一张张美丽的面孔，在幽暗的灯光下时隐时现，鱼贯而出，他当即产生写作冲动，记下了这个场景。"我开始写了30行，后来毁了它，六个月之后我将该诗去掉一半长度，一年之后又再删减"，最终形成两行类似于俳句的短诗。在诗中，他把连续的空间切断，也把意象的逻辑关系隐藏起来，罗列了两个貌似无关的意象：一个属于人的世界，一个属于自然界，这两个意象间存在着一种内在的应合。庞德把在瞬间所产生的客观和视觉上的审美形象"在空间上压缩，在时间上凝聚"，转变为他主观的审美形象，用自然界的事物折射人类内心情感，从而表现出诗人对都市生活中转瞬即逝的美所怀抱的惆怅之情。在这首诗的句法结构中，庞德打破了传统英文诗的句法，将两个意象切断开来，十分接近中国古典诗的句法，使意象更加鲜明。这种技巧后来在庞德的长诗《诗章》中也被大量地运用，成为庞德诗歌的一大特色。

在翻译《神州集》时，庞德最重视诗的节奏、意象和变化，而不强调对原文意义、对某些词义的忠实。那时他根本不谙中文，直到1936年之后才开始认真学习汉语。那么，庞德是如何翻译《神州集》的呢？

他解读的时候，主要依靠费诺罗萨以及他的两位日本老师有贺长雄和森槐南的注释。这些注释大多是将一行诗句拆开成单个汉字加以解释，并没有成句的翻译。

来看看庞德的翻译处理。

宝石台阶的哀怨

〔美〕埃兹拉·庞德 译

宝石台阶已经白得像露水，
天色已晚，露水浸透了我的纱袜，
我放下水晶帘子
透过清秋看明月。

|原诗| ## 玉阶怨

〔唐〕李白

玉阶生白露，夜久侵罗袜。
却下水精帘，玲珑望秋月。

这首诗如此新颖，以致庞德需要加以解释：

我还没发现有哪个西方人在阅读一遍这首诗之后能
"看出什么"。然而，仔细研究以后，我们发现诗应有的
一切都在，不仅通过"暗示"，更是通过某种数学意义上
的演绎过程。让我们考虑一下，需要在什么情况下才能产
生这首诗。如果愿意的话，你可以扮演柯南·道尔。

第一，"宝石台阶"意味着场景设在宫殿。

第二，"纱袜"说明说话人是一位宫廷女子，而不是
一个碰巧入宫的仆人或普通人。

第三，"露水浸透"，说明这位女子一直在等待，而不是刚刚来。

第四，"清秋明月"，所以没来的男子不能以晚上不适合幽会为由而不来。

第五，你问我们怎么知道她在等的是一名男子？标题里有"哀怨"，就这一点而言，我们怎么不知道她在等什么？

这首诗译得相当简洁，没有任何拖泥带水，庞德的解释似乎也是多余的，它的作用仅是为了让读者了解他的推断过程。由于庞德只能根据费诺罗萨的笔记来进行加工翻译，几乎是半揣半摸，甚至扮演起侦探角色，这反而给了他最大的自由度来探索自由诗的结构。结果他的译文也是最简朴、最具现代性的，令人吃惊的是，这看起来最具现代性的诗竟来自一千多年前。

如果要选出《神州集》中的一首诗来作为庞德翻译的代表作，那一定非《河上商人的妻子：一封信》这首诗莫属。

《河上商人的妻子：一封信》译自李白的《长干行·其一》。此诗 1936 年被叶芝收入他编选的《牛津现代诗选》中；1954 年被收录进《袖珍本现代诗》，成为 20 世纪众多重要英美现代诗歌当中的唯一译作；1976 年，该诗又被收录入权威诗歌读本《理解诗歌》当中；进入 1980 年代，《河上商人的妻子：一封信》的经典化地位得到进一步提升——1984 年，《美国诗歌五十年》出版，这本诗选由美国最权威的"美国诗人协会"编辑，庞德译作再次作为唯一译诗入选；1998 年，"美国诗歌与文学普及学会"选编的《美国名诗 101 首》又选入了这首译诗；此外，全球各大学教授美国文学的常用课本、具有经典地位的《诺顿美国文学选集》也收入了此诗……可谓集荣宠于一身。

看来在英美文学界，它在某种程度上代表了庞德的最高创作水准。

河上商人的妻子：一封信

［美］埃兹拉·庞德　译

那时候我额前还剪着刘海，
在门前玩耍，拨弄着鲜花。
你踩着竹高跷走来，扮作骑马，
你绕着我踱步，把青梅戏耍。
我们都住在长干里这个村庄，
两个互不生厌的小孩，毫无心机。

十四岁那年我嫁给你，
我还不怎么爱笑，整天羞答答。
我总是低着头，看着墙壁。
被人呼唤千百次，都不会回头。

十五岁的时候我不再愁眉不展，

我希望我的灰与你的尘交相混杂，
永远，永远，永远地守在一起，
我怎么可能会攀上望夫崖？

十六岁你出门远行，
穿过湍急的漩涡，去了偏远的瞿塘峡，
你一走就是整整五个月。
半空中，传来猿猴悲伤的嘶叫。

你临别时在门口踌躇不前。
现在，门边已长满青苔，各式各样的青苔，
茂密得让我无从清理！
今年秋天，风中的树叶早早地落下。
双飞的蝴蝶已经和八月一起枯黄
消失在西边花园的草丛中。
它们触痛了我。我变老了。
你何时准备穿过峡谷顺流而下，
一定要提前告诉我，
我会走出家门去迎接你，
一直走到遥远的长风沙。

（胡续冬　回译）

长干行·其一

〔唐〕李白

妾发初覆额，折花门前剧。
郎骑竹马来，绕床弄青梅。
同居长干里，两小无嫌猜，
十四为君妇，羞颜未尝开。
低头向暗壁，千唤不一回。
十五始展眉，愿同尘与灰。
常存抱柱信，岂上望夫台。
十六君远行，瞿塘滟滪堆。
五月不可触，猿声天上哀。
门前迟行迹，一一生绿苔。
苔深不能扫，落叶秋风早。
八月蝴蝶来，双飞西园草。
感此伤妾心，坐愁红颜老。
早晚下三巴，预将书报家。
相迎不道远，直至长风沙。

　　李白的《长干行》是叙事性的组诗作品，庞德选译了其中
第一首。该诗以年龄为序展开叙述，全诗语言精练生动，韵律
明快和谐，格调柔婉优美，形象地刻画了一位商妇思念远方丈
夫的情思，诗中流露出的缠绵悱恻、温柔细腻的情感，读来令
人心生共鸣。庞德的译诗基本忠实于原作，行文流畅，朗朗上

口，在英诗的语境里，它是一首非常成功的译作。

那么，庞德的译作的成功之处表现在什么地方呢？

第一是庞德天才的发现和处理。李白原诗是一个心迹的倾诉，在中国古典诗中，这种"闺怨"题材相当常见，没有什么特别之处。但庞德把它直接处理成一封书信，这使得这种"倾诉"有了一个依托，在国外的语境里变得自然可信。可以说，庞德这样处理非常聪明，出色地把握了原诗女叙述者的口吻、语调及其变化，体现了翻译家"潜入到他者之中"（乔治·斯坦纳语）的能力。

第二是语言风格和节奏。原诗语言相当明快，没有特别晦涩的地方。庞德在翻译的时候，刻意保持原诗清新自然的风格，语序和韵脚统一而和谐，深得原诗的神韵，有些地方译得十分出彩，比如最后一句，处理得有声有色，很有画面感，给人耳闻目睹的美学享受。特别是"长风沙"这个地名，采用了音译，这是庞德有意保持其"异域性"的处理。

第三就是真挚的情感。译作以事论事，情思自然流露，没有过多的刻意营造。这向我们表明，具有人类普遍性的情感，是可以跨越时空与文化差异的重重障碍，以另一种语言在异域进行传播的。

从整首诗来看，庞德忠实于诗歌的精神本质，通过译文把握和再现了中国古诗的特征和神韵，从而成就翻译史上的经典。福特·马多克斯·福特如此评述这首诗："伟大的诗歌不需要评论，是自然的流露。它向你展示了激起你情感的画面，所以你变成了一个更好的人。你被软化，心灵变得更加柔软，对你的同行者的变化和需求更加开放。你读完《河上商人的妻子》后，就会有所收获，成为一个比过去更好的男人或女人。"

1915 年，《神州集》出版，立即在西方文坛引起巨大反应，这在庞德极具争议的一生中，算得上是个例外。直到如今，评论界也一致认为《神州集》是庞德出版的诗集中最为出色的一部。其中，福特·马多克斯·福特的评论最具代表性，他说："《神州集》中的诗是至高无上的美。它们就是诗的严格的范例。要是意象和技法的新鲜气息能帮助我们的诗，那么就是这些诗带来了我们需要的新鲜气息。写诗，就是表达具体事物，使这些事物产生的情绪，能够在读者心中升起……《神州集》是用英语写成的最美的书，如果这些诗是原作而非译诗，那么庞德便是当今世界上最伟大的诗人。"对于庞德来说，当时的他虽然在诗坛上崭露头角，然而因为《神州集》这种半翻译半创作的实验，以及后来由此掀起的新诗运动，足以使他当之无愧地跻身于大诗人的行列。

诗人卡尔·桑德堡在《诗刊》发表长文评述庞德，当然不能绕过《神州集》："他的中国诗翻译感觉真切，富于同情心。读了《神州集》，我们意识到中国精神之近，就好像是我们的隔壁邻居，是在这颗古老的行星上的同路旅伴。"而华裔美国学者荣之颖也指出："如果不是庞德为《神州集》中的译文注入了生气，这些中国古代的经典对西方而言仍然是遥不可及的。"由此看出，庞德与中国古典诗歌是相互成就的关系。而著名学者叶维廉则点出了庞德的天才与贡献："庞德在处理《神州集》时，即使只凭一些细节，也能够用他异常的洞察力表达出原作者所要表达的中心思想，其他的翻译作品，没有一个像《神州集》这样在中诗英译的历史上占有如此独特而意义深远的地位。"

墨西哥大诗人奥克塔维奥·帕斯对庞德的翻译评价十分精当，并且富有历史眼光：

> 庞德的诗是否忠实于原作？这是一个毫无意义的问题——正如艾略特所说，庞德"发明"（invent）了"英语的中国诗歌"（Chinese poetry in English）。从中国古诗出发，一位伟大的诗人复活并更新了它们，其结果是不同的诗歌。不同的——却又正是相同的（Others：the same）。庞德为数不多的翻译，却在很大意义上开创了英语现代诗，以及其他一些很独特的东西——在对西方诗歌传统的反思中，庞德开创了中国古典诗歌的现代传统。

《神州集》出版后，里面的译诗被各种选本纷纷转载，甚至连最苛刻的选本也对《神州集》大开后门，足见其当时的影响力。就连庞德的敌人也不得不承认这本诗集的魅力，对庞德本人极不友善的王红公就曾评价《神州集》是"20世纪美国最佳的一打左右的诗作之一"。

那么，庞德是如何评价自己的译著的呢？

他在谈到1915年当年的最佳创作时强调，艾略特的《普鲁弗洛克的情歌》是最佳之一，当时他极力推荐《诗刊》发表此长诗，并且与持异议者展开了一场论战。而另一个最佳，他则颁给了自己："如果你愿意，也可选《羁客信》（李白《忆旧游寄谯郡元参军》一诗的英文版）。"他认为这首译诗完全可以媲美《普鲁弗洛克的情歌》，得意之情溢于言表。

在谈到译诗的改写时，庞德并没有刻意回避，而是将它视为创作的起步，他说："至于改写，我们可以发现所有的绘画大师都向他们的学生建议以临摹名画作为开始，由此走向自己的创作。"《神州集》这本薄薄的小册子对于庞德这位现代最重要的诗人来说只是一个起点，它标志着庞德创作成熟的开始；往后，他用一生时间写就了与《神州集》比肩的长诗《诗章》——这是庞德诗歌生涯中的两个高峰。

阿瑟·韦利：鼓瑟与争鸣

1913 年，24 岁的阿瑟·韦利参加大英博物馆的工作竞聘，得到了印刷绘画部助理馆员一职，主要负责中日绘画馆藏的整理与编目工作。这对于他来说是一个挑战，由于不谙中文和日文，他经常张冠李戴，有时甚至将一个艺术家当成两个人来分类。

为了解绘画内容和创作背景，他开始自学中文和日文，由此展开了汉学研究的漫漫征途……

在大英博物馆工作期间，他结识了正在整理费诺罗萨笔记的庞德。为了查阅相关资料，庞德隔些时日就要跑到大英博物馆，两人一见如故，并经常就中国文化乃至中国诗歌问题进行深入讨论。自那时起，韦利便加入到庞德与艾略特、福特·马多克斯·福特等人在福斯街一家餐馆举行的文学沙龙。

这个于每周一晚上展开的活动，气氛相当融洽，交流最多的就是诗学、诗歌创作技巧等话题。当时大家尚未出名，在文学上秉持着相互扶持的态度，如同一个自由的文学团体。"福斯街沙龙"自1913年起一直持续到1921年，成为那个时代的一抹文学亮光。

1915年《神州集》出版，在文化界引起巨大反响，成功地唤起了人们对中国诗的关注。而这也极大地鼓舞了韦利，使他觉得有必要将他所领略到的中日古典诗文的魅力传达给大众，于是便在工作之余，开始尝试中国诗的翻译。

经过一年的努力，韦利翻译了屈原、曹植、鲍照、谢朓、李白、杜甫、王绩、韩愈、王维、白居易等人的诗共52首，汇编成译诗集《中国诗选》。他将此译诗集交给罗杰·弗莱的欧米伽工作室来出版。罗杰·弗莱认为这些译作应该印刷出来，并且提议以波浪起伏的形式呈现——"这样会更加凸显诗歌的韵律感"。但是，罗杰·弗莱的想法遭到反对，最后，欧米伽工作室十二位成员召开了一场会议来专门讨论这本书的出版问题。结果，大家都觉得风险很大，有可能一本也卖不出去，如果要保本的话，至少得卖200本。

无奈之下，罗杰·弗莱唯有放弃自己的想法。

最后韦利决定自费出版，只印了50本。为了节约费用，韦利没有采用罗杰·弗莱建议的"波浪体"印刷。他和弟弟用旧挂历纸为每本书包封皮，将其作为圣诞礼物分赠给众多文化友人，包括里顿·斯特拉奇、劳伦斯·宾扬、罗杰·弗莱、

T.S. 艾略特、罗素、叶芝、伦纳德·伍尔夫、克莱夫·贝尔，当然还有庞德。

不过，诗集的反响平平，有位朋友回了一张明信片，上面只写了一句："你的翻译我看不懂。"这些朋友之中，只有庞德对这本《中国诗选》赞赏不已——对于韦利来说，这已然足够，也更加坚定未来的努力方向。

作为对韦利的鼓励，庞德向《小评论》杂志推荐了韦利的译诗。在致《小评论》主编玛格丽特·安德森的信中，他称阿瑟·韦利是英国最优秀的中文学者，翻译的中国诗值得关注。最终，《小评论》发表了《白居易诗八首》。

在当时，许多声名显赫的大杂志都不愿意刊登自由体中国诗，《小评论》以一己之力肩负起重任，为这些新兴诗作提供发表园地，成为新诗运动的一个重要阵地——尽管它当时的发行量只有区区几千份。

为什么庞德对韦利的译诗如此赞赏？这是由双方的意趣决定的。

几年的诗学交流，让韦利的诗歌翻译在很大程度上契合了庞德的诗歌主张。可以如此概述，《中国诗选》其实是对《神州集》的一个默契回应，让一心想改变诗坛现状的庞德找到了知音。

自从这部诗选出版之后，庞德就将韦利视为意象派诗歌的一分子，可见他对韦利的认同。如果从文本来分析，我们会发现韦利第一本诗集可谓"中国式英语诗"的滥觞，就是说，为了取得相似的简练效果，让英语尽量靠近中国古典诗歌的句法，他对意象并置的运用相比庞德有过之而无不及。在《神州集》的"跋"中，庞德只是小心地试了一下全并置，但并未敢在整个集子里付诸实践。但在韦利这里，却大胆尝试，甚至有些句子到了无法读通的地步。比如，他将王昌龄《闺怨》中两句诗"闺中少妇不知愁，春日凝妆上翠楼"，翻译为："在闺房里，这位不知悲伤的年轻女士，/ 穿着春天最好的衣服，登上了一座闪亮的塔。"

又如韦利对杨广《春江花月夜》的翻译。

花和月光在春江上

〔英〕阿瑟·韦利

暮晚的河流平伏而安静，
春天的色彩刚刚绽放。
突然一个波浪携走月亮，
潮水满载着星星到来。

（连晗生　回译）

| 原诗 |　　春江花月夜·其一

〔隋〕杨广

暮江平不动，春花满正开。
流波将月去，潮水带星来。

这首诗意象鲜明，安静如画，将江水、波流、春花、明月、繁星等意象连缀起来，构成了一幅"春夜美景图"。此类题材可谓是意象派的最爱，常常通过物象的外部处理，抵达内部的表意，这和中国诗有相通之处。在处理手法上，意象派也较为直接、明了，避免冗余的文字。韦利的这首译诗也朝着这个方向推进，语言浅显直白，仅有几个必要的冠词和连词。唯一添加了一个"突然"（Suddenly），用来打破全诗的沉静状态，使整首诗瞬间活泛起来。

对于这种颠覆传统所带来的新鲜的异化效果，庞德是打心眼里赞赏并支持的，同时也给韦利提了一些诚恳建议：比如，不一定要遵从原诗的句数，将原诗中的长句进行断句，尽量处理成短句，这样节奏感会变得更强一些；再比如，注意诗歌意象与原诗意象的对应，不要太呆板，避免散文化倾向等。

这些建议最终没有被韦利采纳，他仍然坚持自己的翻译原则，当然也不承认自己受过庞德的影响。不过，韦利还是相当佩服庞德对诗歌的见解，评价也甚高，他曾说："庞德对诗学及作诗的看法，是我今生听过的最有见地的。"

对于中国诗的翻译，韦利有着自己的见解和坚持。他认为，翻译作为一种跨语种、跨文化的交流，存在着不同语言之间的障碍，很难做到无缝对等地兑换，尤其伴随着两种文化之间的冲突。唐诗的英译也逃不脱这个障碍：直译当然能够最大程度上忠于原作，却容易让西方读者产生文化层面的隔膜，难以消化，也免不了带来种种误解；如果采取意译的话，读者倒是容易理解，却牺牲了原作的文化内涵——某些东西在翻译的过程中不知不觉地流失掉了。如何将直译和意译有机地结合起来，或者在原有基础上尽量作出一些软化和弥补，成为每个翻译家共同面对的问题。事实上，几乎难以做到，顾此失彼是常见现象。

韦利采用的是直译法。对于直译，他是这样理解的："一般说来，人们都认为诗歌经过直译，便不再是诗歌了，事实也常常如此。"为此，他做出了选择——在翻译的时候，只选取那些既可以直译，且损失尽可能小的作品来进行翻译，即是说，他所翻译的作品经过直译，并没有丧失原有的诗歌特质。在1946年出版的《中国诗选》序言中，韦利再次对这个观点作了书面说明：

> 此书并不是中国诗歌的全面选集。它所选录的，只是那些恰好能够直译、但又不失文学性的篇章。这无疑排除了那些引经据典的作品，因为它们需要做太多的注解。在我所翻译的诗中，白居易的要比其他诗人多出十倍，但这并不意味着我认为他的诗要比其他人的高明十倍；这只说明，我发现在中国的大诗人当中，他的诗可译性最强。我并非对唐、宋的其他伟大诗人了解不够。我的确曾多次试图翻译李白、杜甫和苏轼的诗，但是结果都不能令我满意。

1918年，韦利的第二本译诗集《中国诗170首》出版。该书正文分为前后两个部分，前一部分按时间顺序选译从先秦到明末的诗歌，包括屈原的《九歌·国殇》、汉武帝的《秋风辞》等，共 111 首诗；后一部分则全都译自白居易的作品，共59 首诗，还包含一张白居易年表和韦利对他的介绍。

在序言中，韦利声称："就翻译方法而论，我旨在直译，不在意译。"韦利的这个观点，其实是针对庞德等人对中国诗歌的借用和转译而生发的。当时庞德在翻译汉诗时，由于不懂汉语，只能通过费诺罗萨的笔记转译而成，诗歌内容只能维持一个大意，创作的成分反而居多。韦利提倡"直译"，就是为了让西方读者如实地去了解和欣赏汉诗，在一定程度上保持中国诗歌的"原汁原味"。

在接受某次采访时，韦利说："翻译中国诗歌的时候，我试图让自己的译作接近原诗，并且我只想做到一点点的改变。……我采取直译，再考虑到意象实为诗歌的灵魂，我的翻译尽量避免添加自己的意象，同时也不删减原诗所固有的意象。"这是他与庞德最大的不同之处——庞德为了追求心中的境界，会对原作进行大幅删改，虽然达到了某种效果，却成了改译或再创作。

不过，他俩都相当注重意象，并将意象视作是"诗歌的灵魂"。在这一点上，韦利又似乎接受了庞德及其意象派诗歌的观点：意象是具体的，它使得事物超越了其本身，从而抵达内心的真实。韦利说："中国诗主要跟具体特定的可触可见的事物打交道，它谈一棵美丽的树、一个可爱的人，而不谈诸如美和爱之类抽象的概念。"这是他对中国诗以及意象的认识和理解。

需要说明的是，韦利所理解的"直译"不一定是大众普遍认为的"直译"。我们通常认为，直译就是字字对应，而韦利认为的直译与韵律有关——除了意义上的对应之外，还要尽可能保持与原诗相近的节奏感，如果这两点能够兼顾的话，就是他所认为的直译。"任何汉诗的直译在某种程度上都富有节奏感，因为原文的节奏会自行凸显出来。在翻译时，如果直译，不考虑译文的格律，我们便会发现每三行就有两行具有一种明显的抑扬节拍，与汉诗原文相同。"直译可以在译文中再现汉诗的基本节奏，即是说，诗歌的节奏是可以通过翻译来实现的。这在韦利看来，便是诗歌的魅力所在。"我设法造出与原诗相同的、有规律的节奏效果。每一个汉字都用一个英语中的重读来再现，在各个重读之间当然加进了轻读音节。在少数情况下，英语译文比汉语原诗更短，我便选择变换译文的格律，而不是在一行中填塞不必要的文字。"

韦利提倡的"重读"节奏形式，强调一个重读对应一个汉字，每行诗的重读音节大致相同，有时辅之以行中的大停顿。这个理论的有效性在于它不依从英诗的音步，只是以重音音节为中心，以重读对应汉字。韦利应是受到著名英国诗人杰拉尔德·曼利·霍普金斯所创造的"跳跃韵律"（sprung rhythm）的启发，从而形成了自己的译诗风格："从中国诗的五言体中，我于1916—1923年发展了一种节奏，其基础是霍普金斯称作'跳跃韵律'的那种节奏形式。"韦利这种节奏的确相当自然，甚至连苛刻的康拉德·艾肯也认为，韦利的译诗没有任何节奏痕迹，像是读起来很顺口的散文。如果说韦利创造了一种形式内在的无韵散体自由诗，这种散体诗使他的译诗取得成功，那么中国诗的作用无疑是巨大的——可以说在形式上，还有美学内容上，中国诗为欧美现代诗歌开辟了一条自由诗的全新路子。

这是韦利的贡献，当然也是中国诗的贡献。

再来欣赏他翻译的一首诗：

水瓶

[英] 阿瑟·韦利

我梦到攀登一座高高之原；
在高原上我发现一口深井。
我喉咙因攀登干渴，急欲喝水，
我双眼迫切要看这口凉井。
我绕它徘徊；我直往下看。
我在水面上看见我的倒影。
一个泥瓶正在往黑底沉落；
没有绳索将它拉上井口。
我奇怪地担心那瓶会丢失，
开始狂奔去寻找帮助。
我找遍了高原上每一村落，
不见人迹；群狗扑向我喉咙。
我回来绕着井边走边哭；
泪水越流越快，挡住视线——

直到我的哽咽突然把我惊醒；
我室内寂静，房中无人走动。
蜡烛的火焰在闪耀，散出绿烟
我洒下的泪水在烛光中发亮。
钟声传来；我知道是夜半钟鸣。
我在床上坐起，试图整理思绪；
梦中的高原原来是长安的墓地，
那数百亩未开垦的土地。
土壤厚重，坟丘高高堆起；
它们下面的死者埋于深沟。
沟的确很深，但有时死者
会设法来到坟上的世界。
今夜我那久已长逝的所爱
托形井底之瓶来到我梦中。
那便是为何我突然泪流满面，
泪流满面，落到我的衣领。

（吴伏生　回译）

|原诗|　　　**梦井**

〔唐〕元稹

梦上高高原，原上有深井。
登高意枯渴，愿见深泉冷。

裴回绕井顾，自照泉中影。

沉浮落井瓶，井上无悬绠。

念此瓶欲沉，荒忙为求请。

遍入原上村，村空犬仍猛。

还来绕井哭，哭声通复哽。

哽噎梦忽惊，觉来房舍静。

灯焰碧胧胧，泪光疑㶷㶷。

钟声夜方半，坐卧心难整。

忽忆咸阳原，荒田万余顷。

土厚圹亦深，埋魂在深埂。

埂深安可越，魂通有时逞。

今宵泉下人，化作瓶相憬。

感此涕汍澜，汍澜涕沾领。

所伤觉梦间，便觉死生境。

岂无同穴期，生期谅绵永。

又恐前后魂，安能两知省。

寻环意无极，坐见天将昞。

吟此梦井诗，春朝好光景。

　　元稹的《梦井》是一首悼亡诗，与他著名的《遣悲怀三首》相比起来，这首诗可谓名不见经传，但通过韦利的翻译我们发现，原诗同样光彩夺目，具有坚实的质感与强力的情感推进。韦利选译这首诗有多个原因：首先是它的叙事性较强，符合韦利的可译原则；另外也符合韦利的重读说，英译每行的长度几乎相当，与原诗的五言紧密地相互对应；在内容上，他对梦境的描述与英国十八、十九世纪的哥特式文学有些类似，充满了恐怖与黑暗的底色，如果不了解元稹创作动机的话，读者一般都不清楚这是一首写给他爱人的悼亡诗。韦利将"今宵泉下人"改译成"我那久已长逝的所爱"，使读者很好地理解了这首诗的悼亡性质。

原诗后面还有十行，不过可能韦利认为过于抒情，与全诗的叙事性不统一，便作了删除处理。从译文的效果来看，如此处理也是可行的。

作为译者，韦利对翻译有着过人的理解，他认为，如果拿音乐来进行比喻，译者就好比是一位音乐演奏家，而不是作曲家，必须对文字和节奏有一定的感受力。也就是说，译者不一定是一位创造性的天才，但他在理解了（感受到）原作的魅力之后，可以展开伟大的演绎。这一比喻清晰地揭示了翻译的任务——译者不应试图代替原作者，因为他的使命是向读者阐释、传达原作者作品的意义，而不是进行"再创造"。从这一点上可以再次印证韦利与庞德的差异，以及他为何对庞德的建议采取回避的态度——从一开始，他就摆正了翻译家的位置。

不过总体来说，他与庞德的翻译理念还是相当契合的，他们一起推动了英语现代诗歌的发展，也收获了彼此的友谊。

谈到韦利在英国新诗中的地位时，汉学家大卫·霍克斯认为："20世纪初，英美诗人才读到朱迪斯·戈谢的《玉书》，中国诗在英语国家的接受与它对西方诗坛的影响是同时进行的，二者是不可分割的整体。事实上，直到1920年代，庞德这位杰出的诗人与韦利这位杰出的学者出版他们的译作，中国诗才真正对英国产生影响。"韦利的学生伊文·莫里斯则认为，如果没有韦利的翻译，远东的文学典籍就不可能成为英国文学遗产的一部分——在他们看来，这些译诗，当然也属于英国诗歌传统的一部分。

从另一则小逸事中，也可以反证韦利对英语文学的影响。

韦利说，有时读到评论，说他的翻译对英语诗的影响很大，但没有见到具体例子，所以他自己也说不上来。在某次聚会上，有人想将他介绍给一位诗人，谁料诗人却转过身去，说："此人给英语带来的损害，超出其他任何人！"此话一出口，让韦利大感意外。待他反应过来，想请诗人解释一下时，他已经走了。

后来韦利转念一想，这位诗人其实是说他的翻译鼓动了年轻诗人抛开传统的音步格律，转向了现代派的表达。站在传统派的立场来看，这个评价是无可厚非的。

因为中国诗，韦利与庞德结下深厚的友谊；同样因为中国诗翻译，韦利遇到了一个高段位的"对手"，并展开一场持续多年的论战。

这个"对手"就是英国著名的汉学家翟理思，曾担任英国的外交使臣长驻中国达 26 年之久。他勤于著述，翻译了大量中国经典，终生都在为广泛传播中国语言、文学和文化而努力，是英国三大汉学家之一。他比韦利年长 44 岁，论战之时已步入古稀之年，然而其生性好斗，"战力"极强。

初出茅庐的韦利遇上翟理思，尽管作为后辈初露锋芒，可毕竟还未拥有翟理思的权威和经验，在论战过程中处处显得被动，幸好他自始至终坚守住自己的翻译主张。这场论战也有正面意义，把诗歌翻译的问题推到台前，后世诗歌翻译家从中总结了经验和教训，在客观上促进了汉学，尤其是诗歌翻译的发展，同时引领西方汉学界的批评之风，为学术界的争鸣树立了一个很好的榜样。

让我们来回顾一下这场论战的经过吧——

论战的起因是《中国诗170首》的出版。这是韦利第一部公开出版的翻译作品，1918年出版，同年修订再版。《中国诗170首》的出版让韦利一举成名。在序言中，韦利谈及翻译方法时指明，自己采用的是直译而不是意译，并就中国诗歌发展的脉络进行了简要的梳理。时任剑桥大学汉学教授的翟理思注意到《中国诗170首》一书，在《剑桥评论》上发表了一篇书评，对该书进行了全面的评述。

文章开头，翟理思对韦利所做的努力表示了肯定。他说："这是一本很有趣的译诗集，我们希望这本译诗集能够引领译者进入浩瀚无边的中国文学领域。"随后他话锋一转，对韦利的翻译展开了批评。他指出，韦利说自己的翻译非常贴近原文是言过其实的。事实上，该书并非所有的译文都是正确的。对于韦利提出的直译法，翟理思也持否定态度，他认为在翻译中国诗时，严格意义上的直译是不可能的。即使翻译直白的散文，有时也需意译，韵文就更是如此。而且，要用英语中的十个音节或十二个音节的翻译来表现中国的五言诗是相当困难的。

在《中国诗170首》出版之前，翟理思的翻译基本上垄断了英国人对于中国诗歌的认识和了解，并且形成了一种观念定势，这也是韦利处于劣势的原因所在。翟理思强调译文的音韵，认为中国的诗歌都是押韵的，英文译诗如果不押韵，将会不可避免地导致"某种缺憾"。

韦利则坚持用散体来翻译，完全反对用韵，他认为汉、英两种语言之间存在着不小的差异，英语无法还原汉诗韵律的效果，而且韵脚的使用有诸多限制，不仅使译文失去活力，也伤害了直译的效果。更何况与英诗经常换韵不同，而汉诗大多一韵到底，究竟遵循哪种习惯也很难取舍。

这是技术层面的争论了，如果再往更深一层探究，这里面还存在着一个现代性层面的交锋，即传统汉学家与现代汉学家的正面对抗。以庞德、艾略特等人为首的现代派诗人倡导破旧立新，对维多利亚时代的诗歌展开了激烈的批判和抵制，提出要摒弃韵体格律，采用自由诗体。韦利那时与庞德、艾略特走得相当近，他从意象派的观念出发，希望从中国诗的翻译中找到英诗发展的新方向。从这个立场来考量，我们会发现韦利似乎更有远见，也更顺应文学发展的潮流，而翟理思出于维护原有的文学观念，以一个名家身份来对韦利进行横加批评和"指点"，多少有些霸道和欠缺包容，虽然他的出发点也是为了汉学的繁荣。

对于翟理思的指责，韦利颇为不满。当年的 12 月 6 日，他在《剑桥评论》上以读者来信的方式对翟理思的批评予以反驳。韦利在信中指出："翟理思教授在评价我的译作时请不要忘了，解释是可以有所不同的。所以，在该诗（指《青青陵上柏》）第 1 行和第 10 行的翻译中，翟理思教授所依据的原文有所不同。我对原诗大意的阐释，以及评论者指出的大部分诗行的阐释得到了桂五十郎先生的肯定。……顺便说一下，这位日本学者在其著作《历代汉诗译集》引言部分指出，在阅读翟理思教授的《中国文学史》时，我对'其中大量的误译感到非常震惊'。"作为反击，他对翟理思《中国文学史》中的一些译诗提出了质疑，针锋相对的意味甚浓。

让韦利料想不到的是，他搬出日本汉学家的评论来证明自己译诗的正确性这一招，效果适得其反。因为翟理思并不买账，他一直认为日本汉学家对于中国文本的解读都是不可靠的。而对于韦利引用桂五十郎的话，说《中国文学史》有"大量的误译"，翟理思则同样抱着怀疑态度，避而不谈。事后，翟理思声明要等韦利拿出真凭实据之后，才会和他理论。

这是第一回合的交锋。

1920 年，在《新中国评论》杂志主编的不断催稿之下，翟理思寄去了九首译诗，以《公元前二世纪的一位诗人》为题在该杂志发表。翟理思认为《古诗十九首》中的九首是诗人枚乘所作，遂将这九首诗翻译出来，还给译文加了详尽的注释，同时在每首译诗后面放上韦利的译诗，并一一指出其翻译的问题所在。翟理思摘录的韦利译诗来自《中国诗 170 首》，他所翻译的九首诗中，韦利译了其中八首，几乎都能对上。在文中，翟理思还附上中文原诗，以"方便读者对比和品评"。

在收到杂志社赠送的样刊之后，翟理思也给韦利寄了一本。为此，韦利给翟理思回了一封措辞恳切的感谢信，除感谢他的赠书之外，更对其指出的一些常识性错误表达了谢意。韦利的这种态度，完全出乎翟理思的意料。

然而没过多久，翟理思就发现，韦利的态度完全变了——另一个"韦利"站了出来。

同年8月，翟理思再次发文，质疑韦利翻译的屈原诗作《大招》，并按自己的方式重新翻译，还将两人的译文放在一起，逐字比较，指出不同，认为韦利的翻译存在诸多错误。翟理思指出韦利的翻译是大胆的尝试，"作为一种自由的阐释（韦利先生的译文太自由了），这一译文可能不会招致人们的批评，但是作为翻译，为了对诗人和那些看不懂原文的读者负责，我觉得有必要对其中许多地方进行修改"。他明确表示此文就是为修补韦利之失而作。

面对翟理思一而再、再而三地挑刺，韦利实在忍无可忍，"勃然大怒"之下开始撰文反击。从这里可以看出，之前韦利的致谢行为，其实是一种息事宁人的策略，不过这种办法在翟理思那里显然不奏效。

同年12月，韦利同样在《新中国评论》上发表了一篇题为《评英译〈琵琶行〉》的文章，针对翟理思翻译的《琵琶行》进行了批评，并反驳了翟理思对于《大招》一诗翻译所做的批评，认为翟理思在重译《大招》时"动机不纯，思想混乱"，与他的翻译出发点根本"牛头不对马嘴"。因为翟理思表示重译《大招》是"为了对诗人和那些看不懂原文的读者负责"，又说"（读者）自己就能够对这些问题做出判断"。而对于普通读者，他们的要求并不高，只要能看懂，是好诗就行。即说明，翟理思的修正是给专家看的，而他的翻译则是给普通大众阅读的，两者无论在翻译方法上或者翻译受众上都存在着明显区别。另外，翟理思在文中列出的诸多错误，韦利能够接受的仅有两处，在文中他也作出了说明。

最后，韦利嘲笑地说："批评我的人是在一座玻璃房子里冲我扔石头。"而他的文章就是将这些看似谦恭、博学的石头再扔回去。火药味渐渐变得浓烈起来，大有一触即发之势。

很快，不甘示弱的翟理思写了一篇反驳文章《韦利先生和〈琵琶行〉》，对韦利提出的挑战做了回应。但翟理思不乏学术家的大度，他表示非常感谢韦利写了《评英译〈琵琶行〉》一文，无论韦利的观点是否正确，敢于就翻译的不同见解提出挑战，这种行为本身就对汉学做出了贡献。

翟理思完全同意韦利关于"从一座玻璃房子里向外扔石头"的说法，他承认，1882年或更早的时候，他确实只能用玻璃造房子。而他认为这场笔战的真正动因，就是他向一片平静的湖中扔了一块石头，并要求韦利将整本《中国文学史》中翻译的错误逐一罗列，且提出正确的译法供自己参考或辩驳。

最后翟理思说："我得感谢韦利先生，因为只有他勇敢地站了出来，而许多有能力的批评家却躲起来了。"

然而，韦利并没有因为翟理思的大度而做出让步，言语反而变得更为犀利。

1921年，他在《新中国评论》上发表了《〈琵琶行〉：韦利先生答理思教授》一文，提出翟理思对自己的批评空口无凭，并未征引权威文献证明自己的观点。

在文末，与翟理思申明论战有助于汉学进步的态度不同，韦利以过激的言辞总结了整场论战："这场论战显然是一场闹剧，如果我是翟理思教授，会因上演这场闹剧而感到羞耻，优势显然在他那一方，因为他享誉全球，而我一无所有。"韦利将翻译问题置之一边，抓住翟理思试图借助自己的名望与后辈一争高下的态度予以批驳，这显然是一种无奈之举。因为当时的汉学风气明显偏向于传统翻译，自一开始他就处于劣势之中，而这种新与旧的汉学观念的交锋，一直持续到1940年代才平息。

不过令韦利感到欣慰的是，《中国诗170首》自问世以来就一直保持着稳定的销量，这也在某种程度上支持了他的翻译观点。该书的重要性也随着时间的推移而逐渐突显，成为西方汉学家英译中国古诗集的权威之作，影响力超越了英国学界，并有过多次重印。据统计，该书在伦敦一共再版了12次，其中第7—12版发行两万多册，可以说成绩相当不错。

接下来，翟理思依然锲而不舍地继续着论战，因为他觉得批评是必要的，不应有任何的回避。1922年10月，翟理思在《新中国评论》上发表《"冠带"》一文，对韦利《古诗十九首》中《青青陵上柏》的一句"冠带自相索"的翻译再次提出异议，文中还摘录了1918年自己发表在《剑桥评论》上《中国诗170首》的评论文章。对于这种炒冷饭的挑衅，韦利似乎感到了厌倦，不再回应，这场持续了四年之久的论战，由此落下帷幕。

埃米·洛厄尔：好胜的坚持

1913 年初，埃米·洛厄尔读到发表在《诗刊》上的几首意象派诗作，感到异样振奋，脱口说了句："呀，我也是意象派诗人啊！"而谁也没想到在不久的将来，意象派将多一位干将，甚至是领导者。

那期《诗刊》刊登的是 H.D.（希尔达·杜利特尔）的三首诗，署名为"意象派 H.D."，由庞德组稿和推荐发表。当时庞德作为该刊的海外编辑，负责为刊物搜罗稿件和发掘新诗人。H.D. 是庞德的前女友，两人曾订过婚。后来，H.D. 在伦敦遇上另一位诗人理查德·阿尔丁顿，两人很快便结了婚，并在一起写诗。庞德看到他们的诗作后，下了一个令他们颇为吃惊的定义："你们是意象派！"他们当时甚至还不知道意象派是什么。

庞德将他们的六首诗（阿尔丁顿三首，H.D. 三首），一起寄给《诗刊》主编哈丽德·蒙罗，同时坚持让 H.D. 署名为"意象派 H.D."。在给蒙罗的信中，庞德这样谈道："我又遇上了好运气，我给你寄上一些由美国人写的现代东西。我说现代，因为它是用意象派的简洁语言写成的，纵然主题是古典……这正是我在这里和巴黎能拿出来给人看而不遭人笑的东西。客观——毫不圆滑：直接——没有滥用的形容词，没有不能接受检验的比喻。它是直率的谈吐，和希腊人一般直率！"

最终，阿尔丁顿的三首诗发表在 1912 年 12 月号《诗刊》上，H.D. 的三首则在翌年的 1 月号刊登出来，正是洛厄尔所见到的那几首。

埃米·洛厄尔出身于美国名门望族，家族中有好多人在美国的文学界、教育界、科学界甚至是政界都颇有名气。比如19世纪美国著名诗人詹姆斯·罗素·洛厄尔、天文学家帕西瓦尔·洛厄尔、曾任哈佛大学校长的人类学家阿伯特·劳伦斯·洛厄尔，以及20世纪著名的"自白派"诗人罗伯特·洛厄尔等都来自这个家族，其中有些还是埃米·洛厄尔的直系亲属。优裕的家境、良好的教育，以及在海外的多年游历积累，使埃米·洛厄尔拥有开阔的视野，为日后的诗歌创作和翻译打下了基础。

埃米·洛厄尔对东方文化的兴趣源于她的哥哥帕西瓦尔·洛厄尔。帕西瓦尔是一位天文学家，在日本生活了近十年时间。其间，他经常给妹妹寄回大量日本和中国的艺术品，引起了埃米·洛厄尔极大的兴趣。她便与哥哥通过笔谈和面谈的方式展开沟通了解，收获颇多。

洛厄尔很早就开始写诗，原先的诗风十分正统，缺乏新意。1910年她在《大西洋月刊》上发表第一首诗，正式涉足诗坛。两年之后出版第一本诗集《彩色玻璃的房屋》，不过反响平平，没有引来任何关注。有评论家认为这些诗是"流畅的，圆滑的，不花力气的东西"，"根本无法让人感动"，仅是"缺乏生命力的古典主义"。

当洛厄尔在《诗刊》上读到意象派诗人的诗，又在接下来的3月号看到关于意象派原则的文章之后，大受触动，认定这就是她一直在思考和探寻的诗学方向，尤其是意象派半明半暗地对日本以及东方文化的观照，让她有理由相信，她对此早已有所准备。

于是她决定前往伦敦，去和那些意象派诗人会面。

与那些穷诗人出场不同，洛厄尔可谓做足了排场——带着两个身穿紫红制服的司机，和旅伴坐着豪车，带着大量行李。她们到伦敦来除了游山玩水，另一个目的就是去结交崭露头角的意象派诗人，依靠自己的财力和社会关系，为困顿的诗人们出版诗集，为意象派做整体推广和代言——妥妥的大权在握的女经纪人。可以说，洛厄尔从一开始就怀揣着巨大野心，加入意象派就是冲着诗歌领袖而去的。

不久，她便争取到了阿尔丁顿、H.D.、约翰·古尔德·弗莱彻、F.S.弗林特等意象派诗人的支持，并且向他们许下承诺，将在1915—1917三年内每年出版一本意象派诗集，出版资金由她赞助，当然她要有选编权。第一本意象派诗选《一些意象派诗人》是由庞德选编的，出版于1914年，庞德是意象派发起人，也是当时实际上的主导者。

洛厄尔与庞德的首次会面是在1913年7月的伦敦，还算相见甚欢，洛厄尔暗示她可以成为庞德的赞助人。虽然庞德知道洛厄尔对意象派的认识相当肤浅，不过出于礼貌，同时也被洛厄尔大方的诚意所打动，最后还是将她的一首诗收进那本意象派选集当中。这首诗成了洛厄尔跻身意象派的一块敲门砖。

不过，她与庞德的友谊仅仅维持了十二个月，然后就开始了漫长的交恶，庞德也由此被站稳脚跟的洛厄尔踢出意象派圈子。

意象派的定义，或者它的边界在哪里，其实很多意象派诗人都没搞懂。只有庞德最为清晰，他在《意象主义者的几个"不"》的文章中曾对"意象"下过定义："在一刹那时间里表现出的一个理智和情绪的复合物。"此外，发表于《诗刊》、由弗林特执笔的三条"意象派规则"，也是出自庞德的授意：

1. 直接处理无论主观还是客观的"事物"；
2. 绝对不用任何无益于表达的词；
3. 至于节奏，用音乐性短句的反复演奏，而不是用节拍器反复演奏来进行创作。

庞德虽然热心于诗歌事业，但做事比较专横独断，试图将意象派的发展牢牢掌控在自己定好的理想框架之内。但在当时，许多人，包括意象派内部的诗人对意象派的理解都有不同程度的偏差，而庞德用力去匡正和限定的做法，令许多意象派诗人感到不适和不满，其中弗林特更与其发生数次争执，势成水火。洛厄尔的出现，使庞德渐渐成了众人的靶心，而她则成为大家拥护的对象。

洛厄尔提出，意象派诗人应该作为一群具有相同倾向的朋友，而不只是囿于教条的原则下的同仁。大家心平气和地发表作品，每年将作品汇集于一起出版。

为此，洛厄尔在伦敦举办聚会，表面上是庆祝《一些意象派诗人》的出版，其实是召集意象派诗人讨论将来的发展方向。席间，洛厄尔突然发问："何为意象主义？"在场没有人能够回答清楚，最后均表示是庞德给他们戴上的帽子。

此后，意象派阵营走向决裂——庞德宣布退出该组织，"新王"由洛厄尔继位。

庞德担心他们的诗歌变得软弱无力，于是1914年8月1日去信洛厄尔，警告说："我希望意象主义这个名字还能保留一些意义。它代表——我希望它能光线硬朗、轮廓清晰。我不能信任一个民主化了的委员会来维持这一标准。一些人准会立场不稳，而另一些则伤感浅薄。"庞德的担心是有道理的，因为他认为洛厄尔根本不懂什么是意象主义，不懂就算了，还企图做领袖，而其他人则随风摇摆。

但此时的意象派，已不由庞德掌控了。

如果事情已经变味，那么庞德宁愿把意象派这个名字改掉，以免玷污了它的纯洁性，毕竟，他知道什么才是纯正的"意象派"。半个月之后，庞德再次致信洛厄尔，提出让意象派改名："我认为你的主张十分了不起。只是我觉得，你每年一本的诗集应称为自由诗或诸如此类的名称……如果你一定要把意象主义这个词拖进去，你不妨用个副标题：《献给诗歌中的意象派、自由诗和其他现代派运动的一本诗集》。我想，这对每一个人都极其公平。"

然而，洛厄尔哪会听他的？她依然坚持用《一些意象派诗人》作为诗集名称，于1915—1917年出版了三本意象派诗选，这些诗集将庞德的诗剔除在外。而且，洛厄尔更是在新出版的诗集《刀锋与罂粟籽》中，宣称自己是一位地道的意象派诗人。

这让庞德气不打一处来，但又无可奈何，只能讥讽地称意象派为"埃米派"——埃米·洛厄尔的派别。

洛厄尔在形式和内容上，确实扩大了意象派的领域。第一，她引进了多音式散文的形式，是对自由诗的一种发展。这种带管弦乐性质的形式为意象派带来了新的变化。第二，在内容上，她对"意象派规则"进行了补充和解释，提出了以下六点：

1. 使用通俗的语言和准确的词语，不用装饰性的词语；

2. 创造新的节奏以表达新的诗情，自由体诗可以更好地表达诗人的个性，但不排斥其他诗体；

3. 题材完全自由，不受任何限制，现代生活可以入诗；

4. 写诗要用意象，要写得具体、确切，而不要抽象、普遍；

5. 要写得明确、清楚，不要模糊、含混；

6. 简练、浓缩是诗歌极为重要的因素。

从上面的观点可以看出，洛厄尔对意象派的理解偏向于细节和意象的简单陈述，形成绘画式的艺术效果。而庞德认为意象是"智识与情感的统一体"，即意象要有深层的内容，比如智力和情绪的综合，相比起来，洛厄尔无疑显得肤浅。

因此，庞德在 1917 年 8 月总结道："我认为这群人没一个获得了长足的进步，《一些意象派诗人》以后，他们发明不了什么东西。"事实上也是如此，1918 年 3 月号《诗刊》的一则关于意象派的评论说："不幸的是，意象派已落到这个地步：它意味着任何一种不押韵、不规则的诗，而'意象'——仅指其视觉上的意义——被人理解为仅意味着一种如画的印象。"

意象派作为一个团体在 1917 年就告终了。而洛厄尔则转向另一个舞台与庞德进行全新的较量，这个舞台就是翻译中国古诗。

在意象派氛围里，洛厄尔爱上中国诗是自然而然的。那时的英美诗坛，甚至把东方化视为现代主义的同义词。而作为意象派领袖，洛厄尔自然要走在前面。据弗莱彻回忆，在《神州集》出版之前，洛厄尔的思想便倾向了东方，并开始利用中国古诗的意象来写作，证据是收录于诗集《刀锋与罂粟籽》的一些短诗。

风和银

[美] 埃米·洛厄尔

光华四射，

秋月飘浮于稀薄的夜空，

塘鱼翻动它们的脊背，

闪动它们的龙鳞，

此时秋月在上面掠过。

（裘小龙　译）

这首诗可谓"诗中有画"，直接将事物呈现出来而不作任何抒情或评论，意象味甚浓，当中的"龙鳞"就很中国。越到后面，洛厄尔的这种尝试便越发显得成熟。在1918年出版的诗集《浮世绘》中，收录了一组著名的组诗《汉风集》，表现的正是中国意象与情景。这组独具中国风的作品为她带来不少赞誉，一扫第一本诗集发行时所遇到的尴尬。下面的这首《余晖》，写的是瓷器上的画，颇得中国诗的神韵。

余晖

［美］埃米·洛厄尔

牡丹

中国瓷器奇异的淡红色；

妙极了——它们的辉光。

但是，亲爱的，那是蓝色的飞燕草

绕着我的心回旋。

往年夏天——

一个蟋蟀在草丛中鸣叫。

（赵毅衡　译）

应该说，翻译中国诗，洛厄尔自身早已准备好了，不过她还在等一个合作伙伴出现，此人就是艾思柯。

艾思柯的父亲在中国上海从事商业活动，全家旅居中国。

艾思柯本人出生于上海，自小就接受中国文化的熏陶，11 岁才回美国读书。也正是在读书期间，她结识了洛厄尔，从此一直保持着友谊。20 岁时，艾思柯与一个在上海经商的英国人结婚，婚后又回到中国生活和学习中国文化。艾思柯能说较为流利的汉语，并且熟悉中国人的生活和习俗。为了深入研究中国文化，她还刻苦学习中国的文言文，最终成为一名汉学家。

1917 年，艾思柯返回美国做演讲，演讲的主题与中国文化相关。当时她随身带了许多中国画，准备举办展览。这些画上面有一些题诗，她把这些诗粗略地译成了英语，打算在演讲时引用，以说明中国画所表达的意境。演讲前，她将这些诗的草稿拿给洛厄尔，请其帮忙修改和润色，希望这些诗能够成为优美的英语诗。洛厄尔读了这些中国诗，也观赏了中国画，被深深地吸引住，继而沉浸在中国古典诗歌当中。由于有共同的兴趣和话题，两个闺蜜经过多番深入交谈，最终达成一致决定——两人共同翻译一部中国诗集。

尽管庞德在两年前推出译诗《神州集》大获成功，但洛厄尔对庞德的译文不屑一顾，她认为："首先，他们不是中国人，而且天知道这些译文从中文到费诺罗萨教授的日文原文已经经过多少人之手。其次，埃兹拉在译文上煞费苦心，一直改到它们完全不像是中国诗的翻译为止，尽管这些诗本身是很好的诗。"天生要强的性格，促使洛厄尔要与庞德一争到底，对于文学史来说，这无疑是一件好事。

为了做好前期的翻译准备，洛厄尔几乎搞到了所有的英语和法语译本，一起集中研读。"我已经完全沉浸到中国文学中去了。"在给艾思柯的私信中，她如此写道。而在阅读和研究中国诗的过程中，她开始懂得许多原先不理解的东西。她甚至感觉到，这条路将变得异常艰难："汉语很难，要花一个人毕生的精力和时间去学习，而诗歌的研究也是如此。通常来说，一位汉学家没有时间学习写诗，诗人也没有时间学习汉语。既然我们两人对对方的专业一无所知，所以我们的合作一直都有一种不断增长的愉快。"

汉学家与诗人的携手，是一次全新的尝试，她们由此展开长达四年的翻译合作。

她们翻译的过程是这样的：艾思柯首先用汉语译音把诗写出来。由于洛厄尔不会使用汉语词典，所以艾思柯还要注明每个字的各种含义，同时标出她认为的合适意思。在这过程中，她还增加了大量的注释，使洛厄尔能够尽量多地了解有关中国的地理历史、神话传说、文学典故等背景知识。洛厄尔在翻译时也严格遵循这些诗行的格式，将英文直译转化成诗句。翻译完后，她将诗稿寄往上海，请艾思柯和她的中文老师检查这些诗句是否符合原文，并做出相应的修改。接着，他们再把加了修改意见的诗寄回美国，洛厄尔根据他们的意见对诗进行修改和润色，最后寄给艾思柯作最终的检查和定稿。整个过程反复多次，艰辛非常，她们却乐在其中。

当然，在翻译中她们也会产生矛盾，两人时常为了一两句诗或者一两个词争执好几个回合。不过，洛厄尔内心深处十分感激艾思柯能够不伤友谊地和她争辩，因为她知道，自己脾气暴躁，并不是一个容易相处的人。

在翻译的最后阶段，她们终于聚到一起工作了。洛厄尔经常会在自己家中与艾思柯通宵达旦地商讨翻译的细节，直到第二天拂晓艾思柯才离去，洛厄尔则继续对译文作进一步的润色和处理。这样的作息持续了许多周，直到译著《松花笺》问世。

洛厄尔玩命地工作，对健康伤害极大，也为她的早逝埋下了伏笔。

在着手翻译时，洛厄尔发现中国文字实际上是"图画文字"，于是她有了一个"天才的伟大发现"：分解中国文字可得其意象组成，这就是所谓的"拆字翻译法"。她迫不及待地将这个发现写信告诉《诗刊》主编哈丽德·蒙罗：

> 我作出了一个发现，先前西方所有关于中国诗的著作从未提及，但我相信在中国文人中此事人尽皆知，我指的是：每个汉字的偏旁使此字带上言外之意，就像我们语言中的形容词或想象中的写作。我们不可能按汉字的字面意义译诗，每个字都必须追寻其组成，这样我们才能明白为什么用这个字，而不用同义的其他字。

洛厄尔立即将这个发现投入到实际的翻译工作中去，比如——

李白《长相思》句"日色欲尽花含烟"，洛厄尔译成"白昼的颜色已结束，花把雾含在双唇间"。这句如此处理，效果的确生动，算是一个成功的例子。但也有失灵的时候，比如杜甫《夜宴左氏庄》句"风林纤月落"，洛厄尔译成"风把树影和落地的月光织成白经黑纬的花纹"，这也太复杂了吧？把本身以简朴明快著称的中国诗句延伸出太多意思，最后把英文读者也给绕晕了。拆字翻译法由此引来一场持久的争论，这是后话。

好在艾思柯还算清醒，知道拆字法行不通，多次设法劝说走火入魔的洛厄尔放弃。她写信给洛厄尔说：

> 我比以往任何时候更深信我们是正确的，但是对于将中国人所理解的中国诗的全部意义转达给西方读者，我感到失望，简直不可能……实际上对于今天的读者来说，汉字已不显示解析意义……

说得相当委婉，因为她十分了解洛厄尔的强硬性格。为了避免冲突，她甚至耍起阳奉阴违的手段，能不拆尽量不拆，毕竟洛厄尔要根据自己的初译文才能翻译下去。正是艾思柯的做法，才挽救了整部《松花笺》——纵观全书，实际上只有十来处是采用拆字法翻译的，不然的话，这部诗集将变得难以卒读。

《诗刊》副主编尤妮丝·狄任斯在该刊发表了《论译中国诗》一文，对洛厄尔采用"拆字法"翻译中国诗歌提出批评；中国学者张歆海在中国留学生刊物《中国学生月刊》发文严厉指责《松花笺》的翻译方法。尽管不甘示弱的洛厄尔写信给该刊编辑提出抗议。然而，这不过是意气用事罢了。

为了找一个中国学者来支持她的"天才"拆字法，洛厄尔请她的另一位哥哥，也就是时任哈佛大学校长劳伦斯·洛厄尔推荐一个人选。哥哥给她介绍了当时刚刚毕业，正在哈佛大学教汉语的赵元任。洛厄尔宴请了赵元任，见面之后，她没想到赵元任那么年轻，还为此而失望了一下。席间，赵元任对洛厄尔的拆字法表现出兴趣，并没有提出任何反对意见，而她则把一个中国青年学者的礼貌当成赞同，沾沾自喜地写信告诉艾思柯。

不料十天之后，洛厄尔收到赵元任的信件，在信中，赵元任指出了她的一系列错误，尤其是"拆字法"搞出来的错误——这些事情都是发生在《松花笺》出版之后。

1921年，《松花笺》正式出版，引起诗坛震动，同时也带来不少争议。因为洛厄尔的名气，加上中国诗的题材，《松花笺》一面世便受到读者的普遍欢迎，首版一售而空，次年便重印，可谓一举成功。

"松花笺"相传是中国唐代女诗人薛涛制作的彩色笺纸，这三个汉字就印在译诗集的封面上。在序言里洛厄尔和艾思柯详细说明了书名的来源，她们这样写道：

> 在九世纪的四川成都，住着一位名叫薛涛的歌伎，以才智和诗作著称于世。薛涛制作了一种信笺，浸在水中，就会有十种颜色。她用这些信笺来写诗。……据称，松花笺是有十种颜色的彩色笺，薛涛屋后不远处的山涧小溪被称作"百花溪"。

《松花笺》全书包含洛厄尔撰写的前言，艾思柯撰写的导言，选译的 119 首诗歌和 24 首书画题诗的英译。收录的诗歌以唐诗为最，有 108 首，其中李白的作品竟高达 83 首，杜甫 13 首，王维 3 首，白居易只有 1 首。在当时，中国学者对诗人有一个排序——杜甫、李白、白居易，对于这一点她们是相当清楚的，但为何李白选得最多呢？首先，杜甫的诗太难翻译了；其次，白居易不少作品已被韦利翻译出来，并且译得相当好，为了避免"撞车"，她们只选取了一首。但李白的情况不同，她们就是奔着庞德去的——"她们试图将庞德的译文敲出一个大洞，最后将庞德的译文彻底击倒"。洛厄尔的好胜由此可见一斑。《松花笺》出版以后，她们给当时的美国总统沃伦·哈丁和中国末代皇帝溥仪各寄了一本。

为了使英语世界的读者能够理解中国诗，艾思柯发挥了汉学家的作用，花费大量精力来整理资料，在导言中系统地介绍与中国古诗密切相关的中国文化，包括历史、地理、政治、建筑、科举制度和动植物等，并讲述中国文学特别是诗歌的形式，同时谈到李白、杜甫、白居易等著名诗人的不同风格。她还在后面分析了汉诗英译的韵律、用词和联想等问题，实际上这已经涉及比较文学。这篇长达 77 页的导言简直事无巨细，带领英语世界的读者全方位地考察了中国文化，无疑也促进他们对中国诗的理解。艾思柯的努力理应得到称赞。

在《松花笺》中，洛厄尔专门辟有《诗中有画》一章，收录了 24 首书画题诗。这些诗意象鲜明，意境优美，她们非常喜欢，就单独设为了一章——当初正是这些书画题诗促使她们结缘合作，同时这也应和了她们一直倡导的"赋予诗歌图画式的艺术效果"的论调。

虽然《松花笺》存在着许多误译的地方，"拆字法"也引来一些争议，不过整体而言，《松花笺》译得相当流畅，大部分译作是优美的，故受到读者的欢迎。叶维廉就曾指出："尽管（洛厄尔）用了与庞德关于象形文字的看法相系的、其谬误已为众所周知的'分裂法'（拆字法），《松花笺》仍是可读的。这得归功于洛厄尔，她设法使诗篇具有最新的修辞手法。"

洛厄尔的翻译方法更加自由、大胆，原诗的诗行形式和意义都得到了延伸和丰富。比如杨玉环的《赠张云容舞》这首诗，原诗只有短短的四行，译诗却有 19 行。如果以传统英语格律诗的形式特征来考察该译诗，读者将找不到任何音步或是韵脚的和音。可以说，这首译诗展示了洛厄尔意象派自由体创作的新形式。

赠张云容舞

［美］弗洛伦斯·艾思柯、埃米·洛厄尔　译

宽大的袖子摇摆。

香味，

甜蜜的香味

不停地涌来。

这是红色百合，

荷花百合，

飘起，
向上，
逸出秋雾。

薄薄的云朵
携着烟霞
飞舞
被一股涟漪的风
吹过山口。

杨柳的嫩芽
令人垂怜。
拂过，
花园泳池的
水。

|原诗|　　　　　　　　**赠张云容舞**

〔唐〕杨玉环

罗袖动香香不已，红蕖袅袅秋烟里。

轻云岭上乍摇风，嫩柳池边初拂水。

　　吕叔湘先生曾高度评价这首译诗，称"这首译诗译得很
好，竟不妨说比原诗要好"。他从两个层面分析译诗的出色之

处：第一，采用分行法来代表舞的节拍，有长有短，有徐有疾，这是一种创造；第二，运用拟声法，也相当形象——"所以结果比原诗更出色"。由此可见，这个评价不是恭维，由于杨玉环的诗本身一般，翻译在原诗基础上作出提升完全是可能的。

既然洛厄尔在翻译上要与庞德一较高下，那么我们不妨找两首译诗来作一下对比，看看两人的手法有什么异同。恰好两人都翻译了李白的《月下独酌四首·其一》，为公平起见，两首译诗都采用了"得一忘二"的回译版本：

月下独饮

[美] 弗洛伦斯·艾思柯、埃米·洛厄尔 译

一罐酒，在花丛。

我独自，饮着，无伴。

我举杯，邀请明月。

我的影子对面，自然就成了我们三个。

但月亮不能饮。

而我影子尾随我身体的运动，徒然地。

只在最短的时光中，月亮和我的影子是我的伴儿。

哦，尽欢吧！不能虚度春光。

我歌——月亮也走上前来，很有节律；

我舞，我的影子散落了，混乱了。

在我清醒的时刻，我们在一起其乐融融。

当我醉了，我们彼此分开，各自散去。

会有很久，我将不得不毫无目的地游走。
但是我们可以相约在遥远的云河。

（得一忘二　回译）

花丛中一壶酒

[美] 艾兹拉·庞德　译

花丛中有一壶酒
我独自倾注，而无朋友在侧，
于是我举起杯子邀请明媚的月亮，
连同我的影子，我们形成一组三人。
月亮虽然一点不懂饮酒，而
影子只是徒然尾随我的身体
我仍然把月亮和影子当作伴儿
一起玩赏春光，免得太迟
我唱歌时月亮徘徊不去
我跳舞时影子步履凌乱
醒着的时候，我们欢快地祝酒
在醉了之后，我们各自分开
我们永远保持这种毫无羁绊的友情
直到我们再次相遇在银河。

（得一忘二　回译）

|原诗|　　　月下独酌四首·其一

〔唐〕李白

花间一壶酒，独酌无相亲。

举杯邀明月，对影成三人。

月既不解饮，影徒随我身。

暂伴月将影，行乐须及春。

我歌月徘徊，我舞影零乱。

醒时同交欢，醉后各分散。

永结无情游，相期邈云汉。

　　来看这两首译诗。在标题的处理上，洛厄尔遵从了原题，庞德则采用了译文的第一句作为标题，倒也新颖。整体句式上，庞德保持了很好的统一，洛厄尔则有时紧有时松，跳跃性很大，这与她一直所秉持的"复调散文"风格有很大的关系。洛厄尔曾对复调散文下过定义："复调就是发出很多声音，之所以取这个名字是因为它利用了诗歌所有的声音，即韵律、自由体、头韵、押韵和回环。……在同一首诗里，可以时而是韵律诗，时而又是节奏诗，却没有不协调之感。复调散文突破了韵律诗和节奏诗之间的藩篱。"在实践中，这成了洛厄尔译诗的一大特色。两首译诗在意思上都和原诗出入不大，可以说把握住了基本的准确性，在译法上，洛厄尔松紧结合，又加入了抒情性，显得灵动一些，庞德则显示出严谨性——这似乎倒了过来，印象中庞德对译文有更自由的发挥。

如果再仔细考究，洛厄尔在两处的细节处理上出现了瑕疵：第一处，"暂伴月将影"的"暂"是暂且、暂时的意思，她译作"最短的时光"，显然又是拆字法在作怪，过度发挥了。庞德对此的处理虽然也飘了出去，不过结合全句又拉了回来，倒也不突兀。第二处，最后一句"永结无情游，相期邈云汉"，庞德翻译"无情"一词特别精准，但洛厄尔却犯晕似地"毫无目的地游走"，证明她没很好理解原诗的意思。后来许多人指出洛厄尔翻译中存在的种种硬伤，应该说是客观的。由此我们终于明白过来——经过时间的反复检验，《神州集》要比《松花笺》更靠得住，因而其成就也就更高。洛厄尔处心积虑要超越庞德的想法，到底破灭了。

　　那么，人们是如何看待洛厄尔的坚持的呢？

　　美国评论家迈克尔·卡茨评价道："埃米·洛厄尔被人铭记在心的是，她帮助确立了'新诗'的主要个性。意象派运动首次把'新诗'推到了公众跟前。尽管她未能不断地写出鸿篇巨著，但是，她的许多诗是意象主义及东方对西方诗歌形式影响的极好例证。"在这里，他对洛厄尔的译诗和诗歌创作在美国现代诗歌史上的地位与影响做了一个公允的评价。威廉·斯沃茨认为，如果将来果真实现了把远东旁枝嫁接到英文诗歌主干之上，那么历史应该回过头来对洛厄尔这位富有灵感的探索者表示感谢并致敬。王红公则这样评述洛厄尔："如果洛厄尔的诗作在今日还有些可读的话，那就是她译的中国诗和仿中国诗。"这个评价是在几十年后做出的，颇有些盖棺定论的意味。不过在出版《松花笺》之后的那几年间，洛厄尔的声誉可谓达到了顶峰。1922 年，洛厄尔来到芝加哥大学作关于中国诗的演讲，1000 多名听众把大厅挤得水泄不通，主持人告诉洛厄尔说："还有数百人挤在门外，无法入内。"

《白驹集》与《葵晔集》

中国诗在海外的传播中，有两本诗歌选集在出版之初便轰动一时，并形成深远的影响。由于两者的选编体例类似，都是中国历代诗词选集，故将它们放在一起讨论。

第一本是《白驹集》。

《白驹集》全称《白驹集：从古至今中国诗》，它长长的英文名字早已将它的选编范围圈定了出来——*The White Pony: An Anthology of Chinese Poetry from the Earliest Times to the Present Day*。从先秦的《诗经》，一直到民国时期的诗歌，每个时期一章，选编的时间跨度非常大，是一本名副其实的古今诗选。书名"白驹"，取自《诗经·小雅》中的《白驹》一诗。

《白驹集》1947 年出版，选编者为英国作家、汉学家罗伯特·白英，翻译阵容空前强大，都是来自西南联大的学者，也是研究诗歌的专家。

白英 1911 年出生于英国康沃尔郡一个造船师家庭，二战期间，曾在英国位于新加坡的海军基地服役。服役期间，他遇到了曾任西南联大外国文学系主任的著名学者叶公超。

在两人的交往中，叶公超向白英讲述了中国的抗战情况，这吸引了白英。1941 年，在叶公超的引荐之下，白英来到重庆，并作为战地记者亲历了长沙会战，在西方主流媒体《泰晤士报》上报道中国的战况，并辗转于桂林、衡阳、湘潭、长沙等地。1943 年，白英抵达昆明，受聘于西南联大，直到 1946 年离开中国。

离开中国之后，白英前往美国生活，以教书和写作为生，七年后入籍美国。白英在华多年，著有多部关于中国的游记和报告文学，如《永恒的中国》《重庆日记》《中国日记（1941—1946）》等。

白英虽然讲授英美文学，但对中国文化十分着迷，特别仰慕唐宋诗词。在西南联大期间，他结识了不少朋友，与林语堂、闻一多、卞之琳、沈从文等同事私交甚笃，经常参加冯至家中的教授沙龙。那时杨振声、朱自清、李广田、卞之琳、梁宗岱等人常常聚集于此，形成一个讨论文学的沙龙。这些人知识渊博，学贯中西，对中国诗颇有研究，有些自己也是诗人，为此他们建议白英多向国外介绍中国文学，不妨选编一些英文集子。在他们的鼓动与帮助之下，白英编译了《当代中国短篇小说选》《白驹集》《当代中国诗选》三本译集，并于 1946—1947 年在海外出版。

这些西南联大学者在与白英的交往中，深深地影响了他，成为他深入了解中国、认识中国的桥梁。他们常常用英语交流，展开关于中国、印度与西方文明等跨文化问题的讨论。在这个过程中，白英渐渐意识到东西方在思维方式和价值观层面存在着明显的差异。

在白英眼中，中国人勤勉，注重家庭，追求生活乐趣，并且对朋友重情重义。"中国人热爱太阳，但对阴影没有热爱，以至于他们绘画时没有阴影——所有东西被置于正午之中透视。"至于拿中国人与印度人比较，白英认为前者所具有的深刻性和复杂性不及后者——印度人深爱黑暗，"而中国人是正午的孩子，他们从燃烧的太阳中看待世间万物"。

尽管有些看法失之偏颇，然而难能可贵的是，白英从中看到了中国人智慧的一面，觉得他们从容达观，胸怀一切，懂得在白云、流水、溪谷、桃花源等自然的事物当中提取生命的意义，从而悟得生活的真谛。在白英看来，东方的孔孟圣人犹如西方的耶稣或普罗米修斯，不过，中国人更关注的是一种和平思想，而不仅仅是那种受难精神。这个概括，似乎说到了点子上。

闻一多是白英在中国接触最多的学者，两人交往密切，情谊深厚，因而白英对他的了解也最深。白英认为闻一多的诗歌在当时最具代表性，既融合了现代与古典，又贯通了东方与西方，可以说是艺术家群体当中的典型，因而他将闻一多称为那个时代"最伟大的诗人学者"。在日记中白英谈到，闻一多生病时，曾引起他内心极大的恐慌："我知道没有任何人像他那样堪称中国文化的完美典范……我无法想象，当最好的学者在寒冷中凋零时，中国还值得我生活。"从中可以窥见两人之间的深厚情谊，也烘托出闻一多在联大知识分子群体中的凝聚力。后来闻一多被国民党暗杀，给白英带来极大震动，并在《当代中国诗选》题词中，写下"纪念闻一多"以示沉痛悼念，这个事件促使他的政治立场开始左倾。

在西南联大，白英曾多次与闻一多谈及屈原、陶渊明、杜甫和李白，认为他们是"中国最伟大的四位诗人"，并计划把他们的诗都翻译出来。在理解这几位诗人的过程中，白英以闻一多为参照进行解读，十分有趣，再一次证明闻在他心目中的地位。

在精神层面上，白英觉得闻一多与屈原两人身上所折射出来的气质非常近似，都具有受难的品格：他们两人，一个是为了信念主动赴死；另一个则敢于直面死亡，毫不胆怯。白英认为，正是这种赴死的无畏成就了他们的伟大。

而闻一多与陶渊明的共性是什么呢？白英也总结了出来——两人是各自时代的觉醒者！不同的是，陶渊明的觉醒是古代隐士一种超然式的觉醒，他站在社会的边缘清醒地观察着整个世态；闻一多则处身于牢笼之中，以一种自觉式的清醒进行呐喊，以期召集更多同伴来打破牢笼。

此外，白英还看到闻一多身上有着与杜甫共通的忧郁气质。他认为杜甫的诗在精心巧构的韵律中蕴含着一种忧郁和孤寂，而闻一多的诗"有一种庄重，有一种对人类的深刻的持久的同情"，两者在气质上是一致的。综合上述看法，白英认为闻一多与其他同时代的中国新诗人相比，几乎"无可匹敌"。

在西南联大授课期间，白英常给学生布置翻译唐诗的作业。而他自己，早在重庆时，就开始了中国诗的翻译。《重庆日记》里收录的古今译诗共有三十多首，都是个人的零散译作。后来，他更多的是与中国学者合作翻译。

《白驹集》与《当代中国诗选》两本选集是同时进行编选

的，后者可看成前者的一部分。西南联大的师生组成了翻译《白驹集》的基本阵容：中文系的浦江清译杜甫；哲学系的沈有鼎译屈原《九歌》；外语系的杨业治译陶渊明，俞铭传译屈原（部分）、苏轼，袁家骅译岑参，金堤译白居易。翻译参与者还有汪曾祺、袁可嘉、李赋宁等青年诗人、学者。

入选《当代中国诗选》的九位诗人中，有六位诗人的作品被收入《白驹集》的《中华民国》一辑，分别是闻一多、冯至、卞之琳、俞铭传、艾青和田间。除此之外，该辑还收入两首旧体诗，作者分别为八指头陀和毛泽东，其中毛泽东入选的是《沁园春·雪》。

白英负责最后的选编和译文修订工作。选集中，唐代的作品收录较多，共选取了近三十位唐代诗人的诗，清代诗歌比较少，明代诗歌一首也没选，这当然和白英以及中国译者偏爱唐诗有关。白英在序言中如此写道："这正是我们面临的困难。在众多优秀作品中该如何选择？唐代至少有 2200 位诗人写下了48 900 首诗。这些诗作得以保存，但还有一百多万首其他作品失传了。……鉴于他们的辛劳和我们自己极大的无知，有时候我们必须继承他们的事业，知其不可而为之。因此，本书仅是一种尝试：从对中国诗最粗浅的探索中显现其无限性。"

据曾在西南联大学习的翻译家许渊冲回忆，浦江清和闻一多两位教授负责选诗，白英负责把控译文的选编，即诗歌翻译成英文之后是否合适在英美语境下传播，这得由他来判断。在译文的选择和编辑上，白英尽量突出诗歌的中国元素，比如强调典型的中国式意象，保留中国诗的韵律感等。他相当清楚自己的定位，"我的职责仅仅是一个编者和修订者，因为我的中文知识不足以裁决如何去翻译中文诗歌的那些微妙之处"。由此他这样操作："中国学者的译文由我修改，修改后再呈递给他们，直到最后达成一致的意见。"

编译这两本诗选时，正值抗战时期，故在题材上对战争有所偏向。对于《当代中国诗选》，他们的初衷是编一部"抗战诗选"，后来才把时间推前至"五四"时期。在《白驹集》的序言中，白英这样谈述千百年来中国人对国土的捍卫：

值得提醒我们的是战争永远在中国诗里留下了印记。即使今天，中国学者有时夜半醒来，会寻思那些在甘肃西北边境涌至玉门关的年轻人怎么样了；这些边陲之地对中国人来说意义非凡，绝不可能让任何外来者攫取。那些战争爆发在数千里外一个陌生的蛮荒之地，却难以磨灭地印刻在中国人心中。壮丽和荒凉的意象几乎总是从这些偏远的疆域浮现上来——西北埋葬着昭君的青冢、漫漫黄沙的平原、大雪和阴山。即使现在，还有那鬼魅般的红鬃马驹与铁马骑兵的队伍在荒漠之路上跋涉。我们听见马蹄的声音，我们看见雕龙镶金的旗帜；较之曾守卫英格兰要塞的兵团军，大漠上的骑兵队更加可见可感，因为诗赋予他们永恒的形象。在某些未知之地，沿着青海之滨或在遥远的费尔干纳，中国人的心灵找到了栖息之地。

面对战争、贫穷和死亡，中国人更加珍惜残存于诗歌中的那些点滴的美，尽管那些美不免简朴与低微。因为贫穷，因为死亡就像衣衫褴褛的鬼怪一样挥之不去，他们只能竭尽全力地去享受生活残存的美丽，去磨砺其感觉，直至一瓣桃花也能像君王的救赎一样耀眼，正如白英所概述的那样："一枚花瓣的飘落比帝国的倾覆还要响亮。"看到这一点的白英，无疑是怀着巨大的同情心与中国人民站在一起的，那种情感亦深藏在中国诗歌内里，需要他传达给西方读者。

虽然"中国抒情诗在情感上与我们的如此接近，他们的乡土情结与我们的也如此相似，他们分享的情绪大部分也为我们所分享"，但白英依然能察觉出两种文化的迥异，特别是在诗歌的表达上，他在序言中以《诗经》中的《野有死麕》，以及它的两首仿诗所表现出来的"色感"作为例子来说明这种不同：

国风·召南·野有死麕

野有死麕，白茅包之。有女怀春，吉士诱之。
林有朴樕，野有死鹿。白茅纯束，有女如玉。
舒而脱脱兮！无感我帨兮！无使尨也吠！

这是一首情诗，描述先秦时期的青年男女约会的场景，男子急着想成夫妇之礼，而女子委婉拒绝。写得相当生动、细致，很有画面感。白英说"中国人不羞于运用性的意象"，所以全诗充满丰富的"色感"。

温柔（节选）

李金发

我以冒昧的指尖，

感到你肌肤的暖气，

小鹿在林里失路，

仅有死叶之声息。

李金发比原诗更深入一步，涉及性爱的描写。然而，比性爱更深刻的处理在于，他此时将死亡也拖曳进来。死鹿原本是一个诱惑、一个示好的礼物，在这里把"死"特地放大了，与爱欲交缠于一起，却又欲罢不能，让人读后产生一种心灵的震撼。

雪夜

孙晋三

没有任何捕猎的经验，

不知为何心里滋生这个念头，

期待在黑夜中捕到一些野狐狸，

在这样一个雪夜里马蹄声甜蜜而令人陶醉：

偷偷在眉宇间像一只海鸥，

潜入湖水追逐鱼儿，

一片雪花亲吻着内心奇怪的震颤。

孙晋三是一位现代诗人，毕业于清华大学，主办过《时与潮文艺》杂志，而白英认为这是"源自数个世纪以前的古老意象写下的一首诗"。诗人在诗中将爱情视为一次令人心动的捕猎，写得细腻而极具"压迫感"，几乎达到了"色感"的极致。在白英看来，西方人的色感，来源于"同性恋的希腊和异性恋的黎巴嫩"，更复杂，更间接，也并非如此具有压迫感。另外在这些诗中，他还看到"一种建立在季节的仪式和男女结合于平等基础上的文明"。而后，他通过杜甫的一句诗来进一步阐述两种文化的差异：

> "阴房鬼火青。"杜甫如此写道。不需要动词或者副词，一幅图像就完完整整地跃然纸上，犹如用古老的魔法为其赋形，我们立刻就看到了所描述的事物。对于在纸页上不断摆弄词缀词尾的我们而言，这是超乎想象的。

最后白英认为，发现并赞美最为简单和朴素的事物，也许就是中国诗的秘密或精神所在。这种精神是永恒的，他希望西方读者能好好领会一下这些恒如星辰的人们的诗。

《白驹集》出版之后，在海外一度非常流行，影响力也随着畅销而扩大，甚至影响了庞德、高本汉等人的翻译。美国诗人罗伯特·哈斯在他的诗集《亚当的苹果园》序言中，谈到他对《白驹集》的阅读印象以及对中国诗的理解：

> 也就是在那些年里，我偶然遇到一部翻译的中国古典

诗歌集，书名叫《小白马》。平装本，在当时略微显得有些不同寻常。书上有大写的一句话——"中国的头脑和心灵"，还有一段编者和译者罗伯特·佩恩（白英）的话："我们要理解一个人，最好通过他的诗歌，而中国人，自盘古开天地就开始写诗了，一直把诗歌艺术当作他们文化的最高品位。"这本书以选自《诗经》的歌谣开头，以毛泽东的诗作结尾。我从中读到了中国诗人中最伟大的杜甫和最抒情的李白。我记得初次阅读感觉到的是一种愉快、明澈的心境，以及——出自杜甫——强烈的忧患。……这些中国诗歌，似乎在一行行去诉说他们不吐不快的东西，尽可能地直截了当、明白晓畅。我知道这可能是对中国诗歌的误解，但也许不完全是。

第二本是《葵晔集》。

《葵晔集》1975 年首次出版，一经刊印，立即在美国文化界引起轰动，连续数周保持最高畅销书纪录，不到半年即发行 1.7 万册，这在当时绝对是"现象级"。该选本更成为美国很多高校用来讲授中国文学的课本。翌年，印第安纳大学出版社推出该选集的中文版本《葵晔集：中国历代诗词曲选集》，作为英文版本的中文原文对照。

不久，美国"每月读书俱乐部"将该书列为副选本。1975 年 12 月 21 日，美国书评界权威报刊《纽约时报书评周刊》首页全文刊出布朗大学比较文学教授戴维·拉铁摩尔撰写的长篇书评，称该书是"迄今为止最完整、最好的中国诗歌西方语言翻译文本", 是一部划时代的作品。《出版家周刊》《华盛顿邮报》等报刊也给予此书很高的评价, 认为"它的翻译……达到了最高的水平, 为我们（英语）的语言注入了抒情的品质"。其后此书一再重印, 从未间断, 在英语世界的传播及影响经久不衰。

《葵晖集》收录了具名的140位中国作者共965首诗、词、曲作品, 经由52位译者译成英文, 是汉诗百年英译历史中篇幅最大、收录诗人诗作最多、涉及译者最多、影响也最大的一部中国诗歌译本。"葵晖"一词出自美国诗人康拉德·艾肯的抒情长诗《李白来信》, 象征着"一份优越的文学遗产将如葵花的光晖一样, 放射出一种鲜艳的异彩"。英文版本副标题"中国诗歌三千年"和中文版本副标题"中国历代诗词曲选集"均表明选集的历时性和入选作品的类别与规模。

《葵晖集》内容丰富, 体例完备而独特, 包括按年代顺序排列的六个部分英译文、参考文献、诗人及诗歌背景、词曲牌名及翻译、中国朝代及历史时期年表等部件, 光是附录就长达110页, 对有意深入了解中国文学的西方读者具有重要的参考价值。

正文的六个部分分别为"诗经与楚辞：中国韵文的初期遗产"（春秋战国时期）；"从统一到分裂：知识酝酿的时代, 诗歌的多种音调"（汉魏晋南北朝）；"诗境的扩大与诗的全盛期"（唐代）；"诗种的孳衍：活跃的词坛"（五代宋金）；"散曲的兴趣"（元代）；"一个悠长的传统：诗人的适应与挑战"（明清民国）, 完整而清晰地梳理了中国诗歌三千年来的发展脉络。近千首诗词曲中有部分作品（包括八首毛泽东诗词）尚属首次译成英文。

本书由旅美诗人、散文家柳无忌和华裔学者、翻译家罗郁正合作编选，两人兼具中西文学和文化的深厚修养，都是出生于中国，后又进入美国主流学术界的著名学者。编译《葵晔集》时，两人作为印第安纳大学东亚语文系的同事展开了无间的合作，历时 4 年才编选完成。选集出版一年后，柳无忌荣休。话说回来，如果当年柳无忌留在西南联大的话，《白驹集》和《葵晔集》或许会有所重合，说不定会成就另外一段佳话。

柳无忌出生在一个文学家庭，是近代著名诗人柳亚子之子，自幼就深受中国传统文化的熏陶。1927 年从北京清华学校毕业后，柳无忌便赴美留学，1931 年获耶鲁大学英国文学博士学位，毕业论文为《英国浪漫主义诗人雪莱》。毕业之后归国，先后任教于南开大学、西南联合大学、中央大学（今南京大学）。1946 年再度赴美，分别在劳伦斯大学、耶鲁大学和印第安纳大学担任文学教授，并从此定居美国。1960 年代初，他在印第安纳大学创办东亚语文系，任系主任，语言和文学并重，取得很大成功，培养了一大批中国文学研究和教育的骨干人才。

著名汉学家葛浩文，就是柳无忌当年直接指导的博士生。他翻译了 30 多位中国作家近 60 部小说，包括老舍、萧红、杨绛、莫言、王安忆、刘恒、王蒙、贾平凹等，被美国作家厄普代克称为"中国文学在海外的接生婆"。他还翻译了 11 部莫言的小说，因此被认为是中国获得诺贝尔文学奖的最大功臣。

葛浩文在《追忆柳无忌教授》一文中，谈述老师对他事业的影响：

> 我在布卢明顿的四个学期里每学期都选柳教授的课：一门是《西游记》，一门是古典戏剧，一门是现代文学。这些课程对我事业（作为研究生和作为学者）的影响远远超过我当时的了解——那是非常之大的……我自视自己为一名翻译家，这主要是由于柳教授鼓励的结果。

柳无忌对西方文学同样有着深入的研究，撰述、编译中英文著作多达三四十种，可谓著作等身，包括《中国文学概论》《西洋文学研究》《儒学简史》《苏曼殊传》等。他起初在国内讲授西方文学，后来在美国则讲授中国文学，为中西文学的交流起到了桥梁作用，是公认的中西比较文学重要的开拓者之一。

罗郁正1922年出生于福建福州，1947年赴美，在哈佛大学学习英国文学，毕业后进入威斯康星大学学习英国文学和比较文学，并获博士学位。1967年，受聘为印第安纳大学东亚语文系教授，后担任该系主任兼东亚研究中心主任，获终身教授职衔。此外，他还担任过斯坦福大学、新加坡国立大学、山东大学等高校的客座教授。罗郁正毕生专注于中国古典诗词的翻译与传播，出版有《辛弃疾研究》《葵晔集》《待麟集》等英文专著和译作，影响深远。

1971 年，罗郁正在美国纽约出版了专著《辛弃疾研究》，这是一部评传式著作，向英语世界的读者介绍了辛弃疾不同时期的经历和创作。在书中，罗郁正对辛弃疾 39 首词作进行了翻译和赏析，并结合词人的生平，对词的发展源流、格式、特点等作了详尽介绍。词作赏析深入浅出，同时融入自己的学术思考，让读者对辛词有了一个全面的了解，是一部不可多得的文学专著。

在《葵晔集》中，罗郁正贡献了 140 首译作。对于翻译问题，他有着自己的观点，他认为优秀的汉诗翻译者应该做到如下几点：

1. 绝不要拘泥于"形似"。理想的译文应该以"神似"为目标，反对过分强求译文必须押韵。

2. 透彻理解原文。这点可以说是翻译的基本面了，不了解原意如何把正确意思传达给读者？而望文生义永远是翻译的大忌。

3. 尊重"译文"的文字。即是说，译者应该努力使用地道的英文，用"洋泾浜英语"来翻译，或使译文带有令人生厌的"翻译腔"，这些都是对"译文"语言掌握不透彻导致的。

如果仔细体会，你会发现这些观点是站在华人译者的角度来看的，如果换成西方译者是否同样成立呢？这又是一个有意思的论题。

关于第一点，翻译界曾有过著名的翻译方法大论战，许多翻译名家都参与进来讨论。其中许渊冲的观点很明确，译文不押韵无法体现原有诗词的韵律美，与罗郁正针锋相对，有点像当初翟理思与韦利之间的论战，只不过这次转移到华人翻译家身上来了。许渊冲还说："翻译是两种语言的竞赛，文学翻译更是两种文化的竞赛。译作和原作都可以比作绘画，所以译作不能只临摹原作，还要临摹原作所临摹的模特。"

针对许渊冲的说法，罗郁正认为，中国诗歌经历了三千年的演化，形成了多种形式、格律和风格，并在其演化中与音乐紧密联系。汉语的单音节发音决定中国诗歌不同于英文诗歌的乐感、节奏。句法结构方面，古汉语句子中常见的主语省略为诗歌增加了独特的风味，这在英文诗歌中是极为罕见的。清楚认识到中西方诗歌的差异，就不能"拟化工而迥巧，夺原文之美以争鲜"，在翻译的时候需采取折中的办法，尽量在翻译中再现原诗的精髓，而不只是形式上的皮毛。

在筹备《葵晔集》之时，罗郁正就扎实地将自己的翻译观体现到编译中来。选编原诗时，他参校了各种善本和一些权威选本，尽量减免错误；在翻译层面上，更是集中了傅汉思、华兹生、白润德和马瑞志等当时北美一批名声显赫的汉学家，以及宇文所安、倪豪士等一批后来成就斐然的学者，阵容强大到几乎不可复制。

此外，还有十多位身处北美的中国学者，包括两位编者，以及欧阳桢、刘若愚等一众汉学高手，他们负责最后把关译文。入选诗作译竣后，每首诗至少三人对照原文核对，再由多人审读，务求保真。

以上种种，正是《葵晔集》质量过硬的保证。可以看到，《葵晔集》译文基本上不保留原诗韵律，努力在使用地道英语的前提下，保留原作的意象、语汇、文体和声音效果。全集入选诗作近千首，但得益于编者的把控，其翻译理念及翻译策略保持了统一。

《葵晔集》受到文化界的追捧，除了译文的质量过硬之外，还有一个重要原因，就是时代因素。1970年代初，中美关系发生了巨大变化，两国打破数十年来的对峙态势，逐渐趋向正常化交往。悠久而神秘的中国传统文化，使越来越多的美国人产生了浓厚兴趣，最终掀起一场拥抱东方的热潮。

然而，在20世纪四五十年代的美国，大学普遍很少设置中文课程，几乎找不到教中文的机会。但到了1950年代末，事情发生戏剧性的变化，美国国会通过《国防教育法》，鼓励美国青年学习外国语言，大部分为美国的"敌对国"语言，包括中、俄、东欧和非洲的语言。由此，美国各大学新的语言学系纷纷创立，各种语言研究中心也如雨后春笋般涌现，美国政府更是在大学里广设奖学金，对这些项目进行资助与扶持。

第四章

效法中国诗

第一次诗歌运动：意象派

发轫于芝加哥的美国现代主义诗歌运动，促使美国诗歌走向现代化和民族化，最终摆脱了"英国附庸"的尴尬境地，创造出独具美国本土特色的全新诗歌，也被称为"芝加哥文艺复兴"，在诗歌史上具有深远意义。

19世纪最后十年，美国诗歌并无显著进展，詹姆斯·罗素·洛威尔、沃尔特·惠特曼和奥利弗·温德尔·霍姆斯等成名的诗人纷纷离世。20世纪最初十年的情况也并未好转，虽有许多年轻诗人在不断成长，但诗艺尚未成熟，未能引起诗坛的关注，无形中形成了一个断层。据后来观察，美国现代诗歌史上重要的诗人，甚至次要诗人，没有一个人是在1912年之前成名的。20世纪第二个十年伊始，诗人们突然间爆发，形成了美国诗坛群星璀璨的景象——这在世界文学史上相当罕见。

美国现代主义诗歌运动的发起时间，一般定义在1912年《诗刊》杂志的创办。

1912年底，哈丽特·蒙罗在芝加哥创办了诗歌杂志《诗刊》。这是一份小杂志，在筹备之初蒙罗就确定了编辑方针：不跟已经成名的诗人打交道，而只刊新人作品。为此，她特别聘请青年诗人庞德出任杂志的海外编辑，主要任务是发现和搜罗新晋诗人及新作品。

在芝加哥文化界，蒙罗拥有广泛人脉，早年深受惠特曼的影响，创作过浪漫主义诗歌，后来致力于自由诗的创作。1910年，蒙罗开始第一次世界旅行，也到过中国。在此次旅途中，中国建筑艺术尤其是天坛之美深深地震撼了她——她把天坛称之为"东方理想的至善至美的表现"，后来还写下《天坛》一诗，对中国建筑艺术进行了热切的赞颂。诗歌在中国人生活中的地位也让她大为感慨，在中国，诗是人们日常生活的一部分，"每个中国人都有诗的理想，也或多或少是个诗人"。

回到美国之后，蒙罗发现诗歌在本国社会中的落差，遂决定发起募捐，筹集款项来创立一份诗歌刊物，也就是《诗刊》。在出版商的帮助下，她从100位芝加哥商界巨子那里拉到每人每年50美元的赞助，并且连续资助5年。现在看来，这是一个相当有力的支持，尽管那些商界巨子不一定都读诗，但作为一项商业措施，证明了蒙罗的整合资源能力。在《诗刊》创刊号上，蒙罗宣称"给诗地位，让诗歌唱"，对诗坛各种流派采取一视同仁的态度，力图在派别之间保持一种中立——哪怕她对中国诗偏爱有加，也不会见到有关中国题材的诗就发表。比如，她就拒绝过喜欢写中国题材的女诗人伊丽莎白·科茨沃思寄来的几首中国风的诗。另外，她不喜欢艾特略的诗歌，但在庞德的坚持之下，还是发表了艾特略的《普鲁弗洛克的情歌》。这种立场，使《诗刊》迅速成为新诗运动的代表刊物，尽管开始时，它还是一个发行量少得可怜的小杂志。

此外，《诗刊》还成了推广中国诗的主要阵地。在1915年以前，大杂志社一般不愿意刊登以自由体写成的仿中国诗，因为这些诗的题材、风格往往比较新颖，让人一时接受不来。当然这并不是说大杂志社排斥中国题材诗，相反，它们很热衷刊登具有19世纪东方情调的仿中国诗。

无论如何，《诗刊》推广中国诗的努力，某种程度上，让中国诗成为了美国现代诗歌运动向前挺进的前锋。

那么，为什么是中国诗呢？归结有如下几点：

首先，为破除旧传统，开创新诗风，美国新诗人必须大量吸收外国诗歌的营养，而在这一过程当中，中国诗的影响最大，居于一个重要的位置。其二，在这些新诗人的眼中，新诗是作为中国诗的一个强化形式而存在的。也即是说，新诗运动本身就是一场中国热，它之所以存在，就是因为接受了中国诗的影响。蒙罗曾一针见血地指出，新诗派的最大功绩就是发现了中国诗。其三，这和意象派有莫大关系。意象派是新诗运动的主力军，影响最大。而在蒙罗看来，意象主义不过是中国风的另一种称呼罢了。她说："意象派可能是追寻中国魔术的开始，而这种追寻会继续下去，我们将会越来越深地挖掘这个长期隐藏的遥远的宝石矿……"

对于这种说法，相信庞德也会认同，因为他曾经说过，如果不知道什么是意象主义，那就去读一读他译的中国诗。另外，他1915年在《诗刊》发表的一篇文章中说，中国诗"是一个宝库，今后一个世纪将从中寻找推动力，正如文艺复兴从希腊人那里找到推动力"。

根据赵毅衡对《诗刊》创刊十年间的异国诗歌翻译、衍生创作及评论所做的统计，中国诗的翻译和"中国式诗"创作占据第一位，而相关的评论文章，中国诗仅次于法国诗，位居第二。这些数据直接表明了当时人们对于中国诗的热衷程度。《诗刊》副主编尤妮丝·狄任斯说，当时几乎每周都能在刊物上看到中国诗的译文。蒙罗在自传中也记录了当时的情形：在新诗运动最热闹的 1916 年，位于芝加哥的《诗刊》编辑部访客络绎不绝，大家成天进行激烈的讨论，主题大多围绕美国诗歌以及中国古典诗。

狄任斯在新诗运动期间相当活跃，曾主持了不少与中国诗相关的活动。她的妹妹，著名诗人、音乐家郝路义在无锡做传教士，因此对中国有一种天然的亲近。1916 年，狄任斯到无锡居住了一年，写了一本旅游诗集——《中国剪影》，以写实的手法刻画了中国小城市的真实景象，获得了空前成功。诗集中充满了有趣的诗篇，既现实又视角独到，比如《我们的中国熟人》，描述的是留美学生回国时的情景；而《新的中国：铁厂》则是对中国现代民族工业起步维艰的描写。

后来，狄任斯在写给阿瑟·韦利的约稿信中谈到去中国的感受，她说："我到中国去，跟我的姐姐郝路义一起在无锡住了一年，从此以后，我的心就与你一样，紧紧地被东方抓住。"

《诗刊》对中国诗的偏爱还可从一件事中看出来。

1915 年，美国诗歌基金会评选"莱文森诗歌奖"，蒙罗提名维切尔·林赛。林赛当年发表在《诗刊》了一首童话式诗作《中国夜莺》，以旧金山唐人街华人洗衣工为主人公，写得优美而迷人，虽然童话的框架使它看起来不够深刻，不过蒙罗还是认为它是年度最佳。当年的《诗刊》还刊登了T.S.艾特略的《普鲁弗洛克的情歌》，当时庞德就觉得这首诗非常出色，应当评为年度最佳。

现在看来，《普鲁弗洛克的情歌》的影响力正如庞德所预见的那样，远非《中国夜莺》可比，故许多美国文史学家马后炮地认为蒙罗根本不识好诗，至今谈论起来难掩激愤之情。可在当时，少有人能像庞德一样辨认出《普鲁弗洛克的情歌》的优秀之处，而对于《中国夜莺》，大家却是交口称赞。

为此，蒙罗站出来为自己的选择辩护："《中国夜莺》有一种形式上的美——紧凑而又完整——比作者其他较长的诗都出色。"多年之后，她仍然坚持自己原来的看法："很可能《中国夜莺》会成为林赛表现人的精神的最雄心勃勃的作品，在这个神秘而又宏伟的宇宙中，人面临屈辱又面对幽默，既有骄傲又有惊诧。"

美国现代主义诗歌运动以小杂志为阵地，当时许多小杂志都参与其中，除了《诗刊》，还有带强烈无政府主义色彩的《小评论》，表现也相当出色。比如庞德编译的汉学家恩内斯特·费诺罗萨的论文就是曾在《小评论》上连载，他还向这本杂志推荐了汉学家阿瑟·韦利翻译的中国诗。1917年，韦利在《小评论》上发表了《白居易诗八首》，这是他首次发表中国诗译作。此后，他才有机会登上在英国享有盛名的大杂志《新政治家》。此外，美国诗人宾纳译的《唐诗三百首》同样先刊登在《小评论》上，后来才发表在大杂志上。

相似的例子不胜枚举。

现代主义诗歌运动迫使大杂志节节后退，逐步让出阵地。然而，随着现代主义诗歌运动的发展，这些大杂志又纷纷转向，以高稿酬来挖小杂志的作者。面对大杂志抢夺"发现中国诗荣誉"的行径，小杂志大为光火，以好斗著称的《小评论》主编玛格丽特·安德森，率先向大杂志发起了进攻。

1917 年，马克斯韦尔·博登海姆与人合译的中国古典诗歌遭到大杂志《新共和》的退稿，安德森在当年 6 月号的《小评论》刊登了这批译稿，并在"编者按"中狠狠地羞辱了《新共和》一番，大意为：对于《新共和》这家优秀的杂志，我们不敢置一词，但对于中国诗，这本杂志根本没资格发言，因为不识货。《小评论》的激进，由此可见一斑。

在另一件事上面，《小评论》也通过中国诗挣足了面子。

《小评论》1917 年 10 月号，刊载了温德姆·刘易斯的小说《堪特尔曼的春日伴侣》，由于涉嫌"淫秽"而遭到邮局全部没收。安德森向法院提出诉讼，但败诉。为了证明被没收的 10 月号有多么出色，安德森在 12 月号上重新刊登了 10 月号的头条——《白居易诗八首》，那是韦利的译作。在按语中，安德森说："如此好诗，岂容埋没。"仅此动作，就挽回了不少尊严。

在新诗运动"攻城略地"的过程中，中国诗的确起到相当大的作用。其中，意象派可谓功不可没。那么，中国诗与意象派之间到底存在哪种必然的联系呢？

诗歌向来注重"意象"，但西方诗人往往在一段具体的描写之后，就要引入抽象的、更深一层的情感发挥。而意象派强调使用鲜明的意象来表现诗意，主张把诗人的感触和情绪全部隐藏到具体的意象背后，即只描写具体对象，不去探寻事物之间的联系，也不阐发意义。

正如庞德所说："正是因为有些中国诗人，满足于把事物表现出来，而不加说教或评论，所以人们不辞繁难加以翻译。按中国风格写诗，是被当时追求美的直觉所引导的自由诗运动命中注定要探索的方向。"即是说，意象派之所以与中国古典诗结合，并非因为猎奇，也不是为添加一些异国风味，而是两者之间有一定的内在关联，走在一起有其必然性。

谈到意象派，庞德是绕不开的领军人物。意象派运动由他掀起，派内的恩怨也由他牵起，他的事迹可参看本书第三章中《庞德与神州集》一节，这里主要通过其他意象派诗人，来对这一诗歌流派做一次全景式的扫描。

意象派一词首次出现在印刷物上，是在庞德为《休姆诗歌全集》写的序中，在这篇序里庞德提到了意象派。但如果要追溯起来，第一个提出"意象主义"概念的却是 T.E. 休姆。

1908 年，休姆在伦敦成立了一个文学小团体，叫"诗人俱乐部"，经常聚集在一起探讨各种文学问题。此时，休姆已逐渐形成自己的文学理论。他大胆预言了以格律、音步和诗节为写作形式，以宏大叙事和情绪感受为主线的旧诗都必定被新时代所抛弃，"一个不事修饰、硬朗、实在、古典主义诗歌的时代正在来临"。

他认为，既然诗歌创作是"与现实具体接触的交流"，那么诗人必须摈弃"符号式语言"，而使用一种"可见且具体"

的语言去构建他的作品，让知觉活动直接面对观察对象，也让读者能够看到具体、真实的事物，这是回避抽象情绪，以免诗歌走向抽象化的有效手段。在休姆眼中，从具象到抽象是一种倒退，"意象不仅是装饰，它也是直觉性语言的本质"，意象的作用除了将诗人与现实观察的具体事物捆绑在一起，还能阻止诗歌语言折旧磨损，滑入寻常表达。

可以说，休姆已经发展出了意象主义的概念，同时为西方诗坛接纳中国古诗——一种高度具象的诗歌形式——做了观念和方法上的准备。他的观点显然对庞德产生了启发。为阐明自己的理论，休姆还写了几首诗，其中《秋》被视为最早的意象派作品之一。

秋
T.E. 休姆

秋夜一丝寒意——
我在田野中漫步，
遥望赤色的月亮俯身在藩篱上
像一个红脸庞的农夫。
我没有停步招呼，只是点点头，
周遭尽是深深沉思的星星，
脸色苍白，像城市中的儿童。

（裘小龙　译）

在休姆的这首诗中，秋天只有一丝凉意，既无叶落的悲伤，也无收获的喜悦，而红色月亮和白色星光也是客体的一种自然呈现，直接回归到事物给人的第一印象。通过质朴的诗句，诗人让读者看见事物原本的样子，也让这些生命体看到自己，但"我"却沉默不语，"只是点点头"，把意义建构与诠释的权利交给读者。

这首诗与"诗人俱乐部"其他诗一起发表在《新时代》杂志上，后收入"诗人俱乐部"的诗集。F.S. 弗林特看到这部诗集后，对俱乐部保守的文学主张以及苍白的遣词造句进行了猛烈的抨击。休姆随之与他展开辩论，但在辩论过程中，休姆发现他们两人的观点和文学思想趋于一致，特别是弗林特对于意象的一些基本看法，与他所提倡的几乎同出一辙，于是两人不打不相识，结下深厚的友谊不说，两人还成立了另一个未命名的新团体。

庞德一到伦敦，便加入他们，那时他们的团体才刚刚成立一个月。他们以休姆为首，对于休姆所坚持的"绝对精确地呈现，不要冗词赘语"一致赞同。但弗林特同时还认为，"我们称为意象的这一方面，许多的谈论和实践，主要由爱德华·斯托勒带头。我们深深受到现代法国象征诗派的影响"。对于弗林特的这个观点，庞德是不认同的。作为诗学运动的成功先例，法国象征诗派有它鲜明的特点，但与意象派还是有很大区别的：

象征主义运用联想，即一种幻想，几近乎一种寓言。他们把象征贬低到一个词的地位，他们把象征搞成一种节

拍器的形式。举例来说，用"十字架"来代表"苦难"诗
人就能大体上算做象征了……

　　这是庞德对于象征主义的论述，这篇论"旋涡主义"的文
章发表在 1914 年 9 月的《两星期评论》上。在当时，庞德是该
团体中唯一能完全区分两者含义的人，这也为他们后来的分歧
埋下了伏笔，只是在当时，他们还处于刚找到彼此的蜜月期。
　　在 1913 年 3 月的《诗刊》上，刊载了两篇著名的意象派
宣言：分别为弗林特的《意象主义》和庞德的《意象主义者的
几个"不"》。虽然弗林特的意象主义"三条规则"是在庞德
的授意下写成的，但也证明了他们在这些观点上达成了共识。
当年 4 月，《诗刊》刊登了庞德的意象主义代表作《巴黎地铁
站》一诗，从理论原则和诗歌实践两个层面拉开了意象派诗歌
发展的序幕。
　　弗林特的《伦敦》和《天鹅》登载在《诗刊》1913 年 7 月
号上，这是弗林特最著名的两首诗，后来收入庞德编著的《一
些意象派诗人》当中。

天鹅
〔美〕F.S. 弗林特

在百合花的阴影下，
在金雀花和紫丁香
倾泻在水面的

金色、

蓝色和紫色下，

鱼影颤动。

在又绿又冷的草叶上，

天鹅的脖子仿佛显出

涟漪荡漾似的银色，

天鹅嘴仿佛是暗淡的铜色，

朝着黝黑的水深处，

在那一座座拱门下，

天鹅缓慢地游动。

天鹅游入那座黑色的拱廊，

天鹅游入我忧伤的漆黑深处，

衔着一朵白玫瑰般的火焰。

（裘小龙　译）

不久，这首《天鹅》出现在庞德与弗林特的一场争论中。

起因是这样的：弗林特在杂志上撰文对意象主义进行了阐释，在《意象主义的历史》一文中，他也谈了关于这个派别创建过程的一些观点。一直以来，庞德对弗林特强调斯托勒的前意象主义感到恼火，他称它为"乳蛋糕"，软塌塌的，永远也无法通向 H.D. 的"希腊式的硬朗"。他在给弗林特的信中指出原先的《天鹅之歌》与后来改写成意象派诗的《天鹅》，两者之间天差地别。

弗林特显然不接受，认为这个例子很糟糕，因为在他看来，这两首诗的区别只是形式不同罢了。如果仅凭原先文本的两处软肋，就断定它不是意象派诗，那就太扯了！他无法理解庞德的挑剔与刚愎自用，弗林特以庞德处理私人关系的失败之处来做回击，说他"从来不是一个好的同志"。

两人自此交恶，直到 1921 年才有所改善。

纵然如此，庞德还是没有改变他原先的看法，认为弗林特是一个印象主义者，而非纯粹的意象主义者。

庞德与休姆之间也存在着分歧与争吵，两人的嫌隙由来已久。归咎起来主要是休姆认为庞德盗用了自己的原创观点——意象派虽然是庞德命名并极力宣扬的，但最初的理念阐述却来自休姆。在休姆看来，庞德最多只是做了总结陈词，而不能自诩为发明者。庞德则认为自己已经在公开场合和出版物上充分肯定了休姆对自己的影响，在这一点上，他觉得自己做得光明磊落。

而夹在两人中间的弗莱彻，感觉两人对对方的看法都失之偏颇。他与庞德的关系固然不像庞德与弗林特那样直接闹翻，但也暗流涌动。这些矛盾源于诗学认识上的分歧，当然也和庞德强势的性格不无关系。

弗莱彻加入意象派的时间较晚，虽早年移居伦敦，却到了1915 年才加入意象派团体。不过在此之前，他就开始自觉地接受中国诗的风格了。他曾经承认，之所以参加意象派就是因为意象派意味着中国诗。"正是由于中国诗的影响，我才成为一个意象派，而且接受了这个名称的一切含义。"

庞德与弗莱彻交往甚密，一直都想将他拉入到意象派的阵营中。有一次庞德看到弗莱彻寄来的《蓝色交响曲》一诗手稿，十分赞赏，遂回信给他，说他写了一首美丽的意象派诗，这也是他写得最好的一首诗云云，意思相当明显。

蓝色交响曲

〔美〕约翰·古尔德·弗莱彻

此刻，最低的松枝
横划过太阳的圆盘。
老朋友很快会将我忘却，
但我还得走
走向那我忘怀太久的
蓝色的死亡之山。
在寒霜凛冽的黄昏
古老的钟为我敲起，
只一声，来自那酣睡的寺庙。
可能我的灵魂会听到。
余晖：
在星星露脸前
我将爬进黑暗。

（赵毅衡　译）

这首诗1915年发表于《诗刊》，评论者认为："当他把想象、音乐性、文辞之美和一种中国艺术的奇特感融合在一起，成为一组迷人的、美丽的抒情诗时，他的诗作最出色。"弗莱彻从不否认这首诗与中国诗有关——他是在听到马勒的《大地之歌》交响曲时产生的创作灵感，他说："当我听到这些歌曲，我感到我正在写的诗与这些中国古代诗人早就写出的诗多么相似，我的现代式的孤独感、漂泊感、失望感，穿过许多世纪的时间，数千英里的空间，与他们会合了。"众所周知，《大地之歌》的词作来源于一千多年前的中国唐诗。如果仔细辨认，这首诗还运用了当时流行的"汉字拆字法"，说明弗莱彻对中国文化颇有研究。

至少弗莱彻对中国诗还有一些热爱和了解，庞德说他的诗像意象派诗倒也情有可原。而下面这两位诗人可就有些冤枉了，当初尚不知意象派为何物，就被庞德强拉进来。

他们就是H.D.与阿尔丁顿夫妇。两人于1911年在伦敦遇上庞德，就给他读自己的诗。庞德读完诗作，随即作出了一个令他们感到惊讶的结论——他们是意象派！当时两人面面相觑，不知如何应对，因为他们真没听说过意象派，更别说它的主张了。

为了鼓励他们，庞德便将他们的六首诗寄给了《诗刊》主编蒙罗，并在推荐信中说他捡到了宝，H.D.的诗正是意象派诗范本。为此，他坚持让H.D.署名为"意象派H.D."。寄去诗中有阿尔丁顿的三首：《合唱队》《致一尊希腊大理石雕像》《古老的花园》；H.D.三首：《道路神》《帕莱埃勃斯》《格言》，分别发于《诗刊》的 1912 年 12 月号和 1913 年 1 月号。在"意象派 H.D."那三首诗中，附有一个很长的注："……此间最年轻的、有胆量称自己为一个流派的便是意象派……他们的口号之一是精确。他们反对那些难以胜数的忙于沉闷和冗长感情泛滥的诗人……"能将意象派概括得如此精准的，不是庞德就是蒙罗了。其实，庞德早已将 H.D. 视为意象派的代表诗人，他甚至认为她写的那首《奥丽特》是意象派的登峰造极之作：

奥丽特

［美］H.D.

翻腾吧，大海——
翻腾起你尖尖的松针，
把你巨大的松针
倾泻在我们的岩石上，
把你的绿扔在我们身上，
用你池水似的杉覆盖我们。

（裘小龙　译）

这首诗并没有多少中国诗的元素在里面，它从中国诗的影子中挣脱出来，作了更深层次的挖掘，成为一首大理石般纯洁的现代诗——这正是庞德想要看到的现代诗的样子，也是庞德老说 H.D. 是"完美的意象派"的原因了。

在这首诗中，没有明喻，也没有象征，有的是呈现而不是描绘，甚至缺少了人的思考，但是，她通过事物本身，在具体呈现中捕捉住抽象的感觉，诗中的松林即大海，大海即松林，一切的叙述、抽象、精神、节奏甚至形式皆属多余——她在呈现中唤起了形象。而庞德认为，"唤起形象和描绘事物之间的区别，是天才和聪明之人之间不可逾越的鸿沟"。中国诗只是一种借鉴手段，在领悟到精髓的同时，必须进行自我的、超越性的发挥："意象主义的要点，就是不把意象用于装饰。意象本身就是语言，意象是超越公式化的语言的道。"在庞德看来，H.D. 真正符合了意象派的"道"。

让人意想不到的是，当初完全不清楚意象派为何物的诗人，反倒成了坚守到最后的意象派诗人。H.D. 与阿尔丁顿一直在默默地为这个群体做事，调解各成员之间的纷争、收拾聚会的烂摊子、为意象派选编纪念诗集……1929 年，在意象派作为一个团体解散十多年后，阿尔丁顿选编了意象派最后一部诗集，来作为意象派的总结。

那时庞德早已离开，而洛厄尔也已去世多年。

话说回来，洛厄尔作为继庞德之后的领军者，她加入意象派却是毛遂自荐，一开始就具有很强的目的性，她与庞德的纷争故事详见于本书第三章中《埃米·洛厄尔：好胜的坚持》一节，这里就不再赘述了。庞德在选编出版完第一本意象派诗集《一些意象派诗人》后，便完成使命，退出了意象派。意象派这个团体运作到 1917 年其实已经名存实亡，不过，其影响力一直持续不断。

在意象派外围，还有两位重量级诗人需要介绍，他们就是卡尔·桑德堡和威廉·卡洛斯·威廉姆斯。但与威廉姆斯不同，桑德堡的诗没有收进任何一本意象派选本中，他是意象派诗人吗？看看这首诗就知道了——

雾

［美］卡尔·桑德堡

雾来了，
踮着猫的细步。

他弓起腰蹲着，
静静地俯视
海港和城市，
又再往前走。

（赵毅衡　译）

这首《雾》只有短短六行，却流传甚广，常被读者拿来与庞德的《巴黎地铁站》、威廉姆斯的《红色手推车》相提并论。桑德堡是芝加哥诗派的领军人物，他的艺术主张及艺术风格与意象派差异极大，但也受到意象派的深刻影响，这首《雾》，就是他诗作主要风格之外的代表作，甚至被公认为典型的意象派作品。

桑德堡抓住了雾的自然形态和特征，将它比喻成一只毛茸茸的猫。两个截然不同的形象，通过联想嫁接到一起，产生奇特而又意外的审美效果，令人印象深刻。最重要的一点在于，作者在诗中舍弃了浪漫主义的说教和抒情，采用冷峻、寡淡的笔触将海港和城市白描化，留给读者更多的空间去想象和思考，这与意象派所强调的"诗人的感触、思想必须隐藏到具体意象的背后去"的观点相吻合。

　　可以这么说，在遵从意象派写作原则的基础上，桑德堡创作了这首《雾》。

　　在新诗运动时期，桑德堡就很关心中国诗，与《诗刊》副主编狄任斯经常讨论中国诗的问题，他对中国诗的热情甚至有些过度，连号称"中国诗专家"的狄任斯都招架不住。1917年，桑德堡题诗给狄任斯，称赞她的《中国剪影》是一部描写中国的好作品；1919年，桑德堡在《诗刊》上发表长篇评论文章，赞扬了庞德的《神州集》，说它使"我们意识到中国精神之近，就好像是我们的隔壁邻居，是在这颗古老的行星上的同路旅伴"。

　　1916年桑德堡的诗集《芝加哥诗抄》出版，一举奠定了他的诗名。在诗集中，他以惠特曼式的高昂声调歌颂现实，大气磅礴之中又时时转向情深婉约，内里饱含了对世事的种种细腻体验，这明显得益于中国诗学那特有的低调陈述与含而不露的特点，或者说，这源于意象派的影响。

　　再来谈谈威廉姆斯。

　　尽管威廉姆斯一直拒绝承认受过任何一个人或任何一种异

国诗歌的影响，也不认为自己是意象派中的一员，但意象派诗选几乎每次都选编了他的作品，因此自然被贴上意象派诗人的标签。威廉姆斯与意象派这种撇不清的关系，源于他与庞德的终身友谊，同时与他个人的诗学主张也有很大关系。

威廉姆斯比庞德大两岁，两人是同窗，关系甚好。庞德离开美国前往英国期间，两人一直保持着书信往来。在 1908 年 10 月 21 日写给威廉姆斯的一封信中，庞德就向他透露了后来成为意象派三条规则的雏形，那是总结成四条的"诗艺的最终成就"：

1. 按照我所见的事物来描绘。

2. 美。

3. 不带说教。

4. 如果你重复几个人的话，只是为了说得更好或更简洁，那实在是件好的行为。彻底的创新，自然是办不到的。

威廉姆斯提出"事物之外，没有思想"这一创作理念，其实就是对庞德意象派理论的一种呼应，即诗人应着力于客观地呈现事物，让事物去表达思想，而诗人尽量置身于事物之外。威廉姆斯认为，作为事物的词和作为意义的词是不同的——词就是事物，是词指代的事物；意义是事物的影子，可以无休止地发掘。为了保护诗歌免受意义的侵犯，诗人们应强调语言的物质性。另外，威廉姆斯自始至终都坚持本土化的写作：以美国口语和方言为基础，专注于本土题材的书写，强调美国诗歌的"时代性"和"本土性"。

威廉姆斯 1917 年出版的诗集《致需要的人》基本属于意象派的路数，评论者认为"缺乏个人风格"。到了 1922 年出版的诗集《酸葡萄》，他已经摆脱了先前那种粗糙的、不成熟的苦味，转而有了庞德所译中国诗的那种清朗，评论者认为这是中国诗的功劳。

秋日
[美] 威廉·卡洛斯·威廉姆斯

在野外
枝叶茂盛中的

一个坟墓旁
一大伙人

欢天喜地地庆祝
新的道路的

挖方和填方
也就在那里

一个老人

跪在地上

为他的山羊
收割了

满满一筐
乱蓬蓬的草

（裘小龙　译）

这首诗意象鲜明，诗行晓畅，接近于口语，读来有一种不事雕琢的清新。从某个角度来看，《秋日》与他的另一首名诗《红色手推车》相类似，以物象来呈现诗歌思想，简单、直接、不矫情，甚至不作过多的抒情和评述。这些符合威廉姆斯一贯的诗学主张，无形中也暗合了意象派的写作要求。

当然，他和H.D.一样，都写得很有现代感，没有在诗中展现中国诗的影子。但有一首诗例外，1921年威廉姆斯写了一首题为《致白居易之魂》的诗，记述他在冬天路上见到一位活泼可爱少女时的情形，让他联想到白居易诗中十五岁的舞妓——这首诗正是对白居易诗《游山示小妓》的一个回应。白居易诗的英译文来自于韦利，威廉姆斯早前曾经读过，并留下了相当深刻的印象。

致白居易之魂

[美] 威廉·卡洛斯·威廉姆斯

工作很沉重。我看见
光秃的树枝载满了雪。
我试着安慰自己
因念及你的年老。
有个少女经过，戴顶小帽，
在她敏捷膝盖上的大衣
由于跑步，跌倒，给雪弄脏了——
现在我会想到什么？
除死之外，是那明艳的舞者。

（钟玲　译）

韦利的英译文是这样的——

和一个跳舞的十五岁女孩走向山峦

[英] 阿瑟·韦利　译

两个顶髻还没编成一个。
三十岁的一半，刚过。
你，确实是一位身穿绸缎的淑女
此时成为我的山水伴侣！

我们一起在春泉旁泼水嬉戏；

一起爬上可爱的树玩耍。

当她舞袖飞快，她的双颊变得红润；

当她放缓歌调，她的眉毛显得悲伤。

不要去唱柳枝的歌，

在这里没有人为你心碎！

（连晗生　回译）

|原诗|　　　　　　山游示小妓

〔唐〕白居易

双鬟垂未合，三十才过半。

本是绮罗人，今为山水伴。

春泉共挥弄，好树同攀玩。

笑容红底迷，酒思风前乱。

红凝舞袖急，黛惨歌声缓。

莫唱杨柳枝，无肠与君断。

与白诗对比，韦利的译文对"小妓"的形象做了一次调整，将一个地位低下的妓女改写为高雅的、会跳舞的淑女，成为一个平等的、心灵契合的游伴，"一起在春泉旁泼水嬉戏；一起爬上可爱的树玩耍"。这一转换成功处理了两性之间的微妙关系，使其在西方语境中获得一本无拘无束的护照。

威廉姆斯诗中的少女也是一个舞者的形象。沉重的工作，令他联想到死亡的"雪"和暮年，需要得到及时的消解——"我想起你的暮年 / 试以此安慰我自己"，这是全诗的一个任务。由此，白居易诗中的少女走了出来，跨越重重文化阻隔，给作者带来无尽的安慰——这就是作者向白居易致意的原因所在。

　　到了晚年，威廉姆斯对中国诗的喜爱之情愈发显露。1957年，王红公编译的《中国诗百首》出版，威廉姆斯为这本译著写了一篇热情洋溢的序言，称赞它是"我有幸能读到的用美国本土语言写的最精彩的诗集之一"。在文中，他还谈到了杜甫诗的简朴与轻巧，认为西方诗与这种简朴相比总是着力过多。我们不能说，简朴就是缺少艺术，因为它是如此令人着迷："好像只是几行脆薄的诗，却是不可摧毁的。……在英国诗和美国诗中找不到可以一比的自在无羁的作品，在法国诗和西班牙诗中，就我所知，也没有。"由此可见威廉姆斯对中国诗的推崇。

　　威廉姆斯认为中国诗适合用美国本土语言书写，这与他毕生为之奋斗的"美国化"诗学原则相吻合。后来，他和人合译了中国诗选《桂树》，这本译著当中的诗，正是以美国本土语言进行的再创造，这也是威廉姆斯对庞德的默默致意。

　　如果把意象派以外的诗人囊括进来，那么当时受到中国诗影响的诗人一共有多少呢？这个答案刊载在一篇广为人知的文章当中：《远东对美国诗的吸引力》，作者为威廉·莱昂纳德·施瓦茨，他列出了一个详尽的名单，总共有 35 位诗人。不过，他没区分开受中国诗影响和受日本诗影响的诗人。事实上也难以区分，因为一般喜欢日本诗的都会迷恋上中国诗。

学者赵毅衡认为，不分重要诗人和次要诗人，当时受中国诗影响的"新诗人"有 30 多人——"几乎囊括了美国诗歌一整代"。

第二次诗歌运动：垮掉派

1920 年代中期，美国第一次现代主义诗歌运动退潮，中国诗的热潮也随之陷入低谷。但在 1950 年代中后期开始，美国诗坛在各种因素的作用之下，又形成了第二次现代主义诗运动，被称作"旧金山文艺复兴运动"。令人惊叹的是，这次热潮竟又与中国诗联系在了一起，并且持续的时间更长。与第一次现代诗运动关注中国诗的句法和意象不同，新一代诗人把触觉深入到中国诗所蕴含的"禅"与"道"的精神，希望紧紧抓住中国美学的核心，找到治愈精神创伤的良药。

1950 年代，二战给参战士兵和历经战火的人们所造成的精神创伤尚未平复，美苏两大阵营的对抗，又让全世界笼罩在"冷战"的阴霾之中。美国本土虽然没有遭受战争的侵害，战后经济得到了空前发展，并创造了繁荣的物质文明，但高度的工业化使人的精神异化，年轻一代看不到希望，感到苦闷和彷徨。他们质疑和否定传统价值观，与社会主流文化对抗；他们衣着古怪，玩世不恭，发泄着对现实的不满；他们反对秩序，厌恶工业文明，寻求绝对自由；他们想逃离人情冷漠的社会，逃到一片超脱宁静的天地中去……中国的禅宗成为了他们寻求精神寄托的出路。这个以年轻诗人和作家为代表的群体，就是后来闻名于世的垮掉派。

那个时代，美国诗坛东西两岸各有一位"诗歌教父"：东岸是威廉姆斯，西岸为王红公。威廉姆斯直接影响了金斯堡等人，王红公则将加里·斯奈德等人带进了诗坛。

1950年代中期，王红公和几位诗人、艺术家一起在旧金山举办了第六画廊诗歌会，这次朗诵会标志着"旧金山文艺复兴"的兴起，直接宣告了垮掉派的诞生。王红公的诗歌创作对垮掉派的形成与成熟产生过重要影响，并帮助和提携过金斯堡、劳伦斯·费林盖蒂和斯奈德等一大批青年诗人，被称为"垮掉派的教父"。不过，由于他不愿意将自己的创作局限于某个流派之内，所以他从不承认自己是一位垮掉派诗人。

王红公毕生都与中国诗联结在一起。

年轻时，他曾南下新墨西哥州，向著名的诗人、翻译家宾纳求教。在宾纳的引领下，他开始接触中国文化，学习中国古诗和汉语，这对他后来的文学创作和翻译产生了重大影响。此前，西方学者一直推崇李白的诗作，而王红公在研究中国诗歌时发现了杜甫的魅力，在他的翻译与推崇之下，逐渐扭转了西方学者的偏见。

发现杜甫是王红公对美国诗歌的重要贡献之一。

1956年，王红公翻译出版了《中国诗百首》，对垮掉派诗人和整个诗坛的影响都很大。1970年，他在《中国诗百首》的基础上，继续翻译了100余首中国古典诗歌，并以《爱与流年：中国诗百首续》为题出版。1972年，王红公与学者钟铃携手翻译并出版了《兰舟：中国历代女诗人诗选》。1979年，他与钟铃再度合作翻译了《李清照全集》。

王红公深受中国古典诗歌的熏陶，诗风开阔沉稳、宁静深远、典雅飘逸，如同中国山水诗。他的某些仿中国诗甚至可以乱真，比如《红枫叶》这首诗，描绘诗人驱车驶过小城，那里曾住过他年轻时的恋人，诗的结尾是这样的：

> 我沿着河驶去，
> 看到一个孩子在钓鱼，
> 在清澈的河水中，
> 在纷纷的落叶里。
> 然后，我驶向雾中的落日。

（赵毅衡　译）

诗人借助自然景象表达主观情绪，让读者和大自然作直接交流，而不是在诗歌中直接宣泄主观感受，这和第一次诗歌运动中意象派所提倡的客观描述相类似，是美国诗人从中国古典诗歌中汲取养分后的一种创造性继承。

与庞德一样，王红公喜欢在中国译诗的基础上进行改写，往诗中揉进自己的想法，成为一首全新的诗。

山村

[美] 王红公

野花野草
长在古老的庙宇
石阶上。太阳落到
青山之间。燕子
昔日在王府
画栋下筑巢
今晚却飞到
伐木匠和石匠家里

比石阶古老得多
是这石墙
平垒的巨石
盖满青苔蕨草。要是你
悄悄走近，模仿住在这里的
树蛙的叫声，你可以跟它们
交谈终日。

（钟玲　译）

这首诗共两节，第一节显然是翻译自刘禹锡的《乌衣巷》："朱雀桥边野草花，乌衣巷口夕阳斜。旧时王谢堂前燕，飞入寻常百姓家。"王红公的处理当然只是一种意译，不用计较翻译的准确性，将原诗意境基本还原就可以了。关键是第二节应该如何去延展。在这里，王红公处理得比较巧妙：沿着石阶再回到古老的庙宇，循着鸣叫找寻树蛙，如果能模仿它们的叫声，"你可以跟它们交谈终日"。一种野趣被传达出来，却又自然而然，整首诗连接起来没有半点违和感，足以说明王红公在充分理解原诗的基础上，出色而贴切地发展了原诗的意涵——所有浮华，终归回到自然中去。

王红公非常欣赏宾纳翻译的元稹诗《遣悲怀》，他认为这是写得最好的悼亡诗。在哀悼妻子时，他也写出了自己最好的几首诗：

> 月亮落入幽深的雾中，
> 好像金斯河峡谷
> 装满了细密、潮湿、温暖的纱布。
> 石头在暗暗发光——
> 望景崖，我们躺着
> 又是一个满月，我们第一次
> 窥见月亮的这个峡谷。

他的组诗《金斯河峡谷》就像元稹的《遣悲怀》，追忆了夫妻间生活的某些细节，写得情真意切，十分动人，其间还串联起了元稹的诗，衬托出妻子离开之后的孤独：

想起元稹伟大的诗篇

凄切得叫人无法忍受;

在春水边,我孤独,

比我以前能想象到的

更为孤独。

王红公曾对钟铃说:"我认为中国诗对我的影响,远远大于其他的诗。我自己写诗时,也大多遵循一种中国式的法则。"什么法则呢?就是在诗中表现具体的图景和动作,以及诉诸五官的意象,并创造一种"诗境"。你看,他对中国诗的这个理解,和意象派几乎没有差别,就是细节具体具体再具体,并让五官可以感受到。至于"诗境",王红公是这样理解的:

> 必有一个特定的地点,一个特定的时间。……如果描写松林中远远传来一声钟响,一定是群山之中有座庙。用这种方式,能令读者置身于一"诗境"中,令他置身在一个地点,就像令他置身舞台之上,成为演员之一。……这是中国诗歌的一个基本技巧。

可以说,在当时的美国诗人中,敢说比王红公更透彻地理解了中国诗的意境,恐怕还真没有。因为王红公不但理解,而且将它总结成可以操作的方法——从理念到实施技巧,这才是真正将"任督"二脉打通。

如果说王红公是垮掉派出现以前的"垮掉派分子",那么加里·斯奈德就是一位没有垮掉的垮掉派诗人，在他身上，体现的是一种真正的垮掉派精神。

1950年代，禅宗开始在美国盛行。与此同时，寒山诗引起了大家的注意。

寒山是一位唐代诗人，号寒山子，只因他隐居于浙东天台山寒岩洞中，而自号寒山。他当时给人们的印象是貌不惊人，衣衫褴褛，疯疯癫癫，却偏偏傲视众人，希望别人来朝拜他。他的诗通俗易懂，很少用典，不讲求格律，《四库全书总目提要》中形容"其诗有工语，有率语，有庄语，有谐语……今观所作，皆信手拈弄，全作禅门偈语，不可复以诗格绳之，而机趣横溢，多足以资劝戒"。这些特点与传统唐诗的典雅含蓄、敦厚庄重迥然不同，因而也不被正统文学重视，只流行在民间和禅林之中。

寒山诗以"禅"为根本，其如禅宗偈语般简明，不用复杂的典故或象征，与垮掉派的诗歌主张不谋而合；寒山追求佛教的理想精神，隐于山林，唾弃"文明社会"，更可以作为垮掉派的代言人。如果仔细观察，寒山及其作品确实有嬉皮士的风范。首先寒山衣着奇特，行为举止随便，自乐其性；而嬉皮士则蓄发、赤足、挂耳环、着异服，不拘泥世俗陈规，在这一点上两者的气质相同。怪不得斯奈德第一次见到寒山的画像时会感到震撼，以致在现实中，斯奈德常常将两者混淆在一起："在美国的果园，流浪汉露营地和伐木工人的野营中，经常可以遇见寒山和他的伙伴拾得。"斯奈德敏锐地发现了现实生活中的人与寒山形象的关联，两者生活状态的相似性，造就了寒山现实性的一面。

在现实生活中，斯奈德也活成了寒山的样子。

艾伦·瓦兹这样描述斯奈德早年的生活："他临时的住处是山谷斜坡上陡峭山路尽头的一个小棚子，没有任何生活设施。当他需要钱时，他就去做水手，或是做伐木工，不然他就耽在家里，或去爬山，同时一直在写作、学习、修炼打禅。"斯奈德以自己的生活经验去感知寒山的生活经验，以自己的世界去感知寒山的世界，从而获得心意的相通。他说："我在山中呆过很长时间，因此对寒山这一地理环境了如指掌。相反，要我对中国诗中的妻妾、宫宇或者是战场同样熟悉几乎是不可能的。我的翻译有一部分几乎是对我在内华达山所历所感的一种身体感应。"斯奈德笔下的"寒山"其实就是内华达山，他索性把寒山美国化、自我化了。

起到推波助澜作用的是杰克·凯鲁亚克，他在 1948 年前后就提出了"垮掉一代"的命名。1957 年，他的小说《在路上》出版，被视为"垮掉一代"的精神写照。一年后，自传体小说《达摩流浪者》推出，此书的卷首就标明："谨以此书献给寒山子。"书中以斯奈德为原型，将寒山与斯奈德的形象合二为一，融为一体。小说讲述了达摩流浪者对真理的激情探寻，他们冒险集中在对禅的追求上，最终引导他们攀上内达华山脉，去体悟孤独之道。这本书是对禅之道以及生命的思索，它将寒山的形象深深嵌入美国年轻人的心中，引起读者追捧，使寒山成为追求独立、反叛、自由的"垮掉一代"的偶像和精神象征。

斯奈德1930年出生于旧金山，少年时代在华盛顿州和俄勒冈州的山林中度过。他从小熟悉大自然，热爱大自然，年纪很小的时候就成为登山爱好者，经常露宿于野外。中学和大学时代由于谋生需要，他时常辍学，做过伐木工人、山林防火员、海员等各种工作，可以说，美国中西部的自然景色给了斯奈德很大的滋养。后来，他遇到了中国诗，更对他的思想产生了决定性的影响：

> 我第一次读到英译的中国诗是在19岁，当时我理想中的大自然是火山口上49度的冰坡，或是绝无人迹的处女林。中国诗使我看到了田畴、农场、砖墙后面的杜鹃花丛——它们使我从对荒山野岭的过度迷恋中解脱出来。中国诗人有一种超绝的诗艺，能使最荒芜的山岭现出人性，证明大自然是人最好的住处。

斯奈德读到的中国诗来自庞德和韦利的译本，后来在里德大学时期的同学菲利普·惠伦的影响下，迷上了禅宗。1953年，他来到加利福尼亚大学伯克利分校，攻读包括中文和日文在内的东方语言、文化和哲学，师从著名华裔学者陈世骧。他与陈世骧相处融洽，亦师亦友。在一次画展见到寒山的画像之后，斯奈德选修了有关寒山的课程，阅读了不少铃木大拙的著作，逐渐对禅宗及寒山诗歌产生兴趣。

最早将寒山译介到英美的是韦利。1954年，韦利在著名文学刊物《文汇》上发表《寒山诗27首》，文中有对寒山生平的简介，这是英语世界对寒山诗的首次介绍，迅速引起了英美诗界的注意。斯奈德随后也读到了韦利翻译的寒山诗，但对韦利的译本不甚满意，于是在陈世骧的指导下，开始翻译寒山的作品。

1958 年，前卫文学杂志《常春评论》发表了他所译的 24 首寒山诗。与译诗一起发表的，还有贞观年间台州刺史闾丘胤所作的《寒山子诗集序》。斯奈德以精练的笔墨，对寒山称号的由来、生平、诗作、传说做了简要介绍。在简介中，斯奈德探讨了他对诗人寒山的理解。他认为诗人寒山的形象是"衣衫褴褛的隐士"，其诗歌用唐代白话撰写，通俗且富有新意，并指出寒山融入了道家和佛家的思想。

斯奈德的译诗一经发表，便受到美国青年文学爱好者的追捧，"寒山热"随之产生。寒山诗也由此在大洋彼岸获得"重生"，成为"垮掉一代"的精神食粮。

在旧金山，斯奈德结识了一大批垮掉派作家诗人，如金斯堡、凯鲁亚克、王红公等人，并很快成为他们中的一员。日常活动中，他一度和垮掉派中坚分子凯鲁亚克同居一室，后来成了凯鲁亚克小说中的人物，这也是一份机缘。

斯奈德跟前辈诗人王红公也交往密切。

1950 年代初期，年轻的斯奈德经常与其他诗人一起去雷的寓所，其间或探讨诗歌创作，或朗诵诗歌，他创作的自然题材诗歌，受王红公的影响很深。雷也相当赏识这位年轻人，曾在著作中称赞斯奈德是"同辈诗人中最博学、最有思想、写诗最游刃有余的人"。在王红公的引介之下，斯奈德加入垮掉派，并成为核心人物。

1955年秋，斯奈德参加了在旧金山举办的第六画廊诗歌会，斯奈德在朗诵会上朗读了自己的诗作《浆果盛宴》，这是一首自然之诗，宁静而沉着，与金斯堡直来直去的呼喊嚎叫、格雷戈里·柯尔索年少气盛的高昂抗议，以及费林盖蒂的尖锐指控，都有着明显的区别。

在整个诗歌运动中，斯奈德自始至终保持着自己的独立性。斯奈德反对破坏自然的工业化，但他并不反感人类文明，尤其是古老的文明。他有许多主张与"垮掉派"不同，比如极力反对吸毒："当人吸食毒品时，他就失去了理智、意志和同情心。此外，一个人吸毒成瘾，对世界上任何人都没有好处。"

垮掉派从1956年开始声名鹊起，逐渐占据各大报刊的重要版面。此时斯奈德却远渡日本，去追寻心中向往的东方文化和禅宗佛学，这一去便是十多年。在日本期间，他出家为僧三年，醉心于研习禅宗，并翻译了不少日本诗歌和典籍。

1969年，斯奈德携日本妻子回到加利福尼亚州的山林中隐居，每年会有一段时间到加利福尼亚大学授课，讲授文学创作和现代诗歌。对于群山之中的静谧生活，斯奈德乐在其中，他买下山中的大片土地建起房子，还筑有一间禅房。他一边养蜂、养鸡、种菜；一边品读寒山诗歌、研读佛经、打坐修行，俨然就是当代的美国版寒山。

1965年，斯奈德出版了诗集《砌石与寒山诗》，反响甚大。诗集分为两部分，一部分是斯奈德的第一部诗集《砌石》，另一部分是他翻译的寒山诗。在寒山诗部分的译序中，斯奈德解释了"寒山"的含义："寒山之名，取自他住的地方。他是中国古代衣衫敝旧的诸多隐士中一个山野疯子。当他说到寒山，他指他自己，指他的居处，也指他的心境。"寒山是人、境、心的合一，这便是斯奈德对寒山的理解。韦利在第一次译介寒山时，也提出了类似的见解："寒山"是一种思想状态。

可以说，斯奈德与寒山的思想是相通的，他们对自然的认识，有着天然的相近。比如斯奈德认为，努力将历史与那大片荒芜的土地容纳到心里，这样的诗或许更接近于本色，能对抗这个时代的失衡、紊乱及愚昧无知。寒山用一句诗就概述了——"一向寒山坐，淹留三十年"。

斯奈德选取翻译的24首寒山诗，反映了他的文学倾向与欣赏角度。

无题

［美］加里·斯奈德　译

山上寒冷。

一直很冷，不只是今年。

嵯峨的陡坡永远被雪覆盖

树木在幽暗的沟壑间吐出薄雾。

六月底，草还在发芽，

八月初，树叶开始飘落。

而我在这里，高高山上，
极目凝望，但我甚至看不到天空。

（柳向阳　回译）

|原诗|　　　　　　　**无题**

〔唐〕寒山

山中何太冷？自古非今年。
沓嶂恒凝雪，幽林每吐烟。
草生芒种后，叶落立秋前。
此有沉迷客，窥窥不见天。

　　看完译作，我们会惊觉，寒山的这首诗与斯奈德《砌石》中的一首诗，无论是立意上还是情境处理上都非常相似，甚至还有句法形式也是一致的：全诗无定冠词，只有两个不定冠词，两个谓语动词，最后三行连主语都没有，看起来句法不太像英语，反而接近中国古典诗的现代译文。

八月中旬在苏窦山瞭望站

〔美〕加里·斯奈德

山谷下一阵烟岚
三天暑热，之前五日大雨

冷杉球果上树脂闪耀

新生的苍蝇

团团飞过岩石和草地。

我想不起曾经读过的东西

有几个朋友，但住在城里。

喝锡罐中冷冷的雪水

向下远眺，数英里在目

大气高旷而静止。

（西川　译）

斯奈德第一本诗集《砌石》的出版时间，仅在寒山译诗发表一年之后，故他的写作受到寒山的影响是肯定的，当中一些诗可以看作斯奈德对寒山诗的领悟与再创造。在《砌石》的后记里，斯奈德记录下了他写这批诗时的心境和状态：

1955 年夏天，在研究生院学习东方语言一年后，我与约塞米蒂国家公园签约，成了船上的一名助理船员。他们很快就让我到派尤特溪上游流域工作，那片土地到处是光滑的白色花岗岩、粗糙的刺柏和松树，到处都带着冰河时代的有形记忆。基岩那么璀璨，反射着水晶般的星光。白天长时间辛苦工作，伴着铲、锄、炸药，还有卵石，在放弃还是继续工作这样一种奇妙心境中，我的语言放松，恢复自身。我开始能够冥想，夜晚，下班后，我发现自己在写一些让自己吃惊的诗。

《八月中旬在苏窦山瞭望站》是《砌石》中的第一首。诗人独自在山中过着一种简朴甚至简陋的生活，内心充实而愉快。他看到了大自然中最普通的事物，并从这些事物中发现了美，领悟到生命的可贵。尤其最后两句，既是一种姿态的写实，也是一种精神境界的提升——站在高处，胸中没有沟壑，目光自然可以看得更高和更远。这是对寒山诗意的反向延伸，"此有沉迷客，窥窥不见天"——沉迷在山中的景色里，我"甚至看不到天空"。虽然意思相反，反映出来的境界却有着异曲同工之妙。

可以说，斯奈德完全领悟到了寒山的精神内涵，在某些细节处理上，他甚至作出了超越式的回应。他说："我从翻译中学习这种语言的魅力，比如怎样阅读那种（诗歌）形式的中文，体会和欣赏寒山诗歌词汇中表现的那种孤独、偏远的意境。"

当战后的诗人进入美国的荒野时，他们发现了类似于中国诗歌中的广阔风景，这无疑满足了"现代人对自然、世俗的清晰渴求"（斯奈德语）。然而，面对荒蛮的风景，中国人与美国人处理的态度是不同的，同样亲近自然，斯奈德却认为自己不是一个自然诗人，而是一个劳动者。他的大部分关于自然的诗歌实际上都和劳作有关。"我们应该了解自然，应该认识花鸟鱼虫、星星月亮。不认识自然的人就像孤魂野鬼，不知道自己身处何地。所以每个人都应该是农夫。"在这一点上，斯奈德显然与寒山不同，他的修行是身体力行的，在写作上也有所反映：

为何运木卡车司机比禅修和尚起得早

［美］加里·斯奈德

在高高的座位上，在黎明前的黑暗里
擦亮的轮毂闪闪发光
明亮的柴油机排气管道
热了起来，抖动着
沿着泰勒路的坡面
到普尔曼溪的放筏点
三十里尘土飞扬。
你找不到这样一种生活。

（赵毅衡　译）

如果要找一位诗人来做"垮掉派"的代言人，那非艾伦·金斯堡莫属。王红公虽是"垮掉派"的发起人，然而他从不承认自己是一位"垮掉派"诗人；斯奈德身处这个团体之中，行为处事也倾向于"垮掉派"，但他的诗风却一点都不叛逆，加上后来远走东方，远离诗歌中心，所以也是一个边缘式人物。而无论在处事方式上还是在文学创作上，与"垮掉派"理念保持同步合一的唯有金斯堡。

金斯堡出生于新泽西州一个俄裔移民家庭,父亲是中学教师,母亲是美国共产党员。在高中时期,金斯堡便开始创作并在报刊上发表,他的诗歌受到威廉·布莱克、惠特曼、庞德以及威廉姆斯的影响,尤其是威廉姆斯,两人是同乡,金斯堡还在上中学时两人就认识。威廉姆斯对金斯堡的才情十分欣赏,在诗歌方面对他多有指点,但并不认同他酗酒、吸毒等种种叛逆行为。

1954 年,金斯堡来到旧金山,加入了"旧金山文艺复兴"圈子,成为"垮掉派"的主将。1955 年,他完成了长诗《嚎叫》,在第六画廊诗歌会上,他朗诵了这首诗,由此一举成名。后来诗集以《嚎叫及其他》为名出版,威廉姆斯为其撰写了序言。诗集出版以后,引起社会的极大震动。

金斯堡同中国有着紧密的联系,尽管他的生活方式和艺术主张与中国文化格格不入。他是佛教徒,熟悉佛教经典和儒家经典,以及中国古典诗词。他喜欢《诗经》,喜欢苏轼、白居易、李白、王维等诗人的作品。在中国古代众多诗人中,他最崇敬的是白居易。1982 年中国作家代表团访问美国,金斯堡是美方交流作家之一。两年后,金斯堡随美国作家代表团访华,在北京、上海讲学,并写过一组关于此行的"中国组诗",是当代美国作家中积极促进中美文化交流的热心人士。在这次访问快结束时,意犹未尽的金斯堡申请单独留下来,去某所大学讲课,以便"深入到中国民众的生活中去"。中国方面随即安排他去河北保定大学教授一个月的美国诗歌。

金斯堡住进了河北大学招待所,由于患重感冒,后来还转成了肺炎，使他在那段时间的境况十分艰难。不过他还是相当高兴，因为"看到了真实的中国"。他在诗中写道：

> 学生们手舞着镀了银色的宝剑，
> 　　在硬邦邦的泥地上旋转
> 我走到河北大学水泥制的大门，
> 　　跨过街道，一个戴蓝帽子的男人
> 　　　　卖可爱的油条，酱黄的炸面饼圈。

　　《有天清晨我在中国散步》是一首长诗，诗中事无巨细地记录下金斯堡从河北大学出来，在大街上的所见所闻，大学生、少先队员、街头妇女、各种小贩……形形色色的人物；再就是烟囱、大市场、简易厕所……这些构成一幅中国市井风情画卷，徐徐展现在读者的面前——可以设想，当时的美国读者读到该有多新奇！

　　在中国期间，金斯堡诗兴勃发，一连写了十多首诗，记录下他对中国的印象与思考。这些诗被称为"中国组诗"，后来收录在诗集《白色尸衣》中，1986年于美国出版。

　　在"中国组诗"中，一组由七首短诗组成的《读白居易抒怀》最具特色，引人关注。在中国之行中，金斯堡在杭州和苏州瞻仰了白居易的遗迹，还随身携带了一本由新西兰作家路易·艾黎翻译的《白居易诗歌两百首》，闲暇时经常翻开阅读。也许是与白居易的经历有相似之处——两人年轻时都郁郁不得志，也许是对白居易"文章合为时而著，歌诗合为事而作"的艺术主张深有共鸣，白居易成了金斯堡最为推崇的诗人，尤其来到中国后体会尤深，于是他写下了这样的诗句：

　　躺在枕头上头很疼

　　还在读着唐诗

　　白大诗人说那令我掩面

　　而泣——或许是他对于老诗人朋友的爱，

　　我的面颊也是一片灰白头发也是一样的脱落

　　有封电报对我说，那农业文明的诗人这周进了疯人院

　　还会有更多顽劣分子被写进历史，或悲或喜

　　当我回到世界另一头的家时我将会知晓。

　　　　　　　　　　　　　　　（惠明　译）

　　这是组诗中第三首的一节，描写了诗人在中国阅读白居易时的感受。当时，金斯堡的身体状况不太好，重感冒让他容易伤感，而白居易的诗篇使他联想到自己的衰老与地球另一边的诗人朋友的不幸遭遇，至此，他便再也止不住地泪流满面。在第四首诗中，诗人与白居易在精神上作了一次跨越时空的交流：

　　我在枕头上躺平想睡个小觉

　　却又浮想联翩飘向了

　　三峡的忠县

那白居易做过刺史的地方。

……

这些词句在我的脑中川流不息如河流，如狂风。
"两种思想一同在梦中浮现因此
两个世界合二为一，如果我醒来并开始写作。"
于是我便抬起枕头上的脑袋睁开眼睛

……

（惠明　译）

读到这里，不禁让我们想到詹姆斯·赖特写给白居易的另一首诗《冬末，我跨过水坑，想起中国古代的一位地方官》：

白居易，秃顶的老政治家
又有何用
我想起你，
正忐忑不安地沿三峡上溯，
逆着激流，帆船正载着你
航向忠州

（赵毅衡　译）

两首诗是不是很神似？相似的场景，引发同样的怀思，只不过金斯堡从赖特一个人的怀念扩展到两个人（诗人与白居易）的相交与相汇，似乎变得更有互动性，增加了不少感染力。至此，作为中国读者我们终于体会到：纵使中美两种文化并不相融，然而诗人的情感却是相知相通的。金斯堡无疑理解白居易，这种理解融入了他的情感阅历和他对中国文化的热爱。在第五首诗中，他化用了中国古诗的诗意，表现出浓郁的中国诗特色：

> 而在苏州石桥下
> 的一条小巷，张继在这儿度过了
> 一个不眠之夜，被寒山寺的钟声唤醒，
> 千年前河水拍打着他的小船

因为斯奈德喜欢中国诗人寒山，这次中国行他们还特地跑到苏州寒山寺去寻访古迹。这节诗写到枫桥，是一种有意无意的呼应，金斯堡对中国传统文化和中国古诗的特别情怀也由此可见一斑。更有意思的是，在中国期间，金斯堡没有酗酒，也没有服用致幻剂来激发创作灵感。他如同换了一个人似的，每天早晨一起床就练习打太极，一点儿也不像"垮掉派"的作风。

在这组"中国组诗"中，他还记录下梦见老师威廉姆斯时的情形，也想起惠特曼的《草叶集》，甚至还想起加利福尼亚的超市——从中国到西方，从古代到现代，整组诗的时空范围拉伸得十分宽广，既有历史纵深感又有文化视野的广阔度，的确是一组杰出的作品。金斯堡对于中国的感念，还记录在下面这段话中：

> 我写诗，因为庞德告诉西方青年诗人，要注意中国的影响，编在画中的语言。我写诗，庄子不知道自己是蝴蝶还是人，老子说过水向山下流，孔子说过要尊重老人，我尊重惠特曼。

这种对中国的尊重，归结于美国诗自身的历史，也因为金斯堡的前辈们对中国诗的尊崇。而在继承和发展由庞德和威廉姆斯发起的借鉴中国文化的传统方面，金斯堡在他同时代诗人中，做得最多、最深入。

1984 年 12 月 28 日，在与云南大学外语学院师生度过一个愉快的圣诞节之后，金斯堡结束了他的中国之行回到旧金山。

此时，他的诗合集刚刚出版，他正好赶上了首发式。

第二次诗歌运动：深度意象派

20 世纪五六十年代，时间比"垮掉派"稍晚一点，美国诗坛上又出现了一个新的流派："深度意象派"。这个诗派由罗伯特·勃莱和詹姆斯·赖特发起，身边聚集着大批相当有分量的诗人，诸如 W.S.默温、马克·斯特兰德、高尔威·金内尔、威廉·斯塔福德、唐纳德·霍尔、詹姆斯·迪基、弗雷德里克·摩根等。诗评界一般称他们为新超现实主义，但他们不愿意接受这个称谓，坚持认为自己写的是"深度意象诗"。

深度意象诗是在象征主义和意象派的基础上发展而来的，与意象派诗歌有不少相似之处，比如都强调意象的并置和罗列，主张发挥诗人的主观想象力，在诗中表达独特的感受等。不过，他们并不满足于意象派理论，认为"意象"包括有意识和无意识两个层面，诗歌是通过意象瞬间渗透到无意识中去的艺术，能将光明与黑暗、看见与看不见、知道与不知道连接起来，故他们所说的"深度意象"，一部分就是从无意识中产生出来的、自发的主观意象或非理性意象。批评家也据此而将"深度意象"称之为"新超现实主义"，不过两者还是有区别的，超现实主义诗人更加注重梦境或幻觉，表达较为隐晦；"深度意象派"则用有意识的、理性的语言和语法，深入无意识，打通想象的通道，使诗人细致而丰富的内在情感世界显现出来。·

1958 年，罗伯特·勃莱和威廉·达菲编辑出版了杂志《五十年代》，这是一本关于诗歌与诗学的杂志（后依次改为《六十年代》《七十年代》《八十年代》……）。第一期杂志上写着这么一句话："本杂志的编辑认为，当今美国发表的大多数诗歌都太过守旧。"在庞德与艾略特之后，美国诗人又退回到了英国的抑扬格传统，这意味着意识和头脑成为诗歌的引导力量，而勃莱推崇的是一种更富有激情的非理性写作风格。由此，他提出了"深度意象"理论，认为"当代美国诗过于松散，没有在具体意象的创造上下功夫"，而他确信"诗的力量存在于意识的主观意象之中，它们来自意识深处"。深度意象诗歌既有主观的自发意象，又富于理性的想象，它是诗人对无意识意象做理性加工之后形成的有意识的作品。

罗伯特·勃莱是挪威移民的后代，第二次世界大战期间加入了美国海军，战后毕业于哈佛大学，后来定居于明尼苏达州的一家农场，靠写作和翻译为生。

勃莱承认自己的一些作品受益于中国诗，他喜欢李贺，崇拜陶潜，认为陶潜的宁静致远，最能启发"深度意象"。他写过一首《菊》，正是"为爱菊的陶渊明而作"。在一本题赠给中国学者王佐良的诗选上，勃莱写下了这样的话："这本诗选代表了我多年思考的成果。它以陶渊明开始，他是这本诗作的先辈：采菊东篱下……"另外，他认为陶也是英国诗人华兹华斯精神上的祖先。

与西方诗迥异的是，深度意象派都喜欢采用中国式极长的标题，以表明他们是在仿写中国诗。例如勃莱的这首《与友人畅饮通宵达旦后，我们在黎明荡一只小舟出去看谁能写出最好的诗来》，题意显然来自苏轼的《赤壁赋》：

> 这些松树，这些秋天的橡树，这些岩石，
> 这水域晦暗而又为风所触动——
> 我像你一样，你黑色的小舟，
> 漂过那被凉凉的泉水所喂养的水域。
>
> 大片的水下，自孩提时代起，
> 我就梦见过奇异的黑色珍宝，
> 梦见的不是黄金，或奇石，而是真正的

馈赠，在明尼苏达苍白的湖下。

这个早晨，也漂流于黎明的风中，
我感觉到我的手，我的鞋，还有这墨水——
如躯体的所有部位那样，漂流于
肉体和石头之云的上空。

几次友谊，几个黎明，几次对草丛的瞥视，
几把被雪和热气所侵蚀的桨，
于是我们从寒冷的水域上面漂向湖边，
不再关心我们是漂流还是一直划去。

（董继平　译）

　　这首诗很有中国诗的韵味，尤其在意境的营造上，诗人不但化用了苏轼的诗题，更与友人一起复制了《赤壁赋》中畅饮与出游的情景，似乎这种风雅可以移植到现代诗的生活中来。如果读者们认为这不过是勃莱的一次诗歌实验，那就错了，因为在明尼苏达州，他一直过着隐居式的、与世无争的生活。勃莱在谈到这个问题时说："我们发现自己被英美学院派诗包围，这种学院诗能够谈及理念却无法深入情感，能够触及形式却无创新，大有忽视自然的倾向。因此，我们通过自己的方式，使陶渊明、杜甫、李白诗中的某些风景适应了美国中西部的风景，而他们的风景特征透过这个窗口，比透过莎士比亚、济慈、丁尼生或勃朗宁的窗口更为清晰。"

与这首诗相类似的，还有《午后飘雪》《六首冬日独居的诗》等诗作。勃莱从中国古诗中汲取的养分之一，就是幽居、隐秘和"独处"的力量。他发现幽居是一种莫大的赐福，所以每个月都腾出一周时间来，去城市之外的某个地方独处。"我们更深地需求，因为我们灵魂的缘故，更复杂和更产业化的生活就成了幽居之山和隐秘之水。"

还有一类诗，结合道家理念与超现实主义，最终在诗中呈现出"深度意象"的思想，例如下面这首《〈道德经〉奔跑》：

如果我们不被锋利的牙齿吞吃，

如果我们能像粗糙的玻璃球那样跳进下一个世界，

如果喜欢在蜥蜴粗糙的蛋上蹭舌头的食蚁兽

能够走进木匠刚刚离开的房间，

如果受惊的村官们像挥挥手那样

将自己抛入黑暗，

如果无意识的碎片像猎户家射进来的光束一样

　　长大，

那么鲑鱼在尼姑发亮的耳朵里撒下的细小的黑蛋

　　就能让人看得清清楚楚，

那么我们就能在床上找到神圣的书本，

那么《道德经》就能穿越田野奔跑而来！

（肖小军　译）

在这一首诗中，勃莱的超现实主义理念表现得淋漓尽致，全诗充斥着大量荒诞的意象以及悖谬的逻辑，使人无所适从。在诗的最后，却以一个奇特的关于中国文化的意象来做统领，在纷繁混乱中起到了定海神针的作用。这样的诗在勃莱的诗集中非常常见，也许它与现代美国思想更为契合。

勃莱还写了一首诗叫《想起杜甫的诗》，在诗中，他通过将杜甫的生活嫁接到眼前的美好当中，形成强烈的反差。但是，这种嫁接并非强行介入，在潜意识中勃莱早已把情感西部化，形成了一种土生土长的、更有层次的表达，他的表达里有平静，有欢乐，也有杜甫的悲悯。

勃莱认为杜甫诗中的悲怆和灰暗，让美国诗人也能直接处理美国经验的阴暗面——这是个了不起的影响。

想起杜甫的诗

［美］罗伯特·勃莱

我起床晚了，问今天必须完成什么。

没有什么必须完成，因此农场看起来加倍地好。

飘摇的枫叶跟移动的草如此相配，

我的写字棚的影子在成长的树旁看着很小。

千万别跟你的孩子在一起，让他们细成红萝卜一样！

让你的妻子去为缺钱操心！

你的一生就像一个醉汉的梦！

你没梳头发已经整整一个月了！

（肖小军　译）

　　1958 年勃莱在编《五十年代》杂志之时，詹姆斯·赖特在明尼苏达大学任教，正是通过这本刊物，勃莱收获了与赖特的终生友谊。一天，赖特看到了《五十年代》上刊载的一份将要翻译的欧洲诗人名单，当中有格奥尔格·特拉克尔。于是他写了一封长信给勃莱，诉说了他试图让英语世界读者对特拉克尔产生兴趣的绝望——那可真是太难了，原因之一就是特拉克尔太难翻译。一周之后，赖特从大学跑到勃莱的农场，两人一拍即合，着手翻译特拉克尔，后来又一起编诗刊。

　　自此，他们两人的友谊保持了 22 年之久，直到 1980 年赖特猝然去世。

　　詹姆斯·赖特在短短的一生中出版了十本诗集，其《诗歌集》曾获得 1972 年普利策奖。可以想见，如果活得足够长，他的诗歌成就将无可估量。不过就算如此，他也能在美国诗歌史上占据一个重要席位。

　　赖特热爱自然，善于捕捉自然景色中的细节。早年他非常欣赏弗罗斯特的诗，后来渐渐喜欢上中国古典诗歌，并成为它的崇拜者。他尤其倾心白居易的诗，迷恋于白诗简洁明快又意蕴深沉的风格。

　　在交往中，勃莱发现赖特对中国诗的理解极其到位，简直"得到了中国诗的真髓"，如果读者抱有怀疑的话，那么读一读他的这首《在明尼苏达的松树岛，躺在威廉·达菲农场的吊床上》就知道了：

> 头上，我看见青铜色的蝴蝶，
>
> 睡在黑色的树干上，
>
> 像一片叶子在绿荫中拂动。
>
> 空房后，深谷下，
>
> 牛铃一声声
>
> 传进下午的深处。
>
> 我的右边，
>
> 两棵松树之间洒满阳光的田野里，
>
> 去年的马粪，
>
> 闪耀成金色的石头。
>
> 我向后仰卧，当暮色降临。
>
> 一只幼鹰飘过，寻觅着归巢。
>
> 我浪费了我的一生。

（马永波　译）

这首诗收录在赖特的第三部诗集《树枝不会折断》中，该诗集具有里程碑意义。因为在当时，赖特的生活和事业走到了一个十字路口：他的第一次婚姻破碎；出版完第二部诗集后，他的写作也面临着转变方向的问题。

此时的他，深受中国古典诗歌、拉美超现实主义以及勃莱深度意象主义的三重影响，在诗中他放弃了音韵和论说，转而追求一时一瞬的感觉。诗的标题，是向中国古典诗歌繁复而明晰的标题而作的一次致意（他还有一首诗的标题更长：《读一卷坏诗歌心情压抑，我走向一片空闲的牧场，邀请昆虫加入》）。

可以说，这首诗驶向了中国古典诗歌，但它的最后一句毫无疑问仍是美国的，整首诗平和的心境在最后被彻底打破。赖特这样处理，招致了批评家的再三抨击，他们希望这首诗直到终末，都能保持积极正面的态度。

现在看来，正是这种剧烈的转换和跳跃，使最后一句成为二十世纪美国诗坛最著名的一句诗行——它野心勃勃，又让人有醍醐灌顶之感，然而在当时，这就是赖特的心境表达。再来看他的这首《幸福》：

才离开去往明尼苏达罗切斯特的高速路，
暮光轻柔地跃动，在草地上前行。
那两匹印第安马驹的眼睛
变得乌黑而友善。
它们欢快地步出柳林，
欢迎我和我的朋友。
我们跨过铁刺网，走进牧场。
它们整日在这里吃草，孤独。
它们紧张地摇晃，喜悦难以自抑
因为我们的来临。

它们害羞地垂下头像湿漉漉的天鹅。它们彼此相爱。

它们的孤独无可比拟。

再次回到家时，

它们开始在黑暗里咀嚼春天新生的草木丛。

我想把那匹瘦小的马驹揽进怀里，

因为她走向我，

轻蹭我的左手。

她的毛色黑白相间，

鬃毛散披在前额，

微风催动我去抚摸她长长的耳朵，

它们纤柔如少女手腕的肌肤。

我蓦然意识到

如果我走出自己的身体，我也会

破蕊盛开。

　　这首诗既朴实，又华彩，表现了诗人悲喜交集的心境，广
受传颂。和前一首诗一样，在最末一句也展示了赖特式的沉重
情感，使全诗陷入一个悖论——绽放的瞬间，也在粉碎。或者
可以这样理解：结尾三句，含蓄表达了诗人对马的羡慕，渴望
自己也能摆脱自己的身份和日常生活，进入马的幸福状态。这
里传达的是一种幸福感，但总是给人留下不能圆满的遗憾。这
首诗玄妙的地方也许在于，它表达出了一种"欲达而未达"的
感觉。

　　罗伯特·哈斯曾指出，与勃莱相比，赖特是一个更精通文

学而非理论的诗人。如果说勃莱会时不时把他的理论观点运用到创作活动中去，那么赖特则相对"长情"：自始至终坚持一种风格，仿佛他永远的情人——他生活在它里面，通过它来感受和记录。这就是为何他的诗以绝望的力量反映出孤独的内心世界。关于赖特的"敏锐"，哈斯总结得相当到位："'我的盲人视野'，它不过是以同样的名词和形容词、同样的动词结构、同样的要成为美的意志而经常出现的敏感。"

勃莱也指出，赖特有一种天生的潜伏于事物内部的感受力，他随时可能感受到它。这种敏感，正是对李白"桃花流水窅然去，别有天地在人间"的一种表达。换句话说，这也是诗人对中国古典诗歌的领悟式的回应。在赖特的作品中，中国式的"悟"几乎成了他的结构原则。赵毅衡先生也说，赖特的这种"启悟"不一定是变形齐物，它也可以是一个场景的呈现，一个简单现象的表露，在赖特《祈求逃离市场》一诗里表现得尤为明显：

我抛开杂志的盲目性，

我希望躺倒在树下。

这是除了死亡外唯一的义务

是微风中的

永恒的幸福。

突然，

一只雉鸡扑翅而起。我转过身，

只见它消失

在公路潮湿的边缘。

（赵毅衡 译）

这首诗似乎也是赖特惯用的手法，一只雏鸡扑翅而起，打破了原本的安静（幸福），看似没有太大的波澜，为什么这首诗仍然算是一首好诗呢？在于它的标题，利用美国世俗文化与自然的反差形成一种语境压力，使得诗的内文联结起来对抗它的标题，即便诗文简单，也获得了足够的诗意深度，这里有反其"道"而行之的意味。

总体来看，赖特的诗歌风格较为统一，也可以说偏于单一，这也是评论者对他诟病颇多的地方。如果延伸开去，我们也会发现以"中国诗"为风格的现代诗普遍有这种毛病，读得多了全一个味儿。这当然不是"中国诗"出了问题，而是现代诗有它自身的特征，比如问题的现实性与意象的现代性，不能一味用古代的意象去代替了事。

在这里，"中国式诗人"应该更多地去研究"中国诗"的思维与技法，"禅"与"道"说到底是一种"领悟"，与超现实主义的潜意识有相似之处，可以打通藩篱。勃莱也曾说过："好诗总是向我们日常经验之外延展，向人的表层意识下隐藏着的东西延展，而道家思想对这目的来说是最有用的。"——如何让深度意象与现实紧密结合才是正途，也许赖特的《祈求逃离市场》恰恰为我们提供了一种处理途径。

在深度意象派中，还有一位大诗人叫 W.S. 默温，他与勃莱年龄相仿，还有许多地方也极为相似：两人均就读于名校，勃莱毕业于哈佛大学，默温毕业于普林斯顿大学；两人都是诗歌翻译家，年轻时默温接受庞德的建议，翻译了许多法语、西班牙语、拉丁语、俄语、日语和汉语的文学作品；两人都热爱和平，持反战立场，默温曾经因为越战而拒领普利策奖；另外，两人都是现代隐士，勃莱定居于明尼苏达州的一家农场，过起隐居生活，默温则于晚年居住在夏威夷的毛伊岛上，与大自然为伴。

还有一个相似点最为重要——都喜欢中国古诗。默温非常推崇中国古典诗歌，并从译介到美国的中国古代田园诗和寒山诗中汲取营养，探讨意象的生成，最终形成了自己独特的语言风格。

正是以上诸多的共同点，使他们几乎在同一时期遭遇了类似的写作危机，不由自主地思考解决方案，然后不约而同地朝着相同的方向走去。谈到深度意象派，默温这样说："我们所有人都是同样的年纪，我们都有同样的经历，正好是同时——那就是抛弃普遍看重的方法的时代。我们抛开了各种文学的范式，抛开了一切，说：啊，那都不重要；重要的是写出不一样的诗来。棒极了。"默温加入深度意象派是在1968年回到美国之后，随后，他成为该派的主将之一。

默温似乎更容易与东亚诗歌产生共鸣。"对于我来说，令人鼓舞的事情，就是我意识到了我想拥有一种与在别的生活中生长着的事物和更加广泛与理解的联系，自然世界，树木的世界，那古代中国人称为山水的世界——那个世界对于我来说就是真实的世界。"禅宗思想乃至生态学思想，使默温首先身体力行，1975 年他去夏威夷毛伊岛拜访禅宗大师罗伯特·艾特肯时，便爱上了那里的环境。1977 年，他凑钱买下毛伊岛北端一个废旧的菠萝种植园，和他的第三任妻子保拉一起从改良土壤开始，种下一棵又一棵的棕榈树，努力恢复岛上的那片热带雨林。

在毛伊岛上，默温除了植树护林，每日的功课就是参禅、打坐、阅读和写作。王红公的《中国诗百首》是他阅读多年的一本诗集，经常反复翻看，"一天晚上，我又拿起那本书，坐着一口气又从头到尾看了一遍，心中充满了感激"。诗集中，他对苏轼情有独钟，还特别为他写了一首诗。

给苏东坡的信

几乎在一千年以后
我仍然问着同样的问题
你一直返回的问题，好像
什么也没改变
只是它们的回响更深沉
那是你未老而感觉垂暮时获得的知识
对你的那些问题
今天我也不比你那时懂得更多
夜晚我坐在寂静之谷上
想着河上的你在水鸟梦中的

一片银月下，我听见了

　　你提问以后的寂静

　　那些问题今夜多老

（曾虹　译）

　　诗中所谈到的问题是什么呢？熟读苏轼诗歌的人一定知道，那是一个古老的问题："明月几时有？把酒问青天。"苏轼把这个问题抛将出来，只为把人世间的悲欢离合纳入到宇宙的时空序列中去，进行思索和衡量。在默温的诗中，当他思考同样的问题时，依然不会找到最终答案，"今天我也不比你那时懂得更多"。不过令诗人感觉奇妙的是，他获得了时间流逝和瞬间永恒的双重感受。一千年过去，没想到连问题都成了永恒，"那些问题今夜多老"——这是苏轼在一千年后的西方的回响。

　　默温的诗歌创作深受禅宗佛学影响，作品中渗透着浓厚的禅意，比如这首《又一个梦》："我踏上山中那落叶缤纷的小路/我渐渐难以看清，于是我完全消逝/群峰之上正是夏天。"只有短短三行，像极了绝句，蕴含着无穷的东方神韵。诗人在梦中行走，走在铺满落叶的山中小径上，走着走着，最后消失隐遁于群山之巅。这个情景多像读者在观看一幅中国山水画，当中的人物渺小甚微，稍不留神，就融进山水之中去了。虽然只是一个梦，却反映出诗人亲近自然的理想，而"天人合一"，追求天、地、人整体的和谐，不正是中国古代哲学的基本精神吗?

在这首诗中,默温提到了"消逝"一词,它反映的恰恰是一种融入,而在另一首短诗《大江》中,他反复提到的"已逝"一词,却是对时空的追念。这首诗几乎是李白《早发白帝城》的改译之作:

李白,小舟已逝

它载了你一万里

顺流而下,一路上

长臂猿在两岸啼叫

此刻猿声已逝,它们

啼叫时的森林已逝,你已逝

你听到的每个声音已逝

此刻只有大江

径自流淌

(柳向阳　译)

与李白轻快、激动的心情不同,默温借李白诗中的意象重写了一遍,表现的却是一种相对的时空观——具体的事物"消逝",而时间之河永恒长流。可以说,这首诗虽然是一首改译之作,却并没遵从原诗的意思行进,而是另起炉灶作了全新的演绎,给人耳目一新之感。

阅读这样的诗,我们可以倾听到一种古老的回声,以原始的、朴素的力量冲击着读者。默温写岛上的生活也相当吸引人，比如写植树："在世界末日的那一天，我要种植一棵树。"在诗人眼中，没有什么比植树更重要的了。又写道："我像一片草叶生活在南方花园里 / 从一开始我就会比所有动物都年老。"他在海岛上生活了多久啊！

描写岛上的植物时，他再次结合中国诗的意象来展开：

玫瑰金龟子

〔美〕W.S. 默温

据说你来自中国

可是你从未见过中国

你吃光这里的树叶

你的祖先

天一黑你从地下钻出

在第一个夜晚嗡嗡盘旋

从气味辨别可以吃的树叶

你在何地初次睁眼

草莓叶子和你一样陌生

豆子兰花树茄子

蝎尾蕉的老叶香蕉几棵棕榈

来自各地的蔷薇唯独没有本地的

本地生木槿苘麻

圆叶黄花稔

夜里你把它们变成花边

变成一张干燥的网

变成天空

像古代中国的天空

（伽禾　译）

　　这首《玫瑰金龟子》从"中国"出发，最终又回到了"中国"，以"像古代中国的天空"一句结束全诗，使整首诗获得了一种从平静中崛起的力量：古代中国的天空——多么宁静，多么湛蓝！在此，我们会发现，作为一个比喻的喻体必须是读者熟悉的物象，"古代中国的天空"显然是个陌生化的意象，不过，西方读者却又熟稔于心，印象深刻——中国瓷器中的天青色不就代表了"古代中国的天空"吗？

　　可以说，这个比喻用得相当绝妙，一下就抓住了读者的眼球和他们的内心。

　　如果仔细观察，整首诗的目的并不是抒写中国，而是通过玫瑰金龟子来描述岛上的环境和植物：草莓、豆子、兰花树、茄子、蝎尾蕉、香蕉、棕榈、蔷薇、木槿、苘麻、圆叶黄花稔……简直就是一个植物王国，这些植物或集中或散落在短短的诗行中，散发着独特的馨香。作者为了寻找一种类似于口语的韵律感和轻盈感，所以没有使用标点，各种植物混杂在一起，有一种原生态的亲密感。

《大西洋月刊》的一位诗歌编辑如此评价默温的诗："默温的诗歌意图如同生物圈一般广泛，却像耳语一样亲密……他从语言的地层深处提炼出了一种美丽的简洁的语言，用它来表达自我，这些有关自我的文字飘浮在天空、大地之间以及隐蔽的地下。"这个评价适用于对默温诗歌整体的理解，当然，也可以特指这一首诗。

现代主义诗歌运动余波及其他诗人

第二次美国现代诗歌运动之后，中国诗热潮并没退去，由1950年代末一直持续至今。直接或间接受到中国诗影响的美国现代诗人，可以列出一串很长的名单来。在这份名单中，虽然也以"中国诗"风格写诗，但有些诗人无法归入任何一个诗歌流派当中，比如卡洛琳·凯瑟、查尔斯·赖特，两人是另类而又独特的存在，令人无法忽视。如果要在这份名单中找出几位"大咖"来，我们将看到华莱士·史蒂文斯、玛丽安·摩尔等人的名字，不过，中国诗对他们产生过什么样的影响则要仔细分析。为了给下面的叙述增添一点趣味性，请允许我做一个简单的分类，把要讲述的诗人分成男女两个方队来进行，现在开始吧。

女诗人方队，卡洛琳·凯瑟担任先锋。

凯瑟出生于华盛顿州，毕业于莎拉劳伦斯学院，先后在哥伦比亚大学和华盛顿大学学习。1959年与人合作创办了享有盛誉的《西北诗刊》。此时的中国，向她敞开了另一扇古典诗歌的大门。1965年，她出版了成名诗集《叩寂寞》，书名取自陆机《文赋》中"课虚无以责有，叩寂寞而求音"一句。从书名可以看出，这本诗集以中国诗为中心主题，当中的仿诗被称为"凯瑟式的变形魔术"。书中有仿杜甫的《曲江二首》，而最引人注意的是一组爱情诗，此组诗以汉乐府为母本进行了仿写，在凯瑟之后的诗集中不断选入和重印。

该组诗根据韦利的英译中国古诗改写而成，为此在诗集的"鸣谢"中，凯瑟向韦利表达了感谢："我从童年起就一直读阿瑟·韦利翻译的中国古诗，像许多我的同时代人一样，我受益于他的程度和对他热爱的程度是无法估量的。"

我们来读读凯瑟仿写自汉乐府的诗作吧——

我忠于爱情，就像北极星，
但不告诉你，你只会利用我的忠贞，
你像春天的阳光那么善变。
好吧，睡！比起我，你更喜欢那猫。
我可以激怒你，但你昂然走了。

写得多好，将现代女性的复杂心理刻画了出来，大家一定不会想到，这样的诗行竟来自乐府诗中如此朴素的句子：

依作北辰星，千年无转移，
欢行白日心，朝东暮还西。

绝妙吧？还有更绝的，让你大开眼界——

我不在乎长袍松开
露出一段肚腹和褐色的腿，
我可以说这怪那还没来的风。

这几句写得相当性感，也相当无赖，让人忍俊不禁。你能想象到这么幽默的话语，又是来自乐府诗吗？还真是：

罗裳易飘扬，小开骂春风。

真是好玩儿！看来中国人也并不都像西方读者所认为的那样刻板，总是一本正经地作诗。凯瑟借用中国乐府诗的一些意象、叙述及蕴含的精神，熟练地运用口语化的戏剧独白语言，将现代西方社会中女性的哀怨之情表现了出来，又不失幽默，非常精彩。

至此，不知道细心的读者是否发现，外国诗人（或译者）对中国古典诗歌细腻的内心捕捉似乎比我们更为敏感。也许我们对自己的语言程序过于熟悉，再也找不到那种由新鲜感所带来的冲击，而外国人就不同，因陌生化而接收到的"微妙"再次被描述出来，就会显得生气勃勃。这也就很好地解释了，在同等条件下，国外译者翻译出来的诗作为何会比国内专家翻译的要好看得多——"微妙"不是翻译出来的，而是突然而来的捕获，显然熟悉而麻木的神经难以做到。

1985年，凯瑟的诗集《阴》获得美国普利策奖，这是美国诗歌界对她的"中国诗"给予的肯定。诗集的名字"YIN"就取自中国阴阳中的"阴"。凯瑟说："用这个名字的目的就是强调诗集的女性自觉，诗集中有许多诗是刻意模仿中国风格。"将中国抒情诗的格调与当代女性主义的精神融为一体，使这部诗集的女性主义色彩浓郁，具有典型意义。

另一部诗集《地下室的美人鱼》，其中有一辑《中国式的爱》，有几首以中国古代女子的口吻写的闺怨诗，均仿写于唐代女诗人薛涛的《春望词》。

望春之歌

[美] 卡洛琳·凯瑟

（一）

盛开的花拥挤在树枝，太美，不会耐久。

一想到你，你便再次绽放。

清晨就要到来，我的泪水将会给镜子蒙上薄雾。

我看到将来，而我什么也看不见。

（二）

花瓣绽开时，我们不能像同一个人那样放光；

花瓣凋落时，我们不能像同一个人那样悲伤。

我们能在哪儿相遇，共浴一份爱，我敢问吗？

一个秘密的时光，一道绽放，一同闭合；

这些花，盛放时彼此分离，死时成为一体。

编织同心结

[美]卡洛琳·凯瑟

（一）

风花一天天变老，我也一样。

幸福，延宕了很久，又再次延宕。

沙与海洋构成的地平线

躺在梦中，遥远的中途。

我们的生命不可能编织在一起，

我手指捏着那几根草，编了一遍又一遍。

（二）

两颗心：两片草叶，我把他们编在一起。

他去了，那个懂我心灵之音的人。

心中充满秋意，因为那些联系断了。

既然他已离去，我便弄断了我的琴。

然而春天处处低鸣：造巢的鸟

吃吃地叫，对我满是同情。

（以上两首均为得一忘二　译）

| 原作 |

春望词

〔唐〕薛涛

（四）

那堪花满枝，翻作两相思。
玉箸垂朝镜，春风知不知。

（一）

花开不同赏，花落不同悲。
欲问相思处，花开花落时。

（三）

风花日将老，佳期犹渺渺。
不结同心人，空结同心草。

（二）

揽草结同心，将以遗知音。
春愁正断绝，春鸟复哀吟。

薛涛的《春望词》有四首，凯瑟将它们分成两首诗来改译。为了对应英译的顺序，这里将原诗也作了相应的排列调整。薛涛是唐代为数不多的有诗作流传下来的女诗人，因而在西方备受关注，这当然得益于女性主义的兴起，凯瑟选取她的诗当然是考虑过这一点的。在英语世界中，不仅有薛涛的诗歌译本，还有专门对她的研究。

《春望词》是一组爱情小诗，写得情真意切，描绘生动，语言明白晓畅，历代传诵甚广。凯瑟在改写时，使用了"意象并置""拆字法"等技巧，并充分发挥自己的想象力，在保留原诗精髓的同时，更扩充了原诗的内容，使其层次变得更为丰富。

从凯瑟改译的表现来看，她不仅掌握了闺怨体的语调，同时很好地运用她的组合能力，还有她对西方男女之间的复杂心态、恋人与社会之间的种种互动关系的深入体会，因而在诗中做出了精彩的呈现。可以说，这两首诗既符合西方读者的欣赏习惯，又蕴含着浓郁的中国风味，是一组成功的改译之作，最终进入到美国的文学史中去。

如果说凯瑟是女诗人方队的先锋，那么玛丽安·摩尔就是主帅，坐镇着中军。以年龄论，摩尔是庞德、艾略特那一代诗人，其作品也被两人所看重，故庞德在编《一些意象派诗人》时将她也拉了进来，即便她的诗歌风格与意象派迥异。摩尔希望借助诗歌回到现实——"直接回到客体……在它是其所是的那个点上"。她说："人们写作，因为人们有一种燃烧的欲望，要把对于人的幸福是不可缺少的、想要表达的东西客体化……"在这个层面上，摩尔和庞德、艾略特的方向是一致的，并且不约而同地突出视觉对于诗歌创作的重要性。

1935年，在给摩尔《诗选》撰写的序言中，艾特略将摩尔的诗归结为"描述性"的诗。在"描述性"的诗中，作者站在诗歌之外描述对象，即艾特略所说的客观对应物。从这一点来看，摩尔确实和意象派有些关联。另外还有一重关系，就是摩尔也相当喜欢中国诗。

对于中国诗的看法，摩尔一针见血："新诗似乎是作为日本诗——更正确地说，中国诗——的一个强化的形式而存在的，虽然单独的、更持久的对中国诗的兴趣来得较晚。"这个论断表明，新诗运动本身就是一场中国热，摩尔的观点代表了新诗运动中坚分子当时的自我意识。

摩尔在不止十几首诗中提到过中国，不过她本人从未到过中国。1932年，她的一位密友要前往中国旅行，她愉快地给密友去信说："真是个惊喜！我希望这对你来说是众多好事里的一件好事。日本，有时我也感兴趣，但是中国，真是一个神奇的地方啊。"庞德常被认为是受中国诗歌影响最深的现代主义者，然而相较起来，最受中国诗及中国艺术激励和引导的诗人，其实是摩尔。意象派诗选收录了摩尔数首诗作，其中一首叫《他制作这个屏风》：

他制作这个屏风

不是用银也不是用珊瑚，
而是用沧桑的月桂树。

他引来了一片海，
平展如织毯；

这里，种一棵无花果树；那里，放一张面孔；

一条龙盘绕在空中——

此处，建一座凉亭；

彼处，开一朵醒目的西番莲。

（倪志娟　译）

　　这首诗写于大学时期，可算是她众多涉及中国意象的诗歌中的第一首。诗写得很美，因为所描述的对象"中国屏风"本身就很美，充满了种种中国元素：月桂树、织毯、飞龙、凉亭……那个制作屏风的艺人，以高超的技艺，在屏风中引来一片大海，并在空间的两端安排了相对应的事物。诗虽小，却横跨中西和古今，写得的确很有特色，而且没有一句议论或抒情，只以意象来说话——这当然符合意象派的主张。

　　1923 年，摩尔来到美国大都会艺术博物馆，参观中国宋朝绘画展。那些在玻璃展箱里展出的长轴画卷，以及一些精致再现的花朵图案让摩尔大受震撼，她后来写信给另一位密友时谈到："我们在大都会博物馆看了一场关于中国古老绘画的展览，其中一幅画描绘了灵马，一群白马，披着猩红色小绒球，长有烟熏似的鬃毛和尾巴；一幅画是藏在云中的龙，只有几只爪子露了出来。"看，这里再次谈到了"龙"。

　　如果有幸参观摩尔位于格林尼治村的寓所，你会发现那些从摩尔诗中跳出来的各种中国物件一点都不显得奇怪，因为她的生活就是被这些物件所填充、环绕着。这个房子里充满了中国式的灯具、木箱、钱币以及瓷器，还有许多中式徽章、象牙雕龙、象牙雕刻的石榴等小物件，摆放在中式茶几、书架上。这些场景再现于她的诗歌《哦，做一条龙》《碗钵》，还有《九桃盘》中，给读者带来一种既陌生又熟悉的感觉。

其中《九桃盘》来自她所收藏的瓷器，是一首精致而充满釉质之光的诗：

如毛桃那样两只一组排列，
保持着间距，以便所有的桃可以存活——
八只加上单独一只，挂在
去年的枝条上——它们就像
一种衍生物；
虽然并不罕见，
这种对立——
九只毛桃长在一棵油桃树上。
表面没有绒毛，点缀在中国式的
青、蓝或青绿色的
月牙形细叶中，四对

半月形叶子组成的拼图
朝向晕染着
美国月月红似的太阳，
由商业装订用的

缺乏好奇心的画笔

　涂抹在蜜蜡灰上。

就像玉桃，这红扑扑的

桃，无法起死回生，

　但及时服用可延缓死亡，

　　意大利

　核桃，波斯李，伊斯法罕

　　　　　　　　　（倪志娟　译）

　　《九桃盘》一诗于 1934 年发表在《诗刊》杂志上，它将中国绘画风格与油桃这种水果结合起来，从对绘画细节的描述逐渐过渡到油桃这一真实事物，"保持着间距，以便所有的桃可以存活——八只加上单独一只，挂在 / 去年的枝条上"，这些油桃既突出又隐匿，以相互叠加、相互冲突的笔触画成，现在它们被记录在摩尔的诗中，虽然采用的是白描手法，却散发出生命力。

　　桃在中国的传统里象征着长寿，"这红扑扑的 / 桃，无法起死回生 / 但及时服用可延缓死亡"，采用这个中国古老的意象，赋予吟诵对象更深一层的生命延展。这首诗中的地名也大有深意——意大利、波斯、伊斯法罕——这不是古代的"丝绸之路"吗？从悠远的历史出发，这只"被多次修补"的中国瓷器漂洋过海，最终抵达诗人的手中。也许正是这种广阔的空间转移，让人们理解了什么是"旷野精神"——

墙头子立的油桃，
作为野生的果实

　　最早发现于中国。但它是野生的吗？

　　谨慎的德·坎多尔不会这么说。
你在这九只桃组成的象征群中

　　找不到
瑕疵，绿叶之窗上
没有象鼻虫的痕迹。

　　有人描画了这些桃，

　　　在被多次修补的盘子上，

　　　或者在同样精致的

　　无角鹿，冰岛马
以及靠着枝叶繁茂，

　　低矮斜逸的老桃树睡觉的驴子身上。

　　这棵树有褐色系灌木之花的
颜色。

　　一个中国人"理解
旷野精神"

　　以及爱吃油桃

　　外形似矮种马的麒麟——长尾
或无尾，

　　矮小、浅棕色，长着普通的

驼毛和羚羊蹄,

这无角的麒麟,

　用彩釉画在瓷面上。

　是一个中国人

　构想了这件杰作。

　　　　　　　　（倪志娟　译）

　　从第三节开始,这些油桃从瓷器中走出来,走到中国的"旷野"中去。"但它是野生的吗?"通过这个反问,又使油桃回到画家眼中的状态——不再是本来的面目,而是艺术加工后的样貌。到了这里,我们不得不关注里面的视觉形态,包括物体的形状和颜色:"青、蓝或青绿色的月牙形细叶""晕染着美国月月红似的红色的太阳""红扑扑的桃""有褐色系灌木之花的颜色"……以上这些都是实物的反映,另外还有虚构的"麒麟":爱吃油桃,外形似矮种马,浅棕色,长着普通的驼毛和羚羊蹄,长尾或无尾,无角,如此精确的描写,生动形象,却是中国人构想出来的"杰作"——摩尔将它称为"一种想象的写实"。

　　整首诗视觉细节与历史、想象、语言交织成一个有机体,博物馆似的客观知识支撑关于物件的细致描写,在诗中,诗人一直忍住不阐发半句情感,只让读者自己去思索这些事物的意义。在《评论家与鉴赏家》这篇文章中,摩尔一开篇就表现出对中国写作技法的顺从,她说:"有很多诗歌是在无意识中或一丝不苟中写成的。好像某些明朝作品。"她毫不掩饰自己对中国艺术的偏爱,从 1940—1950 年代,她参观了数十次关于中国文化的展览,对于这些展览的感受与触动,都保存在她后来的作品里。

评论家辛西娅·史代米经过仔细研究指出,摩尔对"她所认为的独特中国属性的尊崇,来源于一系列复杂的联系,不仅仅源自中国绘画和手工艺品的绘与制,或中国诗歌的形式,还源于她所认为的古老且延续的中国文化"。

玛丽·奥利弗是一位现代隐逸诗人,半生居住在马萨诸塞州的一个小镇里,远离尘嚣,专事写作。即使 1984 年获得普利策奖,受到大众关注,她也没有改变自己的孤独状态,依然与时代保持着距离,只与自然为伴,抒写自然,探寻自然与精神世界之间深刻而隐秘的联系。她的这种生活方式近似于中国古代隐逸诗人的处世方式,不过她没有真正抵达道家那种物我两忘、天人合一的境界,而是在思考着"人应该如何与周遭的世界相处",以及"人应该如何进入自然"。在《中国古代诗人》这首诗中,她所要表达的正是这样的思考——"中国古代诗人为何要遁入山间"。

中国古代诗人

[美] 玛丽·奥利弗

无论去往何处,世界跟随着我。

它带给我忙碌。它不相信

我不需要。现在我理解了

中国古代诗人为何要遁入山间，

走得那么远，那么高，一直走进苍白的云雾。

（倪志娟　译）

事实上，奥利弗本人也极为认同中国传统文化，她读过很多佛教典籍和中国诗译本，其中包括《神州集》、艾略特·温伯格写的《观看王维的十九种方式》等作品。这些都反映在她的诗中，比如她多次以直描或隐喻的方式提及中国传统诗人，以及对中国审美意境的描述，表明她对中国诗的领悟和吸收。尤其中国诗对自然的态度，更是让她产生深深共鸣。虽然奥利弗没办法在自然面前达到"忘我"的境界，但她的可爱之处在于，她真实地袒露了西方人自笛卡尔以来一直持有的"我"的姿态。正如上面这首诗中所说"世界跟随着我"，"我"一直都在。

《中国古代诗人》这首诗不难理解，奥利弗并不是只写中国古代诗人，而是通过对中国古代诗人的描述凸显她自己的生活模式和生活态度。她并不需要世界跟随着她，也不需要忙忙碌碌，而只需像中国古代诗人那样遁入山间——"走得那么远，那么高，一直走进苍白的云雾"。她理解、向往，最后也是这么做的。在这个女诗人方队中，如果让奥利弗担任侧翼，想必是可以胜任的。

下面我们来谈谈担任女诗人方队后军的简·赫斯菲尔德。她是美国当代女诗人，1953 年出生于纽约，在普林斯顿大学学习创意写作与文学翻译。大学毕业后，她独自驱车从东海岸在旧金山禅修中心研习曹洞宗禅法，长达八年。她认为："如果我不能更多地理解做人的意义，我在诗歌上也不会有太多作为。"让人肃然起敬。

中日两国的古典诗学和禅宗，对赫斯菲尔德的影响至深，同时敏感、复杂的现代心智也是她深入探索、表现的内容，她的诗以纯净透亮、意象性的语言，在神秘和日常之间，构建出一种微妙的平衡与静谧。正如她自己所说："感性在蜂巢一般复杂而精致的意识结构下榨出它的汁液，如同橡树连带着那攫住石头的树根、枝叶、橡实和雪的重量，从而生长成它自身。"

来读她的诗吧。

山

[美] 简·赫斯菲尔德

此刻，山是清朗的，
在强烈的晨曦里。旋即，消失在雾中。
我重返杜甫，害怕从阅读里
再次抬头，会发现窗内的月光——
但当我眺望时，雾仍在那儿，
只是这远古的诗人鬓已斑白，

一只孤单的野鹅沉默着，蹒跚而过。

（舒丹丹　译）

这首诗与奥利弗的《中国古代诗人》在意象上有不少交集，都写到了雾、远山，还有中国诗人。奥利弗要表达的是她追随中国诗人避世的决心，而赫斯菲尔德在这首《山》里要传达的是什么呢？首先诗人在晨曦中阅读杜甫，而山就在窗外，被雾所笼罩着。诗人在这里运用了一个巧妙的隐喻：她将雾气缭绕的山比喻成一位鬓发斑白的老诗人，他是杜甫吗？在奥利弗诗中，她和中国诗人都趋向于山所代表的隐逸生活；而在这里，中国诗人就是那座山，就是那种令人向往的生活，既孤单又沉默。"山"以中国诗人的形象，站在作者不远处，时而显现，时而隐身不见，与作者构成一种既紧密又疏离的关系——这也是中国诗人与美国诗人的关系。在中国的诗人中，杜甫是赫斯菲尔德最喜欢的一位，她通过王红公的翻译来靠近他：

| 译诗 |　**暴风雪**

[美]　王红公　译

混乱，哀哭声，许多新鬼。
心碎了，衰老，我独自
对自己歌吟。乱云在铺展的
黄昏中低垂。急雪

在呼啸的风中翻飞。手中杯

泼洒出来。酒樽空了。

炉中的火也已燃尽。

人们到处只是在悄声低语。

我焦虑于诗文的无用。

（王家新　回译）

|原诗|　　　　　　　　对雪

〔唐〕　杜甫

战哭多新鬼，愁吟独老翁。

乱云低薄暮，急雪舞回风。

瓢弃樽无绿，炉存火似红。

数州消息断，愁坐正书空。

赫斯菲尔德说："他的诗里头说，他把酒杯打翻，他烧木材的炉也冷了，他感到愤慨。他说'没有人会记得我，我这一生没有价值，文字也没有价值'。……因此他那首诗深深打动了我。"为此，她专门写了一首《破晓前读中国诗》来作为对《暴风雪》的回应：

又失眠了，

我起身。

一阵寒雨

敲打玻璃窗。

我手执杯咖啡

思索杜甫

打翻的酒杯。

在他窗前，雪，

落一千二百年；

在他手底下

墨迹尚未干。

"文学多么无用"。

诗人老矣，孤独。

他烧木材的炉已空

多少世纪的声誉

不曾投射温热。

我知道，在他的诗句中

有一种在翻译中

失却了的准则；

此地，唯有暴风雪。

（钟玲　译）

　　从赫斯菲尔德的诗中可以看出，正是王红公改写的部分
触动了她——失望到酒杯都拿不稳，以及思考文化存续的大问
题，"我焦虑于诗文的无用"——一种巨大的无力感深深触动

了她，而这种被加强了的无力感，正是来自王红公译笔下的那个杜甫形象。

赫斯菲尔德还译有松尾芭蕉的俳句集《俳句之心》，并写有论述俳句大师松尾芭蕉的诗论《通过语言观看：论松尾芭蕉、俳句及意象之柔韧》，在她的诗友王家新看来，这是关于芭蕉最好的一篇文章。并不像一般的美国诗人那样，赫斯菲尔德完全超越了地方性和某一种传统的限定，而以歌德所说的"世界文学"作为自己的背景。在美国，赫斯菲尔德往往被视为一个佛教徒诗人，基于她的禅宗修为，波兰诗人切斯瓦夫·米沃什对赫斯菲尔德作了如下评述：

> 对所有受苦生灵深切的同情心……这正是我要赞美简·赫斯菲尔德诗歌的一点。她的诗歌主题是我们与他者的平凡生活，以及我们与地球带给我们的一切事物——树木、花朵、动物和鸟类——持续不断地相遇。这很大程度上取决于我们是否能以这种方式珍视每一刻，以及我们是否能像友好地对待人类那样同等对待猫、狗和马。她的诗歌以高度敏感的细节阐释了佛教徒的正宗美德……她是我们加州诗人同盟中最杰出的一位。

男诗人方队，则由查尔斯·赖特来打头阵。

赖特的诗风接近于新超现实主义，不过他没有加入以勃莱为首的那个写作团体，当然这并不影响他喜欢中国事物，他的写作同样受惠于中国古典诗歌。1957—1961 年，他作为美军情报部门的工作人员驻守意大利，接触到庞德的诗歌创作和诗歌翻译，深受吸引，从此在创作中自觉接受中国诗的影响。

1977年，他出版了名为《去中国之路》的诗集，试图从中国古典诗歌获取灵感，探讨人类与自然的普遍联结。至于为何会把诗集命名为《去中国之路》，在给赵毅衡的一封信中，赖特阐述了自己的想法："我用这个标题是想指出，对一个美国作者来说，有一条可能的道路通向中国……使我感兴趣的是像1200年前的唐代诗人那样处理人与自然的关系。我并不想把诗写得如同中国诗的英译，虽然我这些诗歌写作冲动来自中国诗。中国诗和画中的那种清朗，那种宁静，那种蕴于宁静中的力量，就是我追求的东西。整本书都是在寻找那小小的静止点。"也就是说，尽管都受到中国诗影响，他的吸收方式或对中国诗的理解显然与其他人不一样，无形中也导致了他写出来的东西与别人有很大差异，也解释了他为何不加入深度意象派。那么，让我们回到他的诗中去寻找那些不同吧。

读罢陶潜，我在矮草中漫步，毫无拘束

［美］查尔斯·赖特

旱春，五个星期没下雨了。
葱郁的绿开始垂头，跪倒。

折断的草茎和亢奋剂杂草像昆虫飞起，
扰乱我平展的视线。

我站在"此刻"这个词里
正如这个词站在这个句子中，
不阴晦，惬意得心不在焉。

一千多年来，宗教已荒废如颓墙残垣，
为什么天空不应该是破布烂衫，
无人会唱的歌曲遗失的音符？

正如陶潜所说，我安居于自己，四处走动
在无心的云下。
结束到来，就是结束的时候。还有什么？

会有一个早上我将离开家，再不寻找回家的路——
我的故事将会和我一起消失，就这样。

（得一忘二 译）

诗名是一个极具中国古典诗歌特色的长标题，表明了一种状态：无拘无束地漫步在草丛中。这种状态源于陶渊明诗，作者似乎获得了某种启示。陶渊明给人带来的闲适与自然，最后总是以愉悦的精神状态来呈现。在这首诗中作者不但心情愉快，还透露出一种"放下"的毅然："一个早上我将离开家，再不寻找回家的路。"在做这个决定的时候，作者的心情依然是畅快的，没有半点选择的痛苦，这就是陶渊明感召力的体现：

他影响了一位诗人的写作，更改变了一位诗人的思想与行动。在陶渊明看来，"放下"的主旨不是去面对贫乏的困窘，而是去寻找更多快乐的富足。

在诗行的处理上，赖特让诗句向会话性方向伸展，直到快要分裂成散文为止，因此诗行也自然被拉长。赖特将诗句拉长的一个主要原因，就是想要看看自己到底能够把句子拉得有多长，同时还能保持诗行的意象性，而非论述性或叙述性。在《去中国之路》这部诗集里，诗人一再坚持创作的意象化——一切始于意象和图像。查尔斯·赖特谈到自己对意象的理解时说："我相信真正的诗歌天赋在于抒情的意象，在于意象简洁和意味深长，某种惊鸿一瞥的欲隐欲现。用艾米莉·狄金森的话来说，那就是我们所知的天堂，所需的地狱。否则的话，还是写小说吧。"再看他的另一首诗：

读罢王维，我走到外面的满月下

［美］查尔斯·赖特

回看这儿，层积的雪像花边蛋糕，
白热而易碎，不时穿越高高的草丛而下。
"可悔""可悔"，黑暗的嗡嗡低语。

肉身就是折磨，
冬天树逶迤成黑色长椅，那不是休憩的地方，
云端，也不是休憩的地方。

老先生，怜悯我们吧。

你，在华夏的尘埃中，我，在我前世的这一边，

天光中的盐。

与世隔绝的景。世界的一握。

绝对，大小如一个筹码，移开，

"明月松间照"。

（得一忘二　译）

　　赖特写了一系列这类"读罢某某……"的诗，从他所尊敬的中国诗人出发，然后走到现代诗歌，可以说，这类诗的内核还是中国诗，在表现形式上却与其他"中国诗"不一样，起码读多了不会让人觉得"腻"。在诗人看来，诗歌中最重要的是形式问题，形式是所有与诗歌相关问题的核心。他相信形式归形式，题材归题材，内容归内容。内容指"意味什么"，题材指"有关什么"，而形式指诗人的组织方式。就这首诗来说，作者采用了与王维展开时空对话的形式，关乎肉身和精神，关乎黑暗与光明。在现代肃杀而破败的场景里，由于王维的引导，诗人最终领略到了"明月松间照"的精神普照。

　　虽然查尔斯·赖特十分强调意象化的作用，不过他也使用一种隐性的叙事，比如上一首诗讲他如何在矮草中漫步，故事线索并非明白可见，然而肯定是一直存在的。这些诗不会让人

感到明显的修辞性、叙事性，而是呈现出一种逸事小段子的色彩。从查尔斯·赖特的诗歌理念可以看出，他的确是一位"异化"的诗人，因而创造出不同的诗来。与他的长诗行迥异的是，我们还看到一首这样的诗——《答嵇康》，更简洁，更隽永，却抓住了嵇康的精神特质：

> 光明的尽头，于我们没有光明。
> 没有谁能补救我们身影压住的青草。
>
> 每夜，含羞草在一掬沉睡中开花。
> 未来在每夜都会宽恕。
>
> 白化的根茎开始在我们体内扎根。

（得一忘二　译）

如果我说美国大诗人华莱士·史蒂文斯深受中国诗的影响，也曾是个"中国式"诗人，可能很多读者都不能相信。这种情况同摩尔一样，只有通过分析才能得出结论，那么就让我们来具体分析一下吧。

史蒂文斯第一首获得一致肯定的诗，是刊于《诗刊》的《坛的逸事》：

> 我把一口坛放在田纳西，

它是圆的，置在山巅。

它使凌乱的荒野

围着山峰排列。

于是荒野向瓶子涌来，

匍匐在四周，再不荒芜。

（赵毅衡　译）

赵毅衡先生在《诗神远游》中谈到这首诗时，认为史蒂文斯诗中的"坛子"应该是一个中国瓷花瓶，而不是使济慈狂喜的希腊古瓮。他的推断基于以下三个论据：

第一，当时引起不少诗人赞赏的阿伦·厄普瓦德的诗，里面所说采撷香瓣的中国花瓶，就是用的相同的词"Chinese jar"。

第二，史蒂文斯最早的评论家之一，戈兰·B.孟森曾经这样评论史蒂文斯："无可否认，他既受到法国诗影响，也受到中国诗的影响……由于他这种训练有素且行之有效的细腻作风，史蒂文斯一直被称作是中国式诗人。"

第三，史蒂文斯有一出诗剧叫《三个旅游者观日出》，成为这首《坛的逸事》的一个佐证，两者发表时间相近。诗剧内容描述了瓷器上的三个人物——

假定我们

是画在瓷器上的三个人物

正如我们坐在这儿，

而我们就被画在这个瓶子上，

而此地的那个隐士，

举起蜡烛看我们，

会感到很奇怪；

但是假定

我们被画成武士，

他手里蜡烛就会颤抖；

或者，假定

我们被画成三个死人，

悲伤会使他

看不见最稳定的光。

哪怕是皇帝本人

拿着蜡烛

情况也一样。

画在瓷器上的人物

会使他忘了瓷器本身。

（赵毅衡　译）

　　这个诗剧阐述了一个事实，瓷器中的画可以引起观画者
不同的感受，这和"坛子"诗引起荒野重新排序的效果是一样
的，就是说，两首诗的意旨大致相同，所采用的物件也应该相
同。赵毅衡由此推断那个"坛子"应该是一个画满花纹的中国

瓷瓶（或是一个瓷罐）。

按照这个思路，我们也可以认为陶罐更符合荒野气质，因为中国瓷瓶在荒野中显然过于精致了。不过，这些无论如何都不会妨碍它们成为好诗歌的理由，赵毅衡的推断无非是想让读者相信，史蒂文斯诗中所写的意象是中国事物罢了。

事实上无需加以猜测，史蒂文斯很早就熟悉中国诗。不光是诗，中国的艺术品也让他着迷和关注，尤其是绘画和瓷器都。他的这些喜好，大量反映在他的通信中。比如1909年他在给未婚妻的一封信中，就曾对王安石的一首诗大加赞赏，说明他读过不少中国诗翻译作品，他早期也在这些中国艺术品中寻找写作灵感。

弗莱彻回忆说，在他的记忆中，《诗刊》主编蒙罗并不欣赏当时的"高度现代派诗"，但史蒂文斯却是她"发现"的唯一的"高度现代派"诗人。究其原因，弗莱彻认为是史蒂文斯那种陈述、克制的浪漫主义打动了蒙罗，而蒙罗钦慕的中国艺术与这种诗风有近似之处。

史蒂文斯的诗学源头，是以"主观整理客观"，即认为客观世界或经验是混乱无序的，只有以艺术观介入经验才能形成秩序，譬如上面那两首诗就是典型的例子。这有点类似王阳明的"心学"："你未看此花时，此花与汝心同归于寂；你来看此花时，则此花颜色一时明白起来；便知此花不在你的心外。"很多时候，诗歌指向主观与内心恰恰产生更深广的诗意。"我们投射出自己的心绪、情感等，影响了自然物。"史蒂文斯在1916年给蒙罗的信中如此阐述他的观点。为了进一步说明问题，他写了一段诗来举例：

> 一个北京老人
> 观察落日，
> 在渐渐变红的北京。

　　观看落日的老人，他能看到整个北京都在变红，这是主观投射于客观，最后改造经验而获得的效果。在新诗运动中，史蒂文斯将他的这个理念反复运用到他的创作中去，屡试不爽。《坛的逸事》《三个旅游者观日出》是如此，《我叔叔的单眼镜》《六个深远的风景画》也是如此，中国老人的形象一再出现，似乎代表了某种古老的哲思：

> 在中国，
> 一个老人坐在
> 松树的阴影里。
> 他看到飞燕草，
> 蓝的、白的，
> 在树荫的边上，
> 被风吹动。
> 他的胡子也在风中飘动，
> 松树也在风中飘动。
> 河水流动
> 漫过水草。

在男诗人方队中，担任"侧翼"的是诗人杰克·吉尔伯特，他出生于匹兹堡，幼年丧父，高中辍学谋生，后来上了匹兹堡大学，开始写诗。他一生行踪不定，在世界各地漫游和隐居，一共出版过五部诗集。他反对修辞化的诗歌，更多是依靠"具体坚实的细节"或"实实在在的名词"写诗。在他的诗里，大多是关于知识和理解，关于洞察和认识，包括他的爱情诗。

与史蒂文斯相较起来，中国诗对他的影响似乎更深一些。他曾专门提到中国古典诗对他的帮助："首先对我的诗产生影响的是中国诗——李白、杜甫——因为它有一种非同寻常的力量，让我体验到诗人的情感，而做到这一点没有任何技巧。我对此着迷：以少胜多。"

野地冬夜

［美］杰克·吉尔伯特

今夜我正在取水
猝不及防，当看到月亮
在我桶里，醉心于
那些中国诗人
和他们无瑕的痛苦。

（柳向阳　译）

这首诗短小、隽永，凝聚着巨大的能量，犹如一首原汁原味的中国诗。与奥利弗的《中国古代诗人》或简·赫斯菲尔德的《山》相比，这首诗与中国诗的关系并不是一种游离状态，而是就在身边，几乎触手可及，因为水桶中的月亮，触发了诗人想象的开关——他似乎在一瞬间抓住了中国诗人和"他们无瑕的痛苦"。这就像一个顿悟，发生在野地那个有月亮的冬夜。

有时我们不能肯定，中国诗是否真有如此大的能量。但此刻，在外国诗人的心中，不光中国诗，就连中国诗人的痛苦都是"无瑕"的——因此答案不言而喻。这句诗如同一个偈语，揭示了诗歌某些内在的秘密。正如勃莱所说："贫穷而能听到风声也是美好的。"吉尔伯特在一首诗中附和道："中国古代一位诗人在贫困中 / 写道：'啊，不亦快哉。'"

在另一首诗《尝试》中，吉尔伯特还谈到了禅与道的问题，他说："'道'这个字既指一条道路 / 也指一个存在问题。我们进入树林的小道 / 因速度而不同。"关于这些，他在中国诗人王维的诗中体会最多——"王维在孤独中 / 注视着初雨滴落 / 在轻微尘土里"。

向王维致敬

〔美〕杰克·吉尔伯特

一个不熟悉的女人睡在床上
另一边。她微弱的呼吸像一个秘密
活在她体内。四年前在加利福尼亚

三天里他们熟识了。那时候

她已经订婚，后来结了婚。此刻，冬天

正吹落马萨诸塞最后的树叶。

两点钟的波士顿和缅因静静流逝，

夜的呼唤像长号般欣喜，

将他留在此后的沉寂里。她昨天哭了，

当时他们在林中散步，但她不愿

谈论此事。她的痛苦将得到解释，

但她仍将不为人知。无论发生什么

他将再找不到她。虽然那喧嚣和罪过

他们可能在身体的狂野和内心的

噪音中获得，但他们将仍然是

一个谜，面对彼此，面对自己。

（柳向阳 译）

可以说，此诗在所有致敬给中国诗人的诗里面最为另类，一种与众不同的叛逆，除了标题，诗中的内容几乎与王维无涉，他真的是在致敬王维吗？我们来看诗的内容，它述说了一个开始时并不熟悉的女人，在与男人的交往中，由于不愿谈论自己的过往，"她仍将不为人知"。到了最后，他们面对彼此依然"是一个谜"。

上述内容，与王维有半点关系吗？还真有，不单是王维，包括全部中国诗人在外国诗人心中都是一个读不懂的存在，一个"谜"。就像那个女人，即使拥有了她的身体，你依然不解她的内心，她的思想。从这个层面上来看，两者是相通的。也就是说，此诗是在某种精神维度上向王维致敬。反过来，我们从这首诗中可以看到吉尔伯特对中国诗的观察和思考。而下面这首《时尚之心》却是对某种现象的反讽：

> 中国人，当十八世纪的英国人找到他们
> 订购精美的成套餐具时，
> 他们踏实地遵守相应的设计：
> 在它说红的地方描红，
> 在它说黄的地方描黄。

18 世纪中期到 19 世纪末，中国出口了许多外销瓷器和外销画，都是按照西方客户的要求制作的，审美上很是怪异。吉尔伯特针对这个现象进行嘲讽。按西方人的理解，中国艺术包括中国诗的审美都是一流的，可以成为西方人的老师。现在好了，学生在老师面前指手画脚，让中国人按照西方人的意图来加工制作，结果生产出来的东西不中不西，不伦不类。

这首诗也回答了，什么才是真正的"时尚之心"。如果摩尔读到此诗，相信她也将会心一笑。我们不知道吉尔伯特是否也像摩尔那样收集一些中国小物件，但知道他关注到了这个问题，这显然比直接拿物件摆放进诗中来得更深刻，更有针对性。

最后，让大诗人约瑟夫·布罗茨基来为男诗人方队殿后吧。

布罗茨基出生于列宁格勒一个犹太家庭，后来定居美国，并于1987年获得诺贝尔文学奖。他对各种文化兼容并蓄，尤其关注中国文化。1960年代，布罗茨基结识了汉学家鲍里斯·瓦赫金，他俩一起探讨有关中国文化，在瓦赫金的敦促下，布罗茨基用俄语翻译了多首中国诗，足见其对中国诗情有独钟：

春晓

[美]约瑟夫·布罗茨基　译

春天，我不想起床，聆听鸟儿鸣叫，
我长时间回忆，昨天夜晚狂风呼啸，
被风吹落的花瓣不知该有多少。

（谷羽　回译）

这首诗当然是孟浩然的《春晓》，布罗茨基很好地还原了原作。不过他也有不少随意发挥的译作，可能西方诗人的翻译从来不是以遵从原意为目的，他们喜欢在原诗基础上做较大的改译。由于差异实在太大了，故在此不录。

布罗茨基比较青睐李白，在美国大学的课堂上，他推荐学生读李白的诗，希望他们注意庞德翻译的《长干行》。他认为这首诗简直是哀歌中的杰作。他也欣赏王维，有意思的是，他觉得王维的名字发音像英语 One Way，而 Way 就是"道"。布罗茨基生前喜欢《道德经》是许多朋友都知道的事情，俄罗斯当代作家、文学评论家弗拉季米尔·邦达连科曾写过一篇文章谈论布罗茨基的中国情结，文章题为《布罗茨基受"道"的影响》。

除了翻译，布罗茨基还写过与中国有关的诗歌：

明代书信
［美］约瑟夫·布罗茨基

1.
"很快即满十三载，从挣脱鸟笼的夜莺
飞去时算起。皇帝望着黑夜出神，
用蒙罪裁缝的血冲服丸药，
仰躺在枕头上，他上足发条，
沉浸于轻歌曼曲催眠的梦境。
如今我们在人间的天堂欢庆
这样一些平淡的奇数的周年。
那面能抚平皱纹的镜子一年
比一年昂贵。我们的小花园在荒芜。
天空被屋顶刺穿，像病人的肩头
和后脑（我们仅睹其背项）。
我时常为太子解释天象。
可他只知道打趣开心。

卿卿，此为你的'野鸭'所写之信，
用水墨在皇后赐给的宣纸上誊抄。
不知何故，纸愈来愈多，米却愈来愈少。"

2.
"俗话说：千里之行，始于足下。
可惜，那远远不止千里的归途呀，
并不始于足下，尤其
当你每次都从零算起。
一千里亦罢，两千里亦罢，
反正你此时远离你的家，
言语无用，数字更于事无济，
尤其是零；无奈是一场瘟疫。

风向西边吹，一直吹到长城，
像黄色的豆粒从胀裂的豆荚中飞迸。
长城上，人像象形文字，恐惧
而又怪异；像其他一些潦草的字迹。
朝着一个方向的运动
在把我拉长，像马的头颅。
野麦的焦穗摩擦着暗影，
耗尽了体内残存的气力。"

（刘文飞　译）

读完这首诗，我们会发现，它和所有外国诗人写的"中国诗"都不同，没停留在描述一种诗意的外在，而是将中国诗中那种深入骨髓的愁苦展现了出来，因而更具现实性和批判性。首先，主人公以外国传教士的身份担任太子的老师，这一身份赋予了诗歌十足的在场感：皇帝用裁缝的血送服药丸，然后在自鸣钟的歌声里沉沉睡去。这是平淡的周年节日，是那只夜莺挣脱囚笼飞离的第十三个年头，但在京城里依然年年欢庆，歌舞升平。与之相反的是，花园在日渐荒芜，"天空被屋顶刺穿"，这是宫廷教堂的屋顶吗？还是天文台的屋顶？传教士向太子解释天象，但这家伙一点儿也不专心，还拿老师开起玩笑来。老百姓艰难的日子可以从一个细节中反映出来：进贡给宫廷的宣纸越来越多了，但米呢，却越来越少。这样发展下去必然是"朱门酒肉臭，路有冻死骨"，令人忧心。诗人警觉到了这一点。这是第一部分内容。

诗歌第二部分转到了传教士身上。

主人公远离家乡千万里，回家遥遥无期，而思念就像一场瘟疫让人萎靡不振。这些描述足以传达出传教士内心的悲戚。在诗歌后半段，诗人站上长城远望，看到那些如同象形文字一样潦草的旅人身影，心中充满了惆怅。这时传教士的影子也被拉长，个人的命运被裹挟进时代的暗影中，像野麦的枯叶在风中摩挲，一点点地耗尽体内的希望和力气。

整首诗无论在立意还是意象的选取上都极具中国诗韵味，它切入的角度匠心独运，因而十分真挚动人。此诗亦打破了传教士在我们心目中的形象，他们也有悲戚的一面，也是一个个真实的人。可以说，与中国诗那些悲苦的诗篇相比，这首诗在艺术表现上并没处于下风。

如果要以一位诗人来结束上述这份与中国诗相关的诗人名单，米沃什是再合适不过的人选。米沃什是波兰当代最著名的诗人、翻译家，与布罗茨基一样都是流亡美国的诗人，1980年获诺贝尔文学奖，在国际诗坛有着非凡的影响力。在这里，我们并不考察米沃什到底受中国诗多大的影响，而是考察他作为一部国际诗选的编选者，到底给予了中国诗何种的待遇与肯定。

1996年，米沃什选编了《明亮事物之书》。这是一部国际诗选，收录了世界诗歌的经典作品，其中美国、法国、波兰和中国诗歌在书中占了大头，显示出米沃什的编选趣味。他在该书的序言中说，他编选此书的目的并不在遴选出今日世界诗歌的经典，把探索整个诗歌领土的丰富性和多样性的任务留给了别人；他说他只是从诗歌领土中"切下了自己的省份"。尽管如此，鉴于米沃什在世界诗歌领域中的地位，他的选择多少含有某种诗歌政治的味道，但凭什么他如此大张旗鼓地在国际上照顾中国诗歌呢？

被收入这部诗选的中国诗人，几乎全部都来自古代：庄子（被认作为诗人）、萧纲、王维、李白、杜甫、张籍、白居易、柳宗元、王建、欧阳修、梅尧臣、苏东坡、秦观、张养浩、朱淑真、李清照，再加上近代的苏曼殊。只有一位是中国现代诗人：舒婷，她的《也许》入选。在诗人西川看来，这份名单有些古怪，因为"没有《诗经》，没有屈原，没有曹植，没有陶渊明，没有李商隐，没有李贺，也没有辛弃疾"，但这就是米沃什的趣味，谁也没有办法质疑。

在《明亮事物之书》的序言中，米沃什这样谈论中国诗："古老的中国和日本诗歌从本世纪（20世纪）初开始就对美国诗歌产生了影响。对于那些雄心勃勃的译者来说，这变成了一个竞赛场所。译者中最知名的是英国人阿瑟·韦利爵士，还有就是加利福尼亚诗人王红公。"在书中，他还对李白《古风·其十九》作出评述："这首富于戏剧性的诗出自一位中国诗人之手着实有些令人惊讶。在西方诗歌中梦想升天颇为普遍，因为它们涉及西方宗教世界的垂直结构。但丁升入天堂并不奇怪。但是在这里，我们读到了一次飞升，（诗人）追随着一位彩带飘舞的女神。但是忽然一个转折，下界出现，是一次入侵导致了可怜大地上的不幸。"李白的原诗是这样的："西上莲花山，迢迢见明星。素手把芙蓉，虚步蹑太清。霓裳曳广带，飘拂升天行。邀我登云台，高揖卫叔卿。恍恍与之去，驾鸿凌紫冥。俯视洛阳川，茫茫走胡兵。流血涂野草，豺狼尽冠缨。"如果了解李白的道教背景，米沃什应该不会感到诧异，因为游仙诗的"上天入地"在李白那里几乎是小菜一碟，再普通不过了。

在这里我们会发现，中国古代诗歌已经融入了米沃什个人，以及当代欧美诗人的趣味版图，在他们眼中，中国古代诗歌与现代诗歌，甚至是当代诗歌，没有本质上的差异，因为区别最明显的文本形式、韵律节奏都在翻译之时被无形地抹掉了。在某种程度上，这些经过翻译的古典诗歌比欧美的现代诗歌还要优秀，可以作为他们写作参照的一个典范。正如西川总结说，欧洲人和美国人从梦想出发，从异国情调出发来面对一种异己的，同时又可以拿来补充自己文化的中国古代诗歌。他们并不向中国古代诗歌负责，他们向他们自己负责——也就是说，从翻译过去的那刻起，他们就已将中国诗歌视为他们可吸收的、可作为其传统文化的一部分，相当珍贵的一部分，而从来没打算什么时候给中国还回去——站在世界文化的角度来看，中国诗的贡献无疑是无可替代的。

后记

基于整本书是一个讲故事的框架，我想在这篇后记里也讲述一下自己的故事。

大约在初中的时候，我读到一期《读者文摘》，上面刊载了关于马勒与中国诗的一篇文章，大意是马勒改编了一些中国古诗来作为《大地之歌》交响曲的歌词，由于文化时空的辗转腾挪，《大地之歌》来到中国演出时才发现，那些古诗歌词有一部分竟然找不到对应的原诗了。这个故事令我印象深刻，尽管现时已无从记起，到底当时读到的是哪一期《读者文摘》，到底又是哪几首古诗成为最终答案，这些显然不太重要了。重要的是，中国古诗的神奇经历带给我的趣味和震撼让我至今难忘，回味良久。

后来我成为一个诗人，写现代诗，常常关注外国的诗歌动态，也关注"中国古诗在海外"论题，并逐渐读到一些与"中国诗"相关的文章。由于当时还未学会在互联网上查阅研究论文，所以接触的资料相对较少，但也开始收集一些古诗译诗的回译，抄在本子里，不时拿出来比对着阅读，兴趣盎然。

自 2010 年起，我在《读库》上以每年大致一篇的节奏发表关于邮票文化的文章。写着写着，发现集邮已沦为小众爱好，除了邮票所承载的文化还具延展性之外，没法给我带来更大的写作满足。于是琢磨着改变方向，就这样"中国诗在海外"选题被重新拾起——我当时列出了整本书的写作框架。第一篇文章《中国诗的"哥德巴赫猜想"》，其实就是初中时代所读到的那个故事，我花费了不少精力来搜集旧报刊和网上的资料，以探案故事的形式将它重新演绎出来。不过令我感到遗憾的是，在这个过程里再也没见到当年读过的那篇文章，它就这样凭空消失了？

文章写完之后，我把它发给了读库主编张立宪老师。原稿中依旧配备了一些邮票插图，想着作为邮票专题的过渡。主编打电话过来问我，这篇算旧的邮票主题还是一个全新的主题？我的回答是新主题，并将整个写作框架发给他过目。然后，他就把邮票图片全部删掉，算是确立了全新的一个写作项目，不再与邮票产生瓜葛。

在写这本书的时候，有一点让我感触尤深：写作其实是文字繁殖与自我发酵的过程。比如有一章《中国古代诗人在西方》，在写作过程中越来越显得格格不入——大有"喧宾夺主，分家单过"的意味。分析个中原因，发现是叙述方式不一致所导致，整本书的大体框架采用讲故事的形式来推进，但在那一章，由于材料与内容的缘故没办法贯彻下去，唯有将它独立出来。

于是，我将它从书稿中抽出，再补充多位古代诗人的内容，作为一本小册子交由读库单独出版——这就是2023年底与大家见面的《李白来到旧金山：中国古诗的异域新生》一书。

另外，《汉诗典籍在西方》一章也被扩充两到三倍的篇幅，打算单拎出来作为《李白来到旧金山》的姐妹篇。如此一来，原先一本书的规划，变成现在的"三部曲"。至于作为主干的原书稿由于几个大坑等着填补，也就没有争当"领头羊"的必要了——这样反倒显得气定神闲，不急不慢，先是在《读库》上以《中国诗的"哥德巴赫猜想"》（读库2202期）和《秦妇吟传奇》（读库2401期）为题发表了前面两个章节，然后才接着《李白来到旧金山》成书出版。

而出版在前面的《李白来到旧金山》，得到了广大读者的厚爱，特别是诗歌圈的朋友给予了热烈的反馈和肯定，使我深受感动。当然，这本小书也背负了太多期望，因而显得有些不堪负重。毕竟，它只是一本小册子，内容单一，容量有限，许多论题未被收纳进来。我想，或许在《发明中国诗》这本新书里，可以部分满足大家对于中国诗的探奇，如果从中还能找到一点启发或增进一点兴趣的话，那真是让我感到无比的庆幸。

再次感谢大家！

中国诗的朝圣者

2012 年秋天，美国汉学家比尔·波特开始了中国古代诗人遗踪的探寻，计划用 30 天时间拜谒 36 位古代诗人的墓地、故居、祠堂或纪念馆。

山东曲阜是朝圣之旅的第一站，这是孔子的出生地，也是传说中孔子删《诗经》的地方。虽然孔子不是一位严格意义上的诗人，孔子"删诗"说也充满争议，但他对于《诗经》的保存和流传具有重要意义，让诗歌在中国享有极高的地位。所以波特认为，正是由于孔子，才催生了李白和杜甫两位诗人——为表达对孔子的敬意，二人还在曲阜完成了中国历史上两位最伟大诗人的又一次历史性会面。

波特谙熟中国文化，尤其对中国古诗颇有研究。此外，他还是一位翻译家，翻译出版了《寒山诗集》《石屋山居诗集》和《菩提达摩禅法》等英文译作，翻译的时候他使用了一个相当中国化的笔名：赤松。

波特 1943 年出生于美国洛杉矶，1970 年进入哥伦比亚大学攻读人类学。他学人类学，并不是为了学问，而是为了研究这一辈子应该怎么过，真理是什么？他想多了解不一样的人，比较中国人、法国人、日本人……各个地方用什么不同的方法过这一辈子——"这辈子这么重要，我要研究一下"。

那时候，由于他没有钱，必须申请奖学金。其中有个奖学金需要学习一种冷门的语言，正好他看了一本关于禅宗的书，让他无意中窥见了"禅"。于是他便选读了中文，从而顺利拿到奖学金。波特后来笑着说，其实一开始他对中国文化没什么兴趣，学习中文完全是为了钱。

不过，也正是这个机缘，让他彻底爱上了中国文化。

在哥伦比亚大学，波特一边读人类学课程，一边学习中文。对于他来说，中文很难，中文老师还很凶，让他吃尽了苦头。有一天下课后，中文老师对波特说，她所教的学生都是最好的学生，而他不是，希望他能离开。但波特告诉老师，他不能走，因为拿到奖学金的条件是必须上完她的课。最终，他成了24个学生当中坚持留下来的四个人之一。为此，他经常叹谓摊上中文，完全是由于自己的命不好。

两年后，波特遇到了来美国弘法的寿冶和尚。寿冶教他打坐和修行，让他从此渐渐迷上中国文化。后来，他觉得佛教思想比人类学更深刻，打坐也比读书好，遂放弃了正在念的博士课程，带着身上仅有的两百美元来到中国台湾，在佛光山的一座寺庙中修行，过起了暮鼓晨钟的隐居生活。

当时，波特修行的部分内容就是中国古代文化，包括诗歌、佛经和道家的书籍，波特还把这些书翻译成了英文。波特说他当时看破了美国文化，想要寻找真理，但他觉得美国文化无法带他探寻到那个真理，于是便开始看禅宗的书以及孔子的书。尽管深奥，对他却十分有帮助。然后，他又读中国的诗，发现中国人很了解"心"的这个东西，那个时候他突然醒悟——"原来真理就在心里面"。

也就是从那时起，他开始翻译寒山的诗歌。在翻译时，他觉得自己需要一个具有中国味道的名字。有一天，他看到一个广告牌，上面写着"黑松赤水"的字样。这给他带来了启示——他一直喜欢松树，又联想到红色是中国人喜欢的颜色，于是他便用"赤松"来作为自己的笔名。不过他只在翻译时才使用这个名字，当他写作时，使用的仍是自己的本名。

1983 年，赤松出版了英语世界首个《寒山诗集》全译本，引起欧美学界的极大反响。这是继加里·斯奈德翻译寒山的诗之后，寒山又一次受到人们的关注。赤松个人相当推崇寒山的诗，在 2000 年修订出版的《寒山诗集》（中英文对照版）序言中，他不无感慨地写道：

> 如果中国的文学评论家要为自己国家过去最伟大的诗人举行一次茶会的话，寒山可能不会在众多被邀请之列。然而受邀的那些诗人却与中国的庙宇和祭坛无缘，但寒山的画像却能被供奉于众多神仙与菩萨当中。

可见寒山在他心目中的地位。在波特眼中，寒山是一名真正的隐士，一位朴素的英雄，追求自由，归于本我。波特认为隐士与宗教修养相关，隐士就是中国宗教方面的博士。

无题

〔美〕比尔·波特

人们询问去寒山的路
但没有公路抵达那里。
在夏天，冰不会融化
而且早上，雾太浓了
像我这样的人是怎么来的？
我们的思想不一样
如果彼此也是一样的
你也会在这里。

|原诗| 无题

〔唐〕寒山

人问寒山道，寒山路不通。
夏天冰未释，日出雾朦胧。
似我何由届，与君心不同。
君心若似我，还得到其中。

　　为了真正了解中国的隐士精神，看看中国当代社会到底还
有没有像寒山一样的隐士存在，1989 年，波特和朋友结伴到
终南山进行寻访，一共实地采访了 30 多位当代隐士。最终，
他发现隐士传统不仅存在得很好，而且是中国社会很有活力的

部分。他觉得必须把这个情况介绍给世人，遂将这些隐士的生活状态一一记录进《空谷幽兰》一书当中。"自古以来，隐士就那么存在着……在城墙外，在大山里，雪后飘着几缕孤独的炊烟。"在波特几近白描、简洁洗练的文字底下，呈现出终南山苍翠清新的面貌以及隐士们清贫却脱俗的生活，令人为之神往。

《空谷幽兰》中文版于2001年出版，受到读者的热烈欢迎，一时洛阳纸贵，成为畅销书。《空谷幽兰》几经重印之后，迄今为止已发行了20多万册，版税收入大大改善了波特的生活。为此，他感到惊讶，也心怀感激。他说："在我的书被翻译之前，我在美国卖书的收入很少，不得不依靠（政府发放的）食品券来养活自己。如果我买酒，也是5美元一瓶的那种。现在我可以买15美元一瓶的酒了。在中国拥有如此多的粉丝让我可以免除债务，并在我的孩子需要钱时帮助他们，所以我要感谢中国读者。"

1991年，波特从黄河入海口一路上溯至黄河的源头，展开了一次探寻中华文明起源之旅。此时，他已从台湾搬至香港，香港广播电台邀请他录制一个节目，每次两分钟，用英语讲述他旅行途中的故事，大受听众追捧，一做便是两年多，一共制作了1100多期节目。

回到美国之后，他将这些节目整理成一本书，就是后来出版的《黄河之旅》。在这本旅行笔记中，波特从一个外国人的视角，对黄河沿岸的重要历史遗迹和自然景观进行了观察，展现了黄河流域的风土人情和古今变迁。

2006 年，已过花甲之年的波特重新出发，途经北京、太原、洛阳、合肥等城市，拜谒了佛教禅宗六代祖师说法讲经及圆寂的道场，并据此写了新书《禅的行囊》，书中他结合自己的行程，细细地讲述了六位祖师的生平，及其禅法的精神和传承过程，展示了中国佛教多年来的发展变化。

书中，波特写下了自己对禅宗的修行体悟。对于什么是禅，波特是这样回答的："在禅宗里，我们不停地问，谁在念佛。我们所想的一切就是，佛号从哪里升起来的。我们不停地问，直到我们发现自己出生以来的本来面目，这就是禅。"

至于翻译，波特认为那是他修行的一种方式。也正是在台湾修行的寺庙里，住持给了他一本寒山的诗集，自此，他就与中国诗以及翻译结下了不解之缘。翻译到后面他才发现，文字只是表面的东西，而真正重要的是"心"——释迦牟尼的心，陶渊明的心。"翻译让诗人的心和我的心连接在一起，大家变成了知音朋友。"所以他觉得翻译是一种修行之道，可以一直修行到没有文化、没有语言的境界。

无题

［美］比尔·波特

我见到所有的人
为一切而争斗。
有天他们突然死了
所有人得到的只是一些土地。

四英尺宽

八英尺长

如果你能停止争斗

我会把你的名字刻在石头上。

| 原诗 | **无题**

〔唐〕寒山

我见世间人，个个争意气。

一朝忽然死，只得一片地。

阔四尺，长丈二。

汝若会出来争意气，我与汝立碑记。

在《禅的行囊》一书中，波特如此总结翻译的意义：

他（父亲）在信里说：你是不是该考虑干点有意义的事情了。不久之后，我搬出寺院，开始翻译佛经和中国古诗。三十年后的今天，我仍然没找到比这个更有意义的事情。

除了翻译之外，如果真要说有个事情对波特的意义重大，那就是 2012 年开始的"寻访 36 位中国古代诗人遗踪"的旅程。此时波特年近七旬，但他并没有停下脚步，他要用寻访的方式来致敬心中所钦佩的那些诗人：李白、杜甫、白居易、韩愈、欧阳修、苏东坡……

对于他来说，这是一次文化朝圣，纵然他意识到，这更是一趟名副其实的"寻人不遇"之旅。

朝圣之旅：36 次"寻人不遇"

30 天时间，穿越数个省份，跨越 7 个朝代，拜访 36 位诗人的诗歌朝圣之旅，对于一位接近古稀之年的外国老人来说，确非易事。舟车劳顿、行程紧凑不说，就算做足了攻略，临到现场也有找不到的地方，毕竟一千多年过去，诗人当年的留迹之处早已面目全非。

波特的行囊很简单，一台相机、几件换洗衣服、一沓译诗稿，此外，还必须带上两瓶威士忌，和三只从北京报国寺跳蚤市场淘来的杯子，是那种中国人用来祭祖的酒杯。对此，波特解释说：一，中国人喜欢用酒来纪念他们逝去的亲人，这是入乡随俗；二，中国古代诗人都喜欢喝酒，酒在一定程度上激发了他们的诗歌创作；三，带上威士忌是他觉得，这些古代诗人从没品尝过用玉米或黑麦酿造的酒，让他们尝尝异国风味想必会带来不同感受。

另外，这两瓶酒价格不菲，今天的市价每瓶高达 3000 美元，贵得令人咋舌，几乎花光了波特这次中国之行的最后一笔赞助费，但也反映了波特的重视程度。分享如此美酒是他向诗人们致敬的一种方式，与自己敬仰的诗人对饮一杯，也是这次旅程的一个重要仪式。

第一站是曲阜，由于他做足了功课，没有参观拥挤的孔庙，径直去了孔子的出生地尼山，在那里看了看孔子读书和讲学的旧地。然后去拜谒了洙泗书院，相传那里是孔子删改《诗经》的地方，对他来说意义重大。

他还专程去寻访李白和杜甫举杯夜话的石门山，在山上一边观景，一边想象两位伟大诗人会面时的情形。"在这些地方，你会感受到你是真正在和古人对话。"在亭子的石桌上，波特摆上三个杯子，满上三杯烈酒，并邀来清风和夕阳，开始了敬酒仪式：一杯敬李白，一杯敬杜甫，一杯给自己。

最后，还不忘调侃一下同来的司机，"只能闻闻酒香了"，因为他还要开车。

在济南，波特到访李清照纪念堂，听到蔡琴演唱李清照的《如梦令·常记溪亭日暮》。波特说他很喜欢"婉约"这个词，汉语里的意思是委婉含蓄，"优雅得恰到好处"。他如此理解这个词，足见他对中国诗词有相当深入的研究。之后，他去了辛弃疾纪念馆。但在那里，波特没有找到合适的地方来拜祭辛弃疾，于是决定存下这杯酒，准备将来洒在其千里之外的坟前。

曹植墓在鱼山，是被官方认定的陵墓，神道两边立有一系列石柱和石雕，透出王侯气象，或许是已成为文物保护单位的墓园缺少了一些诗意，波特又让司机驱车四小时来到通许的"七步村"，民间传说那里才是曹植真正的埋骨之地。

那时，已临近黄昏。波特给曹植敬了一杯威士忌，也敬了一杯给管理员。"他一饮而尽，两眼充满惊讶与喜悦，并不时地舔着嘴唇，这是一种认可。"波特向村民讲述他此行的目的，是为了和他喜欢的诗人对饮。有人说这有什么用呢，他们都死了。可波特不这么认为："生命到底是为了什么呢？"为此，他滔滔不绝地向村民们演说，直至夜幕降临方休。

在开封尉氏县的一个小村里，波特找到了阮籍墓。"表面上看，阮籍的诗简净明晰，但如果考虑到他的寓意，就不会这么认为了。"波特觉得阮籍是复杂的、纠结的，光祭一杯酒、诵一首诗还不够，于是他在阮籍墓前吟诵了《咏怀》中的两首诗。

在郑州市下辖新郑市一个村庄的"白居易小学"里，波特找到了一处白居易的遗迹，现在仅剩一个牌子，上面写着诗人的事迹和两首诗，其中一首是《草》，另一首是《宿荥阳》。由于在校内不宜敬酒，所以波特没有拿出酒杯来。

离此处不远的辛店镇有欧阳修纪念馆，他的墓也在这里。当年皇帝下诏将他迁葬于此，为的是方便凭吊，欧阳修当时的地位可见一斑。接着，波特又马不停蹄地去了河南郏县，那里的三苏园安葬着苏轼父子三人。

随后，他去了洛阳，想找到孟郊之墓，但费尽周折也没有找到，只能转而拜谒孟州市的韩愈之墓。韩愈墓显得富丽堂皇，由一座大殿和几间展厅围合在一起，中间矗立着韩愈的雕像，犹如皇陵一般。这种状况让波特感叹不已，虽然孟郊在诗歌史上与韩愈齐名，但死后两个人的待遇却有着天渊之别。他在韩愈墓前倒了三杯酒，一杯给韩愈，一杯给孟郊，一杯给自己，也算是一份慰藉。

白居易的墓也被围了起来，建成一个小花园，对外售票。波特以前来过多次，所以轻车熟路地逃了票，走的时候还半示威半和解地向那个女售票员挥了挥手，让人看到他可爱的一面。

从洛阳出发，往博爱县走，在许良镇的玉米地里有个墓碑，那是李商隐之墓——46岁去世的李商隐就静静地躺在故乡的玉米地里。

而他的另一座墓就气派多了，坐落在郑州市荥阳东部310国道和中原西路之间的"李商隐公园"内。入口处有一座石刻浮雕，雕着他弹琴的样子，旁边写着"锦瑟"二字。浮雕后面有一块巨石，上面刻着他的生平简介。巨石后面是他的墓，墓冢东低西高，呈棺木状，东西长约10米，南北宽也约10米。

相信李商隐也没想到，自己的陵墓会有如此排场吧。

从公园出来，波特沿着310国道向东而去，离国道不远就是诗人刘禹锡的墓地，由于时间关系，波特未能停车拜祭刘禹锡，只能摇下车窗，对着扑面而来的秋风，吟诵起刘禹锡的《秋风引》："何处秋风至？萧萧送雁群。朝来入庭树，孤客最先闻。"以此表达对诗人的敬意。

有时候，波特会在一天之内遇到好几位诗人。

在西安，他接连看了王维、杜牧和韦应物的墓。王维的坟墓，在离西安70公里的一座山里面，现在坟墓不见踪影，可能被人平掉了，但他故居前的树木还在，根深叶茂。杜牧的墓成了一个土坑，里面堆满了垃圾。波特不无感慨地说道："我所拜访的诗人们的墓地彼此之间竟有那么大的区别。有的简陋，有的宏伟，有的已经变成农人耕地，而有的则成了乡村垃圾场。但他们的诗歌却流传了下来，在那些甚至没有什么文化的农人的明灭烟火里鲜活着。那些诗并不会专属于富商或者高官，诗歌可以超越财富和权力，它直入人心，甚至能让人达到一种忘我的境界。"

波特接着去了四川，李白和杜甫的人生脚步都曾停留于此，他当然不会错过。

四川江油青莲镇是李白成长的地方，诗人30岁时曾经写过一首诗《答湖州迦叶司马问白是何人》，讲述自己的生平："青莲居士谪仙人，酒肆藏名三十春。湖州司马何须问，金粟如来是后身。"

游历过成都著名的杜甫草堂后，波特在公园的书店里买到三卷线装木刻版杜甫诗集，让他兴奋不已。他感觉诗歌的排版和印刷就该如此：字大，而且有很多空间任由目光和思想驰骋，"字里行间有一幅浓墨山水在薄雾中若隐若现，最后消失在思绪的尽头"。杜甫还有另一座草堂，位于成都东北一百五十公里的三台县。为躲避战乱，杜甫曾在梓州（今三台县）避难，一住就是一年零八个月，写下140多首诗。

波特还去了四川遂宁市的射洪市，那里是唐代诗人陈子昂的故乡，遗留有陈子昂的读书台，而他的墓则坐落在村中小学里面，覆满了墓草，满目萧然。波特说陈子昂在诗中没有提到酒，不知道他善不善饮，但他当时只有酒了，唯有斟满一杯来敬他。陈子昂去世六十年后，杜甫在他的《送梓州李使君之任》一诗中写道："遇害陈公殒，于今蜀道怜。君行射洪县，为我一潸然。"从他的诗来考证，杜甫曾经到过陈子昂的读书台，忍不住"潸然泪下"，但是否来过这个墓地就不好确定了。

在距离成都百余公里的安岳县，有另一位唐代诗人贾岛的墓。

从贾岛的诗歌来看，他似乎不怎么喝酒，波特认为这与他所受的佛门戒律有关。不过，他还是给贾岛和自己各倒了一杯酒，然后读了一首贾岛的《病蝉》，完成一次颇有仪式感的祭奠。涪江西岸以北二十公里处有一条长江坝村，坝上屹立着一座贾公祠——贾岛已然取代了土神，成为当地人眼中的保护神，每逢十五或节庆接受周围居民的香火供奉，这显然超出了一位诗人的待遇。

从四川出来后，波特经三峡来到白帝城，这里是杜甫淹留两年的地方，也是李白出发的地方。从白帝城到宜昌，这是欧阳修释放自己的地方，他在这里写下"迁客初经此，愁词作楚歌"的诗句。当时欧阳修被贬至这里，就索性在此游山玩水，好不畅快。

从宜昌再去襄阳，这是孟浩然停留过的地方。为了纪念他，人们在襄阳的鹿门寺旁设立了一座衣冠冢。墓碑两侧各刻有一首诗，一首是李白的《赠孟浩然》，另一首是王维的《哭孟浩然》："故人不可见，汉水日东流。借问襄阳老，江山空蔡州。"蔡州是襄阳以南汉江中的一个沙洲，后来被水冲走了。王维为什么要在诗中提到这个地方呢？这让波特百思不得其解。后来，他在寻访谷隐寺的过程中突然省悟过来：孟浩然真正的墓地就在汉江中央的沙洲上，而那座沙洲现在已经消失了。作为朋友，王维当然知道孟浩然葬于何处，后来他的墓碑被送到寺里，是由于汉江冲毁了他的墓地只剩下墓碑的缘故。

解开这个谜团，让波特快乐了一整天。

再接着，波特去了黄冈。1079 年，苏轼被流放黄州（现黄冈），后耕作于东坡，"苏东坡"的名号由此而来。黄冈还有一座赤壁，苏轼就在那里留下了文学史上的名篇《赤壁赋》。在赤壁，波特用黑麦威士忌代替了先前的波本威士忌，"我觉得苏东坡会喜欢这种 64 度琼浆所带来的梦幻效果，而且味道也不错"。他把酒洒在赤壁前面的池塘里。

黄冈之后，波特又来到湖南汨罗，屈原在这里有 12 座高大的墓冢——之所以建这么多墓地，无非就是为了防盗。

随后，波特从湖南来到江西，与谢灵运、黄庭坚、王安石相遇，不远处还有辛弃疾在等他到来。紧接着，波特前往安徽的当涂县寻找谢公祠和李白之墓。安徽宣城有个非常出名的景点敬亭山，李白曾经写道："众鸟高飞尽，孤云独去闲。相看两不厌，只有敬亭山。"美国翻译家萨姆·哈米尔将它翻译成英文，引起英文世界的巨大反响。从中可以看到，咱们熟悉的李白以一种全新的面貌进入到英语的语境中去，变得更加开阔与隽永——

敬亭山

[美]萨姆·哈米尔　译

众鸟已然消逝进天空。
现在最后的云朵飘走。

我们坐在一起，山岭和我，
直到只剩下这山岭。

（西川　回译）

　　李白晚年到当涂县投奔他的族叔李阳冰。李阳冰时任当涂
县令，是一个有着极强文学鉴赏力的人，最终成为侄子的遗稿
保管人。

　　当涂的李白墓如今成了一座公园，周围有池塘、桥梁、展
厅和花园环绕，匹配他大诗人的身份。在李白的墓前，波特想
起二十年前他第一次来拜谒时见到的情景：

　　　　之后，有二十四个日本人排着队来了，他们在绿草
　　覆盖的李白墓前一字排开，就像军人列队一样。我们有点
　　莫名其妙，不知道这是怎么回事。只见其中一个人走到墓
　　前，点上蜡烛和香，然后又重新回到队列中，和大家一起
　　齐声高唱李白的诗歌。后来我才得知，原来他们是日本致
　　力于研究唐诗的俱乐部成员，需要指出的是他们当时是用

古代唐朝的方言来唱诵李白诗歌的。蜡烛和香燃烧之时，俱乐部的领队以唱诵李白生前的最后一首诗《临路歌》结束了整个表演。在《临路歌》里，李白把自己比成大鹏鸟，一个完全自由的精灵。他还提到了中国人相信的太阳起于扶桑，以及孔子认为麒麟"出非其时世道将乱而大哭"。这首诗的形式和线条与屈原的诗歌极其相似，同时也证明了李白以诗直面死亡的决心。当然，我们也能感觉到他写这首诗的时候已经上气不接下气了。

大鹏飞兮振八裔，中天摧兮力不济。

余风激兮万世，游扶桑兮挂石袂。

后人得之传此，仲尼亡兮谁为出涕？

当歌手唱到最后一句的时候，他的声音开始变得沙哑，而最令人奇怪的是竟然下起雨来，就好像老天在哭泣一样，接着整个队伍在墓前鞠躬，最后鱼贯而出。他们一走，我们就坐在了墓前潮湿的草地上，实际上雨不大，洒在身上很舒服。我们随身带了啤酒，开瓶以后，每个人都喝了一口，然后把剩下的洒在了墓碑上。如果说有某个诗人喜欢喝酒，那么你肯定会想到李白。

原来在所有仰慕者的心中，他们要表达的情感都是一致的：热烈、虔诚、不远万里只为献上内心由衷的一曲……波特不得不承认，这是对中国诗的最高致意。

当然，他的诗人朝圣之旅也是。

在旅途中，波特展现出来的坚韧、执着和热诚，还有对诗词与掌故的稔熟于心，都是对中国诗最好的回应。在波特看来，这也是他的修行之旅：朝圣并不是去向先人敬酒献花——他们哪里会稀罕这些东西？而是在这个过程中洗涤滋养自己的灵魂。同样，拜佛也不是给佛什么好处，而是去感受佛法的慈悲，进而改变自己，所谓求佛即是求己。

至此我们才明白，为何波特在面对临时涨价的出租司机或者态度不好的守门人时，可以那么从容地化解——他的旅行就是修行。

从当涂出来，波特又去南京看了王安石之墓，去苏州拜访范成大故居，然后从苏州往湖州探访皎然禅师和石屋禅师的道场。在旅行路上，波特不断修改石屋禅师诗集的翻译——《石屋山居诗集》是继《寒山诗集》之后，他所翻译的第二本禅诗集。

随着旅行进入尾声，他的修改工程也宣告完工。

之后在杭州，波特遇见了苏轼、白居易和林逋；在绍兴，遇见了陆游，虽然没有找到陆游墓，但他还是觉得完成了当天的朝拜任务。在游览了一遍谢灵运的家乡之后，波特来到浙江天台山的国清寺，寻访了寒山和拾得隐居的岩洞。

寒山是波特第一个翻译的诗人，此次旅行以他作为最后一位拜谒的对象，似乎是冥冥之中注定的事——至此，为期 30 天的诗人朝圣之旅宣告结束。

两个灵魂的隔空对话

要把 30 天的行程浓缩在一篇文章里讲述，当然会让波特显得疲于奔命，在旅途中不断地倒腾、转车，也会让读者觉得如同走马观花；各位诗人的踪迹穿插交织，纠缠于一起，犹如一首错综复杂的长诗，组成了多声部的合奏。

如果将某位诗人的寻访轨迹独立出来考察，我们就会发现，波特的寻访线路显得缜密而细致，处处展示出其对中国文化的了解之深。那么，我们就以苏轼与陶渊明为特例进行一次单线复盘吧，因为在这次旅程之外，波特还单独展开了一次"和诗之旅"，讲述的就是这两位诗人隔空对话的历程。

在朝圣之旅的第四天，拜谒完欧阳修墓之后，波特去了郏县，在路牌的指示之下找到了"三苏园"。"三苏园"，顾名思义，就是宋代大文学家苏洵、苏轼、苏辙父子三人的归葬地。它坐落在郏县的小峨眉山下，当时苏轼觉得这里的水土风情与故乡眉山很相似，遂有归葬于此的打算。

三苏园很大，墓前是成排的古松和石像，墓地里，三座土丘一字排开，中间是苏洵的衣冠冢，苏轼与苏辙的墓分列于两边，墓前皆设有案台。在现实中，三父子聚少离多，感情却相当深厚，有不少诗词唱和。苏轼去世后，苏辙与苏轼的儿子苏过决定遵从他的遗愿将他安葬于此。十一年后，苏辙去世，于是他们兄弟俩在此团聚。后来，人们将苏洵的衣冠冢也设于园内，由此这里成了著名的"三苏坟"。

"三苏园"是扩建之后的景区名称。

波特拿出三个酒杯，在三座坟前各放了一个，然后诵读了苏东坡两首诗，其中一首叫《江上看山》，是他早期的作品：

船上看山如走马，倏忽过去数百群。

前山槎牙忽变态，后岭杂沓如惊奔。

仰看微径斜缭绕，上有行人高缥缈。

舟中举手欲与言，孤帆南去如飞鸟。

黄州对于苏轼来说，也是生命中十分重要的一个地方。在这里，他由"苏轼"正式变身成为"苏东坡"。黄州有个苏东坡纪念馆，位于遗爱湖公园东侧。"纪念馆很新，以黑白为基本色调，具有宋代建筑的优雅之风。里面的陈设也很新颖，没有那种让人看腻了的玻璃柜，进去以后让人眼前一亮。"这是波特的参观感受，由此他断定，这里的负责人一定参加过博物馆方面的专业培训，懂得将重点放在实景模型和视听效果上。

大厅里循环播放着邓丽君演唱的《但愿人长久》，歌词出自一千多年前的苏轼之手，就是那首著名的《水调歌头》：

明月几时有？把酒问青天。

不知天上宫阙，今夕是何年。

我欲乘风归去，又恐琼楼玉宇，高处不胜寒。

起舞弄清影，何似在人间。

转朱阁，低绮户，照无眠。

不应有恨，何事长向别时圆？

人有悲欢离合，月有阴晴圆缺，此事古难全。

但愿人长久，千里共婵娟。

公园门口那幅巨大的石雕《赤壁赋》，提醒波特要去长江边看一看赤壁。

赤壁位于黄州城西，以前可以俯瞰长江，但由于建造了大坝，长江的水位往上抬高二十米，赤壁如今显得不那么陡峭了。赤壁与大坝之间，现在多了一个池塘。波特在赤壁对面靠近岸边的岩石上摆好三个杯子，然后往杯子里倒满洋酒，向苏东坡作了一次诗人的祭献。

此时，天空开始下起细雨，一切都在细雨中新生，柳枝泛绿，枯荷焕新，正如一千多年以前的苏轼，一下参透了生死，变成更为乐观与阔达的苏东坡。

这就是黄州对于苏轼的意义所在。

苏东坡的遗迹再次出现在波特的旅程当中，已经是这段旅程的末端了。在第二十七天的行程中，波特为我们描绘了那个属于苏东坡的西湖：

> 虽然有雾，但无须带伞。只是我需要穿一双胶鞋，毕竟走过花叶草甸，帆布鞋还是会被露水打湿的，经过一番精心准备之后，终于上路了。沿途有两处大的旅游景点：岳王庙——用以纪念宋朝伟大的抗金英雄岳飞；另一处是苏堤，它连接西湖南北两岸，在上面无论是步行还是骑车都是一种享受。而我却要沿着湖边朝城西走。西湖很美，但我更喜欢它若隐若现的样子，那天早上就是这样一个情景。走过不算长但历史却很悠久的西泠桥，我来到孤山岛。直到现在，那里依然是很多喜欢独居者的首选之

地。在那里诞生的诗歌比方圆千里范围内任何一个地方都要多。

在被激发出创作灵感的众多诗人中，苏东坡就是其中一位。1017 年冬日的一天，苏东坡骑马从西泠桥上经过。由于反对王安石变法，苏东坡被贬至偏远地区任职。但是他和当时的宰相交好，所以只是略作惩戒，贬为杭州通判。一天晚上，他游历孤山岛之后，就创作了这首《腊日游孤山访惠勤惠思二僧》：

天欲雪，云满湖，楼台明灭山有无。
水清出石鱼可数，林深无人鸟相呼。
腊日不归对妻孥，名寻道人实自娱。
道人之居在何许？宝云山前路盘纡。
孤山孤绝谁肯庐？道人有道山不孤。
纸窗竹屋深自暖，拥褐坐睡依团蒲。
天寒路远愁仆夫，整驾催归及未晡。
出山回望云木合，但见野鹘盘浮图。
兹游淡薄欢有余，到家恍如梦蘧蘧。
作诗火急追亡逋，清景一失后难摹。

这是波特这段"诗人朝圣之旅"当中几处苏东坡遗踪。当然，关于他的足迹还有不少，波特在后来的"和诗之旅"中继续追寻了苏东坡在扬州、惠州、儋州等地的足迹。东坡曾自评说："问汝平生功业，黄州、惠州、儋州。"如果将这几段旅程连接起来，我们会发现，它们刚好构成了一个完整的闭环，把苏东坡宦游生活的轨迹描绘了出来。

那么，为什么会有"和诗之旅"呢？

那是因为波特在中国的时候曾得到一本《和陶合笺》，发现苏东坡居然给陶渊明的每一首诗都写过和诗，对于他来说，这是一个极大的惊喜——他看到了一位千年前的大文豪和一位一千七百年前的偶像诗人穿越时空的对话。"这是多么神奇和动人的灵魂撞击啊！"在查找一番资料之后，波特决定实地去探访苏东坡写和陶渊明诗的踪迹与心境，听听当地人讲述文献典籍之外的苏东坡故事。

于是，他在 2017 年 5 月 3 日这天启程了，第一站便是扬州。

苏东坡 1092 年在扬州任知州，在这里，他开启了和陶诗的篇章。为纪念恩师欧阳修，苏东坡在欧阳修修筑的平山堂旁边，修建了谷林堂，名字取自其诗句"深谷下窈窕，高林合扶疏"。到访谷林堂的波特，看到中堂对联写着的就是这两句诗。对联前的条案上，置有赤壁怀古意境的盆景。两侧陈列室布展讲述苏东坡的生平，重点介绍他在扬州的文学成就和政绩。墙上挂着多首他的《和陶饮酒》诗，这是他在扬州写下的很有代表性的作品。

在 415 年左右，陶渊明写了二十首《饮酒》诗。近七百年后的一天，苏东坡与客人饮酒过午时，待客人走后，他便拿起纸笔一口气和了陶渊明《饮酒》诗二十首。在这些和诗中，苏东坡表达了对陶渊明隐居生活的向往，但他内心又充满矛盾，既想归隐又不忍放弃仕途，因而在出世与入世之间纠结不已。

《饮酒》之一
〔晋〕陶潜

衰荣无定在，彼此更共之。
邵生瓜田中，宁似东陵时！
寒暑有代谢，人道每如兹。
达人解其会，逝将不复疑。
忽与一樽酒，日夕欢相持。

《和陶饮酒》之一
〔宋〕苏东坡

我不如陶生，世事缠绵之。
云何得一适，亦有如生时。
寸田无荆棘，佳处正在兹。
纵心与事往，所遇无复疑。
偶得酒中趣，空杯亦常持。

波特一行是在大明寺圣万法师的带领下参观平山堂和谷林堂的。临别之时，波特拿出《禅的行囊》一书请圣万法师代为转交能修方丈，此时方丈身在日本弘法。圣万代方丈谢过波特，并向他要了美国家中的地址。

待波特结束行程回到家中，他见到了能修方丈寄给他的书法——正是苏东坡在扬州写的第一首《和陶饮酒》诗！

第二站是惠州。波特首先来到了合江楼。合江楼是官驿，即官营的高级招待所，用来接待过往的官员。当年被贬的苏东坡在惠州码头上岸，受到太守詹范的礼遇，安排他在合江楼官驿住下。后来合江楼毁于战火，2006年惠州政府另址重建，成为目前钢筋混凝土结构、九层楼高的仿古建筑，看起来十分宏伟壮观。

苏东坡在合江楼住下数天之后，消息传到京城，章惇下令将苏东坡赶出官驿，食宿自理。苏东坡只好寄住在嘉佑寺中。嘉佑寺是一座破庙，地处偏僻的城外，要坐船渡河才能到达。里面环境也很差，到处杂草丛生，虫蛇出没，可以想象当时苏东坡的居住条件有多恶劣。

嘉佑寺现在位于东坡小学的校园中央，由于建筑年代久远，最近一次修葺是在清末年间，又加上有白蚁侵蚀，所以学校不再使用这座建筑，而且为了学生安全，还用护栏把它封闭了起来。

波特他们穿过护栏，进入到寺庙里面去，犹如穿过了一条"时光隧道"，让他慨叹不已。不过，听说政府计划对它进行大修，到时还会在寺内竖起苏东坡的铜像，毕竟因为苏东坡，这个建筑才得以保留上千年之久。

离开嘉佑寺，波特一行驱车沿江东行，来到东江南岸一个小山坡上。这里叫白鹤峰，其实只是个十多米的小高地，苏东坡在惠州自建的居所就坐落于此，后来改建成东坡祠。抗战时期，东坡祠毁于炮火，此后原址之上建起了医院和卫生学校。波特1999年曾经来过这里，那时政府已将卫校迁走，准备重建东坡祠，将它开发成一个重要的文旅景点。

重修时，工匠们运来了上好的石材和进口的东南亚原木，并采用传统的手工艺来进行修建。波特被这种工匠精神所感动，暗暗替苏东坡感到高兴。不过，他又担心建得太过豪华，偏离了东坡原先那种清贫寒舍的模样：

> 山坡上这块地有半亩多点儿。苏东坡根据前宽后窄的地形而设计建造了二十间房，并将书房命名为"德有邻斋"。房子盖好，已别三年的长子苏迈带着自己和苏过的妻儿们从宜兴远道而来，跟苏东坡和苏过团聚。次子苏迨善诗文，留在宜兴家里准备科举考试，打算考完之后再来岭南跟大家会合。"子孙远至，笑语纷如"，苏东坡在《和陶时运四首并引》中欣慰地写道："丁丑二月十四日，白鹤峰新居成，自嘉佑寺迁入。咏渊明《时运》诗云：斯晨斯夕，言息其庐。似为余发也，乃次其韵。长子迈，与余别三年矣，挈携诸孙，万里远至，老朽忧患之余，不能无欣然。"

可惜好景不长，苏东坡刚刚搬入新居两个月，就被再度贬去海南，白鹤峰新居则由长子苏迈携带家眷留守。直到4年后遇到大赦，留守白鹤峰的家属才随苏轼北上。

波特一行随后拜谒了位于惠州西湖景区孤山上的朝云墓。

王朝云是苏东坡的侍妾，也是他人生的知己，在苏东坡贬谪的艰难岁月里一直追随着他，可谓生死相依。来惠州三年后，王朝云因不适应岭南的气候得病而殒，去世时才三十四岁。苏东坡将她葬在西湖畔的山林里，并写了多篇诗文来悼念她，其中一首是和陶渊明诗《和陶和胡西曹示顾贼曹》：

> 长春如稚女，飘飖倚轻飔。
>
> 卯酒晕玉颊，红绡卷生衣。
>
> 低颜香自敛，含睇意颇微。
>
> 宁当娣黄菊，未肯姒戎葵。
>
> 谁言此弱质，阅世观盛衰。
>
> 頩然疑薄怒，沃盥未可挥。
>
> 瘴雨吹蛮风，凋零岂容迟。
>
> 老人不解饮，短句余清悲。

王朝云的形象在这首诗中得到了再次强化，足见她在苏东坡心中的地位。在朝云墓前，波特把酒献给她，感谢她作为苏东坡的知音，陪伴他度过南贬的岁月。波特还吟诵了朝云临终时所诵的《金刚经》选段："一切有为法，如梦幻泡影，如露亦如电，应作如是观。"波特将她视为慈悲甚至伟大的女性。

波特他们来到儋州时已经入夏，清晨就已热气腾腾。首先要拜访的是位于中和镇的东坡书院。苏东坡抵达儋州不久，便与军使张中一同拜会了儋州当地逸士黎子云。大家相谈甚欢，并不觉得苏东坡是被贬谪，而是朝廷在送"学"下乡啊。于是大家提议，集资在黎子云的旧宅基地上建屋供苏东坡讲学之用，以振一方学风。

"载酒堂"于次年落成，苏东坡在这里收徒讲学，吟诗会友，吸引了众多慕名而来的学子，使这片未开化之地遍吹文化之春风。果然几年之后，海南破天荒地出了第一位举人，后来更出了第一位进士，这些都是苏东坡办学的硕果，真是应验了那句话："东坡不幸海南幸"。

波特在载酒堂"一代传人"的横匾下向东坡先生敬酒，表达对东坡的敬仰之情。这次，他选用了苏东坡在儋州酿制的天门冬酒。而酿酒的井水，来自载酒堂东园的"钦帅泉"，也称"酒井"。

苏东坡还在各地打了多口"东坡井"，改善当地人的饮水条件。

苏东坡刚到儋州时，先住在张中安排的官舍里，后又被朝廷驱逐，只能自己盖茅屋来居住，命名为"桃榔庵"。桃榔庵遗址现在坡井村另一边，仅存一块康熙时期重修的石碑。

波特还拜谒了苏公祠，但苏公祠不在儋州而在海口。人们为纪念被贬谪来琼的苏东坡而建，始建时间为明万历年间。苏公祠正厅陈列着苏东坡、苏过和学生姜唐佐的牌位。姜唐佐就是海南第一位举人。

东坡塑像矗立在大厅中央，一派气定神闲的样子，令人敬仰。缅栀子花开满庭院，香气缭绕，四季流芳。波特拿着天门冬酒，来到苏公祠外的流芳桥上，把酒全倒入了巴伦河，以此致敬东坡先生。

在海南，苏东坡写下了最后一首和陶诗：《和始作镇军参军经曲阿》。陶渊明原诗写他三十六岁就任镇军将军的参军一职时所流露出来的矛盾心情，在出仕与归隐之间，连陶渊明也有过数次挣扎。而这一次却反了过来，在历经无数磨难之后，苏东坡放下了，他不再为入世与出世辗转反侧，因为他将不再参与政事，只想"眷言罗浮下，白鹤返故庐"：

> 虞人非其招，欲往畏简书。
>
> 穆生责醴酒，先见我不如。
>
> 江左右弱国，强臣擅天衢。
>
> 渊明堕诗酒，遂与功名疏。
>
> 我生值良时，朱金义当纡。
>
> 天命适如此，幸收废弃余。
>
> 独有愧此翁，大名难久居。
>
> 不思牺牛龟，兼取熊掌鱼。
>
> 北郊有大贲，南冠解囚拘。
>
> 眷言罗浮下，白鹤返故庐。

至此，苏东坡完成了与陶渊明漫长的隔空对话。

接下来，我们关注一下陶渊明的踪迹。在所有中国古代诗人当中，波特最喜欢的诗人就是陶渊明，而陶渊明作为苏东坡的偶像，其诗作成了苏东坡逆境中的精神支柱。

1975 年某天，波特在台北一间书店看到一本线装《陶渊明诗》，一打开就被陶渊明那些真切、自然的田园诗迷住了。简单的语言，优美的意境，描绘了一幅中国人和外国人都共同羡慕的田园图景。"陶渊明看破红尘，退官归隐，但又不遁入山中。他在庐山脚下耕种、饮酒、会友、作诗，这正是我向往的生活。"

相比于苏东坡颠沛的宦游生活，陶渊明的踪迹则简单得多，一生当中的绝大部分时间就隐居在家乡的田园里。陶渊明的家乡位于江西九江的沙河小县城，陶渊明纪念馆就设在这里。陶公墓在纪念馆的附近，却是一座原版复制的纪念墓，作为整个纪念公园的一部分。真正的陶渊明墓，在星子县面阳山军事基地里面，不对公众开放，显得十分神秘。

波特还是决定去看一看那座"假坟"，然而，他不想在那里献上珍贵的洋酒。下一个要去的地方，是陶渊明的居住地。车子在靠近温泉村的地方停了下来，这里有一处陶渊明的旧居。陶渊明最后一位后人居住于此，遗憾的是，他刚刚在一周前离世。

从他的院子里，依然可以看见引发陶渊明无尽诗情的南山，正是那座山，让他有了创造《饮酒诗》二十首中第五首的灵感：

结庐在人境，而无车马喧。

问君何能尔？心远地自偏。

采菊东篱下，悠然见南山。

山气日夕佳，飞鸟相与还。

此中有真意，欲辨已忘言。

　　自从上次离开以后，整个村庄的土坯房都被拆除了，取而代之的是温泉酒店、公寓大楼以及各种卖泳衣的商店。当年的小桥不见了，甚至连陶渊明亲手栽下的树也不知去处，这真是太令人沮丧了。

　　波特转头去寻找"醉石"——就是陶渊明经常与朋友饮醉的那块巨石，也是激发他创作《桃花源记》的地方。醉石高两米多，足有一间草房那么大，上面形成一个长三米，宽两米的平台，可以容纳数人在此饮酒聊天。石台上方刻有明嘉靖进士郭渡澄诗："渊明醉此石，石亦醉渊明……"左下方则有朱熹手书"归去来馆"四个大字。石头旁边杂树丛生，绿荫掩映，一条小溪从旁边潺潺流过。据说陶渊明喝醉的时候，就卧在这块大石之上，以醉语吟诗，带来另一番味道，可惜那些诗都随风飘散了。

　　波特向司机徐先生讲述醉石的典故，而令徐先生感到诧异的是，这么好的大石头为何没弄到那个纪念馆里去呢？波特却感到庆幸，觉得放在原来的地方才是最适合的，这里有溪流、有树木、有群山，没有比这更好的了——正是最好的东西聚合到一起才产生了诗。站在小溪边上，波特倒了一杯酒洒向溪水中，希望它随着流水抵达那个叫做"桃花源"的世界。

　　虽然波特一早知道，去拜谒陶渊明真正的墓，最终还是会不得而入，因为他来过两次都碰了壁，无一例外。

不过，他还是想去碰一下运气。

车子沿着山路往上行驶，直至开到无路可走，汽车前面出现了一座军事基地。波特走到基地大门口，对站岗的士兵说明来意：想进去里面看一看陶渊明的墓。士兵很是惊讶，一个操着汉语的外国老头儿，要求进入军事基地，这事本身就疑点重重。

于是，他进入岗亭给上级打了一个电话，报告情况。

不一会儿，从外面开来一辆吉普车，从车上下来一个军官，身后还跟着好几个士兵。他们问波特来这里做什么？并指了指警示牌，说这里是军事禁区，不得在此停留。波特重申了他的来意，说陶渊明是一位伟大的诗人，希望能够到他的墓地去拜祭一下。但无论怎么说，那个军官的态度依然坚决，并让他快点离开。

无奈之下，波特回到车里，拿起司机徐先生早上喝茶的一个纸杯，往里面倒了一些威士忌，请为首的军官代他把酒洒在陶渊明的墓前。那个军官听到这个请求，有些吃惊，但也不好拒绝，于是接过了杯子——对于这样的请求，相信任何一个中国人都不会拒绝而会选择帮忙吧。

而对于这样的结果，波特感到心满意足。

人名

A

阿伯特·劳伦斯·洛厄尔 Abbott Lawrence Lowell

阿尔玛·马勒 Alma Mahler

阿伦·厄普瓦德 Allen Upward

阿伦·瓦兹 Alan Watts

阿瑟·韦利 Arthur Waley

爱德华·斯托勒 Edward Storer

埃米·洛厄尔 Amy Lowell

艾米莉·狄金森 Emily Dickinson

艾略特·温伯格 Eliot Weinberger

艾伦·金斯堡 Allen Ginsberg

艾思柯 Florence Wheelock Ayscough

埃兹拉·庞德 Ezra Pound

安东·布鲁克纳 Anton Bruckner

奥克塔维奥·帕斯 Octavio Paz

奥利弗·温德尔·霍姆斯 Oliver Wendell Holmes

B

鲍里斯·瓦赫金 Boris Vakhtin

保罗·伯希和 Paul Pelliot

布鲁诺·瓦尔特 Bruno Walter

C

查尔斯·赖特 Charles Wright

D

大卫·波佩尔 David Popper

大卫·霍克斯 David Hawkes

大卫·拉铁摩尔 David Lattimore

德理文侯爵 Marquis d'Hervey de Saint-Denys

丁敦龄 Ding Dunling

E

恩内斯特·费诺罗萨 Ernest Fenollosa

F

F.S. 弗林特 Frank Stuart Flint

菲利普·惠伦 Philip Whalen

傅汉思 Hans Hermann Frankel

弗雷德里克·摩根 Frederick Morgan

福特·马多克斯·福特 Ford Madox Ford

弗拉季米尔·邦达连科 Vladimir Bondarenko

G

高本汉 Bernhard Karlgren

高尔韦·金内尔 Galway Kinnell

格奥尔格·特拉克尔 Georg Trakl

葛浩文 Howard Goldblatt

戈勒姆·孟森 Gorham Munson

格雷戈里·柯尔索 Gregory Corso

古斯塔夫·马勒 Gustav Mahler

桂五十郎 Katsura Isoo

H

哈丽德·蒙罗 Harriet Monroe

汉斯·贝特格 Hans Bethge

汉斯·海尔曼 Hans Heilmann

郝路义 Louise Hammond

华兹生 Burton Watson

J

加里·斯奈德 Gary Snyder

简·赫斯菲尔德 Jane Hirshfield

杰克·吉尔伯特 Jack Gilbert

杰克·凯鲁亚克 Jack Kerouac

杰拉尔德·曼利·霍普金斯 Gerard Manley Hopkins

K

卡尔·桑德堡 Carl Sandburg

卡洛琳·凯瑟 Carolyn Kizer

康拉德·艾肯 Conrad Aiken

克莱夫·贝尔 Clive Bell

L

朗斯洛特·克莱默 – 宾格 Launcelot Cranmer-Byng

劳伦斯·比尼恩 Laurence Binyon

劳伦斯·费林盖蒂 Lawrence Ferlinghetti

理查德·阿尔丁顿 Richard Aldington

里顿·斯特拉奇 Lytton Strachey

铃木大拙 Daisetsu Teitaro Suzuki

柳无忌 Wu-chi Liu

路易·艾黎 Rewi Alley

伦纳德·伍尔夫 Lenard Woolf

罗伯特·艾特肯 Robert Aitken

罗伯特·白英 Robert Payne

罗伯特·勃莱 Robert Bly

罗伯特·富克斯 Robert Fuchs

罗伯特·弗罗斯特 Robert Frost

罗杰·弗莱 Roger Fry

罗伯特·哈斯 Robert Hass

罗伯特·洛厄尔 Robert Lowell

罗郁正 Irving Yucheng Lo

M

马尔克·奥莱尔·斯坦因 Marc Aurel Stein

玛格丽特·安德森 Margaret Anderson

马克斯韦尔·博登海姆 Maxwell Bodenheim

马克·斯特兰德 Mark Strand

玛丽·奥利弗 Mary Oliver

玛丽·费诺罗萨 Mary Fenorosa

玛丽安·摩尔 Marianne Moore

马瑞志 Richard B. Mather

迈克尔·布洛克 Michael Bullock

迈克尔·卡茨 Michael Katz

N

倪豪士 William H. Nienhauser, Jr.

P

帕西瓦尔·洛厄尔 Percival Lowell

Q

乔治·斯坦纳 George Steiner

切斯瓦夫·米沃什 Czesław Miłosz

R

荣之颖 Angela Jung Palandri

T

T.E. 休姆 Thomas Ernest Hulme

泰奥菲勒·戈谢 Théophile Gautier

唐纳德·戴维 Donald Davie

唐纳德·霍尔 Donald Hall

唐纳德·米切尔 Donald Mitchell

W

W.J.B. 弗莱彻 W.J.B.Fletcher

W.S. 默温 William Stanley Merwin

王红公 Kenneth Rexroth

威廉·布莱克 William Blake

威廉·达菲 William Duffy

威廉·卡洛斯·威廉姆斯 William Carlos Williams

威廉·斯沃茨 William Swartz

威廉·莱昂纳德·施瓦茨 William Leonard Schwartz

威廉·斯塔福德 William Stafford

维切尔·林赛 Vachel Lindsay

威特·宾纳 Witter Bynner

温德姆·刘易斯 Wyndham Lewis

沃尔特·惠特曼 Walt Whitman

沃伦·哈丁 Warren Harding

X

希尔达·杜利特尔 Hilda Doolittle

辛西娅·史代米 Cynthia Stamy

Y

亚当·扎加耶夫斯基 Adam Zagajewski

伊丽莎白·科茨沃思 Elizabeth Cogsworth

伊文·莫里斯 Ivan Morris

尤妮丝·狄任斯 Eunice Tietjens

尤利乌斯·爱泼斯坦 Julius Epstein

宇文所安 Stephen Owen

约翰·古尔德·弗莱彻 John Gould Fletcher

约瑟夫·布罗茨基 Joseph Brodsky

Z

翟理思 Herbert Allen Giles

翟林奈 Lionel Giles

詹姆斯·阿灵顿·赖特 James Arlington Wright

詹姆斯·迪基 James Dickey

詹姆斯·赖特 James Wright

詹姆斯·罗素·洛厄尔 James Russell Lowell

朱迪斯·戈谢 Judith Gautier

作品及刊物

A

《埃兹拉·庞德：作为雕刻家的诗人》*Ezra Pound: poet as sculptor*

B

《白驹集》*The White Pony*

《白居易诗歌两百首》*Bai Juyi: 200 Selected Poems*

《白色尸衣》*White Shroud*

C

《彩色玻璃的屋顶》*A Dome of Many-Coloured Glass*

《常青评论》*Evergreen Review*

《重庆日记》*Chungking Diary*

《重译》*Re-translation*

《出版家周刊》*Publisher's Weekly*

D

《大地之歌》*Das Lied von der Erde*

《达摩流浪者》*The Dharma Bums*

《大西洋月刊》*The Atlantic*

《待麟集》*Waiting for the Unicorn*

《刀锋与罂粟籽》*Sword Blades and Poppy Seed,*

《地下室的美人鱼》*Mermaid in the Basement*

F

《浮世绘》*UKIYO-E*

G

《古今诗选》*Chinese Poetry in English Verse*

《"冠带"》*The Caps and Bells*

《观看王维的十九种方式》*19 Ways of Looking at Wang Wei*

H

《寒山诗集》*The Collected Songs of Cold Mountain*

《汉诗百首续：爱与流年》*One Hundred More Poems from the Chinese: Love and the Turning Year*

《嚎叫及其他诗》*Howl and other poems*

《黑山评论》*Montenegro review*

《花灯盛宴》*A Feast of Lanterns*

《华盛顿邮报》*Washington Post*

《回击》*Ripostes*

J

《剑桥评论》*Cambridge review*

K

《叩寂寞》*Knock Upon Silence*

《葵晔集：三千年中国诗歌》*Sunflower Splendor: Three Thousand Years of Chinese Poetry*

L

《兰舟：中国女诗人》*The Orchid Boat: Women Poets of China*

《历代汉诗译集》*A Collection of Translated Chinese Poems of Past Dynasties*

《理解诗歌》*Understanding Poetry*

M

《马可波罗游记》*The Travels of Marco Polo*

《美国名诗 101 首》*101 Great American Poems*

《美国诗歌五十年》*Fifty Years of American Poetry*

《明亮事物之书》*A Book of Luminous Things*

N

《牛津现代诗选》*The Oxford Book of Modern Verse*

《纽约时报书评周刊》*The New York Times Book Review*

《诺顿美国文学选集》*The Norton Anthology of American Literature*

P

《俳句之心》*The Heart of Haiku*

《普鲁弗洛克的情歌》*The Love Song of J. Alfred Prufrock*

Q

《砌石与寒山诗》*Riprap and Cold Mountain Poems*

《群玉山头》*The Jade Mountain*

S

《神州集》*Cathay*

《诗歌集》*Collected Poems*

《诗刊》*Poetry-A Magazine of Verse*

《诗选》*Selected Poems*

《诗章》*The Cantos*

《树枝不会折断》*The Branch Will Not Break*

《松花笺》*Fir-Flower Tablets*

《酸葡萄》*Sour Grapes*： *A Book of Poems*

T

《泰晤士报文学增刊》*The Times Literary Supplement*

《唐诗》*Poésies de l'époque des Thang*

W

《文汇》*Encounter*

《五十年代》*The Fifties*

X

《西北诗刊》*The northwest poet*

《小评论》*The Little Review*

《辛弃疾研究》*Hsin Ch'i-chi*

《新共和》*The New Republic*

《新时代》*The New Age*

《新政治家》*New Statesman*

《新中国评论》*The New China Review*

《休姆诗歌全集》*The Complete Poetical Works of T.E.Hulme*

《袖珍本现代诗》*A Packet Book Of Modern Verse*

Y

《一些意象派诗人》*Some imagist poets*

《阴》*Yin*

《英译唐诗精选》*Gems of Chinese Verse*

《英译唐诗精选续》*More Gems of Chinese Verse*

《永恒的中国》*Forever China*

《御龙传》*Le Dragon Imperial*

《玉琵琶》*A Lute of Jade*

《玉书》*Le Livre De Jade*

Z

《在路上》*On the road*

《芝加哥诗抄》*Chicago Poems*

《中国剪影》*Profiles from China*

《中国诗 170 首》*A Hundred and Seventy Chinese Poems*

《中国诗百首》*One Hundred Poems from the Chinese*

《中国诗选》*Chinese Poems*

《中国抒情诗》*Chinesische Lyrik*

《中国文学概论》*An Introduction to Chinese Literature*

《中国文学史》*A History of Chinese Literature*

《中国学生月刊》*The Chinese Students' Monthly*

《中国之笛》*Die chinesische Flöte*

《中国日记（1941—1946）》*Chinese Diaries, 1941—1946*

《中国踪迹》*China Trace*

《中日艺术史》*History of Chinese and Japanese Art*

参考文献

著作:

〔清〕沈德潜编:《唐诗别裁集》，中华书局，1975 年。

张隆溪编:《比较文学译文集》，北京大学出版社，1982 年。

郑树森编:《中美文学因缘》，东大图书公司，1985 年。

颜廷亮、赵以武辑:《秦妇吟研究汇录》，上海古籍出版社，1990 年。

宋柏年主编:《中国古典文学在国外》，北京语言学院出版社，1994 年。

王凯凤著:《英语世界的唐诗翻译:文本行旅与诗学再识》，中国社会科学出版社，2018 年。

刘岩著:《中国文化对美国文学的影响》，河北人民出版社，1999 年。

王次炤主编、毕明辉编选:《马勒〈大地之歌〉研究》，上海音乐出版社，2002 年。

吕叔湘著:《中诗英译比录》，中华书局，2002 年。

钟玲著:《美国诗与中国梦:美国现代诗里的中国文化模式的新描述》，广西师范大学出版社，2003 年。

柳光辽、金建陵、殷安如主编:《教授·学者·诗人:柳无忌》,社会科学文献出版社,2004年。

陶乃侃著:《庞德与中国文化》,首都师范大学出版社,2006年。

朱徽著:《中国诗歌在英语世界:英美译家汉诗翻译研究》,上海外语教育出版社,2009年。

江岚著:《唐诗西传史论:以唐诗在英美的传播为中心》,学苑出版社,2009年。

[美]比尔·波特著,叶南译:《禅的行囊》,南海出版公司,2010年。

[美]吴伏生著:《汉诗英译研究:理雅各、翟理斯、韦利、庞德》,学苑出版社,2012年。

西川著:《大河拐大弯:一种探求可能性的诗歌思想》,北京大学出版社,2012年。

[美]罗伯特·勃莱著,董继平编译:《勃莱诗选》,宁夏人民出版社,2012年。

赵毅衡著:《对岸的诱惑:中西文化交流记》,四川文艺出版社,2013年。

赵毅衡著:《诗神远游:中国如何改变美国现代诗》,四川文艺出版社,2013年。

[美]盖瑞·斯奈德著,杨子译:《盖瑞·斯奈德诗选》,江苏文艺出版社,2013年。

[美]罗伯特·哈斯著,远洋译:《亚当的苹果园》,江苏文艺出版社,2014年。

［美］宇文所安著，贾晋华译：《盛唐诗》，生活·读书·新知三联书店，2014年。

吴永安著：《来自东方的他者，中国古诗在20世纪美国诗学建构中的作用》，北京师范大学出版社，2015年。

〔唐〕李白著，〔清〕王琦注：《李太白全集》，中华书局，2015年。

［英］彼德·琼斯著，裘小龙译：《意象派诗选》，重庆大学出版社，2015年。

［美］比尔·波特著，曾少立、赵晓芳译：《寻人不遇：对中国古代诗人的朝圣之旅》，四川文艺出版社，2016年。

葛桂录主编：《中国古典文学的英国之旅——英国三大汉学家年谱：翟理斯、韦利、霍克思》，大象出版社，2017年。

王家新著：《翻译的辨认》，东方出版中心，2017年。

葛桂录主编：《20世纪中国古代文学在英国的传播与影响》，大象出版社，2017年。

张西平、孙健主编：《中国古代文化在世界：以20世纪为中心》，大象出版社，2017年。

［美］盖瑞·斯耐德著，西川译：《水面波纹》，译林出版社，2017年。

冀爱莲著：《阿瑟·韦利汉学研究策略考辨》，人民出版社，2018年。

［美］加里·斯奈德著，柳向阳译：《砌石与寒山诗》，人民文学出版社，2018年。

［美］杰克·吉尔伯特著，柳向阳译：《杰克·吉尔伯特诗

全集》，河南大学出版社，2019年。

　　［法］《巴黎评论》编辑部编，明迪等译：《巴黎评论·诗人访谈》，人民文学出版社，2019年。

　　［美］倪健著，冯乃希译：《有诗自唐来：唐代诗歌及其有形世界》，上海人民出版社，2021年。

　　倪志娟著：《消化硬铁：玛丽安·摩尔诗论》，北岳文艺出版社，2022年。

　　［美］简·赫斯菲尔德著，杨东伟译，王家新校：《十扇窗：伟大的诗歌如何改变世界》，广西师范大学出版社，2022年。

　　陈尚君著：《我认识的唐朝诗人》，中华书局，2023年。

　　南方都市报编：《琳琅集：海外汉学家访谈录》，南方日报出版社，2023年。

　　Arthur Waley: *170 Chinese Poems*, Alfred E. Knopf, 1918.

　　Florence Wheelock Ayscough and Amy Lowell (trans.): *Fir-Flower Tablets*, Houghton Mifflin Company, 1921.

　　Kenneth Rexroth: *Assays: A Book of Essays*, New Directions, 1961.

　　T.S.Eliot(ed.): *Literary Essays of Ezra Pound*, New Directions, 1968.

　　Kenneth Rexroth: *With Eye and Ear*, Herder and Herder, 1970.

　　Amy Lowell: *Tendencies of Modern American Poetry*, Octagon Books,1971.

Kenneth Rexroth: *American Poetry in the Twentieth Century*, Herder and Herder, 1971.

Eric Homberger(Ed.): *Ezra Pound*, Routledge, 1972.

Alma Mahler: *Gustav Mahler Memories and Letters*, University of Washington press, 1975.

论文:

王军:《艾兹拉·庞德与中国诗》,《外语学刊》(黑龙江大学学报),1988 年第 1 期。

钱仁康:《试解〈大地之歌〉中两首唐诗的疑案》,《音乐爱好者》,1999 年第 5 期。

张学松:《〈秦妇吟〉研究述略》,《天中学刊》,2000 年第 1 期。

钱仁康:《〈大地之歌〉词、曲纵横谈》,《音乐研究》,2001 年第 1 期。

王绍祥:《西方汉学界的"公敌"——英国汉学家翟理斯(1845—1935)》,《中国优秀博硕士学位论文全文数据库(博士)》,2004 年。

刘军平:《超越后现代的"他者"翻译研究的张力与活力》,《中国翻译》,2004 年第 1 期。

洪雪花:《意象主义在东西方文学中的回返影响研究》,延边大学博士论文,2006 年。

谢向红:《美国诗歌对"五四"新诗的影响》,首都师范大学博士论文，2006 年。

黄薇：《论宾纳英译〈唐诗三百首〉——兼论其"汉风诗"》，首都师范大学硕士论文，2007 年。

符译文：《马勒〈大地之歌〉的音乐创作分析》，西安音乐学院硕士论文，2007 年。

西川：《米沃什的错位》，《读书》，2007 年第 1 期。

刘涵：《庞德〈神州集〉中的"意象"解析》，东北师范大学硕士论文，2009 年。

伊楠：《古斯塔夫·马勒音乐创作特点探究》，《福建论坛（社科教育版）》，2009 年第 1 期。

冀爱莲：《翻译、传记、交游：阿瑟·韦利汉学研究策略考辨》，福建师范大学博士论文，2010 年。

张玲：《〈大地之歌〉中声乐艺术形象及所含"中国元素"分析》，湖南师范大学硕士论文，2010 年。

［美］安妮·康诺弗·卡森撰，闫琳译：《庞德、孔子与费诺罗萨手稿——"现代主义的真正原则"》，《英美文学研究论丛》，2011 年第 1 期。

李章斌：《罗伯特·白英〈当代中国诗选〉的编撰与翻译》，《中国现代文学丛刊》，2012 年第 3 期。

谷羽：《布罗茨基译唐诗》，《中华读书报》，2013 年 01 月 23 日。

钱志富：《中国古典诗歌对英美现代主义诗歌的影响》，《宁波大学学报（人文科学版）》，2013 年第 2 期。

郭英杰、王文：《19 世纪—1919 年中美诗歌的互文与戏仿性初探》，《北京第二外国语学院学报》，2013年第8期。

薄其晶：《马勒〈大地之歌〉和弦外音研究》，哈尔滨师范大学硕士论文，2014年。

杨静：《美国二十世纪的中国儒学典籍英译史论》，河南大学博士论文，2014年。

陈科龙：《阿瑟·韦利（Arthur Waley）唐诗英译新探——从唐诗内质及文化传播角度考察》，西南大学硕士论文，2014年。

陈倩：《美国学者罗伯特·白英的中国观》，《南京师范大学文学院学报》2014年第2期。

江岚：《葵晔待麟：清诗的英译与传播》，《文化与传播》，2014年第3期。

耿强：《江亢虎与唐诗〈群玉山头〉的译介》，《东方翻译》，2015年第1期。

王菡薇：《欧美早期中国美术史研究方法的转变》，《南京艺术学院学报（美术与设计）》，2015年第3期。

张绪强：《文化传播使者罗郁正》，《中华读书报》，2015年10月28日。

吴伏生：《阿瑟·韦利的汉诗翻译》，《国际汉学》，2016年第1期。

张利亚：《唐五代敦煌诗歌写本及其传播、接受》，兰州大学博士论文，2017年。

崔巍：《〈葵晔集〉考求》，《华北理工大学学报（社会科学版）》，2017年第6期。

郑燕姣：《论韦庄〈秦妇吟〉的叙事特色》，《昭通学院学报》，2017年第4期。

汪云霞：《记忆与召唤——论罗伯特·白英的中国日记写作》，《社会科学》，2017年第11期。

彭瑶：《薛涛在英语世界的接受与变异研究》，贵州师范大学硕士论文，2018年。

郭大伟：《浅谈对敦煌书法的学习》，《参花（上）》，2019年第2期。

张雨：《基于巴斯奈特文化翻译观的庞德〈华夏集〉文化负载词的英译研究》，华侨大学硕士论文，2019年。

［美］罗伯特·白英撰，汪云霞译：《"一枚花瓣的飘落比帝国的倾覆还要响亮"——〈白驹集：中国古今诗选〉序》，《济南大学学报（社会科学版）》，2020年第2期。

高博：《〈华夏集〉：中国古典诗歌在英语世界的"涅槃重生"》，《中华读书报》，2020年03月4日。

黄道玉：《杜甫诗歌英国译介史研究》，扬州大学博士论文，2021年。

夏娃、张永良、李军：《东西方美术交流视野下的东亚美术史先驱恩内斯特·费诺罗萨》，《美育学刊》，2022年第1期。

凌越：《庞德：逆着时代巍然立起的纪念碑》，《新京报书评周刊》，2023年7月16日。